흔들리는 지하철에서

흔들리는 지하철 안에서

초판인쇄 I 2020년 1월 31일
초판발행 I 2020년 2월 5일

지은이 I 문지유, 신상원, 이태기, 권대현, 백선웅, 이찬서
발행인 I 이웅현
발행처 I 부카
주 소 I 대구시 달서구 문화회관길 165 대구출판산업지원센터 408호
전 화 I 053)423-1912 팩 스 I 053)639-1912
등록번호 I 제25100-2016-12호
편집디자인 I 김두현, 세모
교정교열 I 강남주, 서이화
메 일 I bookaa@hanmail.net

정가 13,500원
ISBN 979-11-89045-33-3

흔들리는 지하철 안에서

여는 말

책쓰기 동아리를 구성하며 올해 학생들과 무엇을 쓸지 많은 고민을 하였다. 고민의 결과 우리 지역 사회의 다양한 일들에 대해 조사를 하고, 또 그것을 소설로 그려봄으로써 글을 읽는 이들에게 지역 사회의 아픔 및 사건들을 알게 하고 싶었다. 많은 사람들의 눈시울을 붉히게 만들었던 대구 지하철 화재 사건을 중심으로 조선은행 대구 지점 폭파 사건, 2 · 28 학생 운동 등 다양한 주제로 지역에 대한 이야기들을 소설로 풀어내었다.

글을 쓴다는 것은 절대 쉬운 일이 아니다. 대부분의 사람들은 글을 완성 짓기 전에 시작부터 어려움을 호소하며 글 쓰는 것을 포기한다. 하지만! 갓 중학교를 졸업했음에도 불구하고 마지막까지 자신의 글을 완성하기 위해 최선을 다한 동아리 친구들의 땀들이 모여 이 책을 만들어 냈기에 진심으로 이 학생들에게 존경의 박수를 보내는 바이다. 더불어 동아리 친구들의 글이 세상에 나올 수 있게 많은 도움을 주신 대구시 교육청 관계자분들, 많은 조언으로 우리 동아리를 지원해주신 교장 선생님, 교감 선생님, 국어과 선생님들, 출판사 부카의 관계자분들, 대건고등학교 모든 선생님들께 감사를 드리는 바이다.

◆ **글과책** 책쓰기 동아리 지도교사 **이 차 현**

차례

• • • '메시지'와 '불길에 쌓인 아픈 기억'은 연계 소설입니다.

메시지

메시지

문 지 유

1.

“언제까지 그러고 있을 거야? 밥도 안 먹어?”

죽은 딸의 사진만 멍하니 바라보는 아내를 향해 조금은 걱정 어린 목소리로 형철이 까칠하게 입을 열었다. 시간은 저녁때가 다 되어 가는데 아침부터 아무것도 먹지 않은 채로 죽은 딸의 사진만 보고 있는 아내가 불쌍하기도 하고 걱정되는 한편 조금 원망스럽게 느껴졌다.

“걔가 죽은 지가 언젠데 아직 이러고 있어? 계속 거기 빠져 살 거야? 당신 예인이 죽고 나서 일도 그만두고 매일 사진만 멍하니 보고 있잖아. 당신까지 죽겠다는 거야 뭐야. 이젠 말도 못 해? 대답이라도 좀 해보란 말야.”

차려온 밥상을 그대로 들고 일어나더니 형철은 도로 주방으로 돌아가 몇 마디 욕과 함께 그릇을 싱크대에 내던졌다. 그러거나 말거나 혜선은 사진을 내려놓고 죽은 딸의 번호로 문자를 보낼 뿐이었다.

십수 년 전만 해도 집안에는 화기가 흘렀으며 거실은 아버지의 벼락같은 호통이 아닌 딸의 웃음소리가 빈 곳을 채우던 공간이었다. 어릴 때부터 아이의 입에서 짜증은커녕 군소리 하나 들은 적이 없다. 어릴 땐 그 흔한 반찬 투정 한 번도 한 적이 없었고, 학교에 들어가서도 싸움은 고사하고 사소한 다툼조차 부모의 귀에 들어간 적이 없는 아이였다. 공부를 잘하던 건 아니었지만 특유의 싹싹하고 밝은 성격 덕에 선생님과 친구들은 물론이거니와 학부모들 사이에서도 '착하고 밝은 아이'로 소문이 나 있었다. 아이가 죽은 건 2003년. 정확하게는 2003년 2월 18일. 그날 아이는 친한 친구의 생일 파티에 한껏 들떠 전날 새로 산 빨간 컨버스를 신고 집을 나섰다. 지하철역으로 데려다주던 차 안에서도 어쩜 그리 할 말이 많은지 쉬지 않고 웃으며 누구와는 노래방에서 무슨 노래를 하고 어디서 무슨 영화를 보기로 했다며 즐거운 듯이 이야기했다. 하지만 이 무슨 운명의 장난일까. 공교롭게도 그날, 어떤 남자가 지하철에 불을 질러 순식간에 열차 두 대가 까맣게 불타버리면서 열차 안에 타고 있던 딸까지 함께 불 속으로 먹혀버린 것이다. 그 범인조차도 죗값을 치르러 들어간 감옥에서 죽어버려 이젠 더이상 원망할 사람도 남아 있지 않았다. 뼈까지 녹아버릴 것 같이 뜨거운 불 속에서 채 스물도 되지 않은 딸이 겪었을 고통과 공포를 생각하면 당장이라도 눈이 뒤로 돌아 눈앞이 캄캄해질 것 같았다. 딸의 죽음으로 아내가 얻은 마음의 병을 이해 못 하는 건 아니지만, 십 년이 넘게 지났는데도 자신의 삶을 포기한 채 죽은 딸의 사진만을 바라보고 있는 아내가 야속했다.

"됐어. 안 먹을 거면 먹지 마. 누군 마음 편해서 나가 돈 벌고 당신 밥 차려주는 줄 알아? 왜 혼자 궁상떨고 앉아서 안 그래도 피곤한 사람 마음까지 불편하게 해?"

형철은 버럭 소리치곤 겉옷과 담배 한 갑을 챙겨서 문을 신경질적으로 쾅 닫은 뒤 집을 나섰다. 혜선은 그러거나 말거나 스마트폰의 화면을 느릿느릿 누르고 있을 뿐이었다.

형철은 모퉁이를 지나 담뱃갑에서 담배 한 개비를 꺼내 입에 물곤 오른손을 외투 주머니 깊숙이 찔러넣어 라이터를 꺼낸 뒤 불을 붙였다. 한 모금 한 모금 깊게 담배 연기로 폐를 채울 때마다 아내에 대한 걱정이나 죽은 딸을 향한 슬픔이 잠시나마 가려지는 것 같았다. 하지만 담배 연기를 입으로 뱉어낼 때마다 감춰놨던 것들이 더 눈에 띄었다. 그도 죽은 딸을 깔끔히 잊고 살아가는 건 아니다. 만약 딸을 지하철이 아닌 자신의 차로 데려다주었다면, 조금만 더 빨리, 혹은 조금만 더 늦게 딸을 데려다주어 다른 열차를 타게 했다면, 죽은 딸을 생각할 때마다 후회가 담을 넘어 흘러넘쳤다. 자신을 바라보던 반짝이는 눈을, 자신을 향해 지어주던 환한 미소를, 아빠하고 부르던 그 입을 다시 한번 보고 싶었다. 딸아이가 태어날 때도, 학교에 입학하고 졸업할 때도, 생일 케이크의 촛불을 수줍게 불 때 사랑스럽게 부풀어 오른 두 뺨도, 자신을 부르던 목소리도, 그날 집을 나서던, 차에서 내리던 환한 얼굴도 무엇 하나 잊히지 않아 괴로웠다.

형철은 한숨을 내뱉으며 하늘을 올려다보았다. 어제까지 내리던 비가 개고 하늘이 환히 빛나고 있었다. 그는 상상해보았다. '아직 예인이가 살아있었다면 지금 우리 가족은 어땠을까.' 그리고 그는 다시 상상해보았다. 자신이 아내처럼 무기력하게 딸을 잃은 슬픔에 빠져있으면 어떻게 될지. 자신이 이런 상황에서도 자신을 잃지 않고 일을 하는 것은 자신이 일하지 않으면 자신의 가족이 버틸 수 없기 때문이다. 그는 남은 가족이라도 지키기 위해서 슬픔을 뒤집어쓰고도 일을 하는 것이다.

그는 담배를 마지막으로 한 모금 빨아들인 후 담배꽁초를 튕겨버리곤 뒤를 돌아 길을 나섰다.

문을 열자 가을의 짙은 갈색으로 변해가는 낙엽들이 아파트 복도에 하나 둘 떨어져 있었다. 조금 쌀쌀함을 담은 아침 바람이 정화의 귓불을 스치며 지나갔다. 정화는 새로 산 빨간 컨버스를 신고 현관문을 열었다.

"다녀올게!"

크고 높은 목소리로 다녀온다는 인사를 하고는 들려오는 대답도 듣지 않고 집을 나섰다. 그녀는 매일 다니는 길임에도 마치 새로운 길을 걸어보는 듯 호기심 어린 눈빛과 토끼 같은 발걸음으로 즐거운 듯 걸어갔다. 매일 보는 전봇대 위의 새들도, 골목 사거리의 둥글고 높은 거울도 담벼락을 조금

넘은 작은 나무도 새롭게 느껴졌다. 무심코 보면 여느 또래 아이들과 다르지 않은 밝고 가벼운 여자아이지만 조금만 그녀를 가까이하면 그녀의 생각은 푸르스름하면서도 거무스름한 해구처럼 깊고 밝음의 이면에 타인을 공감할 수 있는 어두운 면도 가지고 있다는 것을 알 수 있었다. 하지만 그녀는 자신만의 생각에 잠겨 헤어나오지 못하는 세상과 괴리된 사람은 아니었고 불행한 일이 닥쳤다고 해서 눈을 감고 어두움에 빠져버리는 피곤한 사람도 아니었다. 그녀의 진가는 그녀의 시에서 드러났다. 그녀의 시는 항상 아름답고 맑았다. 그뿐 아니라 언제나 커다란 무언가를 시 안에 숨겨놓은 듯한 느낌이 들었다. 그녀의 시는 항상 모호한 시어를 담고 있었고 시를 읽는 사람마다 다른 것을 느꼈다. 시를 읽은 사람들이 도대체 무슨 의미를 담고 있는지 물어봐도 그녀는 조금 비웃는 듯한 장난기 어린 상냥한 미소만을 지어주었다. 또 그녀는 만나는 사람마다 쉽고 편하게 친해질 수 있었고 어릴 때부터 어른들은 그녀를 사랑했다. 이웃과의 교류가 거의 없는 요즘에도 그녀의 가족은 알고 지내는 사람이 많았다. 언제나 사랑받는 자리. 그곳이 그녀의 자리였고 그녀는 항상 거기에 있었다.

평소에도 밝고 긍정적인 소녀이긴 하지만 오늘은 답답한 교실을 떠나 십대의 낮을 즐길 수 있는 날이라 그런지 평소보다 고양된 표정으로 기분 좋게 도로를 스치듯 걸었다. 고양이 같은 몸짓, 사뿐사뿐 도로를 걷다 보니 어느새 반 친구와 만나기로 약속한 장소에 도착해있었다. 주머니에서 휴대폰을 꺼내 시간을 확인해보니 아직 10분 정도 시간이 남아 있었다. 그녀는 가만히 서서 지나가는 사람들을 바라보았다. 바쁘게 전화를 받으며 서두르는 사람, 이어폰을 낀 채로 주머니에 손을 넣고 지루하다는 듯 걸어가는 사람, 강아지를 데리고 나와 함께 산책하는 사람. 여러사람들이 지하철역 앞을 걸어가고 있었다. 한참을 멍하니 바라보다 고개를 돌려보니 만나기로 한 친구 중 한 명이 걸어오고 있었다. 친구는 가로수를 둘러보던 눈을 돌려 정화를 발견하곤 서둘러 뛰어왔다. 정화의 앞에 도착한 뒤 손을 무릎에 올리고 숨을 한가득 뱉어내며 친구는 입을 열었다.

"다른 애들은 아직 안 왔어?"

"거의 다 왔대. 하은이는 이제 한 1분? 주현이랑 같이 온대. 저기 뒤에 오는데…….”

뒤를 돌아보니 모이기로 했던 나머지 두 명이 같이 달려오고 있었다.

“야 같이 가!”

하은의 속도를 따라잡지 못하고 뒤쳐져 달려오고 있던 주현이 소리쳤다. 하은이 역 앞에 도착할 동안, 주현은 달리기를 포기하고 멈춰서 숨을 고르다가 역을 향해 걸어왔다. 하은은 이마에 맺힌 땀방울을 닦으며 볼을 발갛게 붉히곤 벽에 기대어 말했다.

“아, 진짜 힘들다. 너무 더워.”

“내가 뛰지 말자 그랬잖아. 왜 굳이 힘들게 뛰는 건데.”

“안 뛰면 늦었을 걸? 안 늦었으면 됐지.”

정화가 핸드폰을 켜 시계를 보니 슬슬 출발할 시간이 되었다. 정화는 벽에 기대어 쉬고 있는 하은과 주현에게 핸드폰 시계를 보여주며 말했다.

“우리 이제 가야 할 것 같은데? 지하철 타러 가자.”

“너 폰 바꿨네? 좀 봐도 돼?”

하은이 정화의 휴대폰을 보며 말했다. 정화는 고개를 끄덕였다. 하은은 정화의 휴대폰을 가져가 이것저것 눌러보고 만져보며 최신기종의 휴대폰을 탐사하고 있었다.

“일단 출발하자.”

정화는 웃으며 말했다.

소녀들은 회색빛의 벽과 계단을 내려가 개찰구에서 교통카드를 찍고 다시 한 번 회색빛 계단을 타고 내려가 지하철 승차장에 도착했다. 밖에서 흘렸던 땀이 지하의 서늘한 냉기에 식어 몸이 조금 떨렸다. 정화는 팔을 포개고 벽에 기대었다. 정장을 입고 꼿꼿한 자세로 걸어 다니는 사람, 등 뒤에 곤히 자고 있는 조그만 아이를 업고 있는 한 어머니, 허름한 옷차림으로 기름진 머리를 등산모자에 가리고 있는 사람. 여러 사람이 지하철을 타기 위해 기다리고 있었다. 스크린 도어 건너편으로 보이는 반대편도 비슷했다. 가는 곳은 다 다른 사람들이 같은 열차를 타기 위해 기다리고 있었다. 머리 위 전광판에서 지하철이 진입한다는 알림이 울려나왔다. 곧 선로의 한쪽에서 지하철의 헤드라이트가 어둠을 가르며 역에 도착했다.

"아, 반대네."

하은이 지하철 소리를 듣고 일어났다가 건너편 정류장에 들어오는 열차를 보며 몸을 다시 앉힌 뒤 입을 열었다. 건너편에 도착했던 열차는 빠르게 사람들을 내리고, 다시 사람들을 태운 뒤 다음 역을 향해 출발했다. 정화는 허리를 굽히고 턱을 괸 채 하품을 했다. 건너편은 지하철이 사람을 태우고 떠난 탓에 텅 비어있었다. 몇 명이 간발의 차로 지하철을 놓치곤 아쉬워하며 자리를 채우고 있었지만 몇 분 전의 인원수는 채워지지 않아 그 전보다는 휑하니 비어 보였다. 정화가 옆을 돌아보니 친구들은 다들 조그만 휴대폰에서 눈을 떼지 못했다. 정화는 틈틈이 시간이 나면 자신만의 생각에 잠기거나 멍하니 눈앞에 보이는 것을 바라보곤 했다. 정화에게는 없는 시간도 만들어내 휴대폰을 보는 일은 멍하니 앉아 아무 생각 없이 자신이 앉아있는 장소의 온도를 느끼는 것보다 재미없는 일이었다. 정화는 앉았다 일어났다 걸어다녔다 멈췄다를 반복하며 오지 않는 지하철을 기다렸다. 정화가 선로를 향하고 있던 시선을 돌려 친구들이 앉아있는 벤치로 몸을 향했을 때, 머리 위의 전광판에서 지하철이 진입한다는 안내방송이 흘러나왔다.

"왔다!"

하은이 안내방송을 듣자마자 보고 있던 휴대폰을 주머니에 넣고는 자리에서 벌떡 일어나며 말했다. 뒤이어 다른 아이들도 휴대폰을 넣고선 자리에서 일어나 스크린 도어 앞 안전선에 섰다. 이번엔 아까와 반대편에서 지하철의 헤드라이트가 어둠을 몰아내곤 굉음을 울리며 역으로 들어왔다. 지하철이 날카로운 브레이크 소리를 내고 멈추자 스크린 도어가 열리더니 몇 명 사람이 내렸다. 정화가 있는 역 앞에 위치한 역의 수는 그리많지 않음에도 지하철의 좌석은 꽉 차 있었고 여러 명이 손잡이를 잡고, 또는 반대편 문에 기대고 있었다. 지하철은 사람 몇 명을 툭툭 뱉어내곤 역의 그 많던 사람들을 모두 삼켰다. 지하철에 타자, 서늘했던 역과는 다르게 지하철 안의 뜨거운 열기가 소녀들의 피부에 닿기 시작했다. 몸을 움직이기 힘들 정도로 사람들에게 끼여있던 것은 아니지만 휴대폰을 꺼내들거나 몸을 조금 움직이면 금세 다른 사람에게 닿을 정도로 가까이에 사람들이 있었다. 그런 거리에 모르는 사람들이 있어서일까, 틈만 나면 휴대폰을 들여다보던 아이들도 휴대폰을 꺼내지 않고 있었다. 사람들의 숨과 숨이 모여 점점 뜨거운 온기로 부풀어 올랐다. 정화는 점점 답답해지기 시작했다.

"아, 좀 답답하다."

옆에 있던 주현이 말을 걸었다. 평소 필요 없는 말을 하지 않는 주현이 답답하다며 입을 연 걸 보니 지하철 안이 답답하긴 한 것 같았다. 정화는 고개를 돌려 주현을 바라보곤 대답했다

"진짜 좀 답답하긴 하다. 얼마나 남았지?"

"내가 볼게, 3정거장 남았네. 빨리 내리고 싶다."

"나도. 내리면 물부터 좀 사야겠다. 목 말라."

뜨거운 숨결을 가득 품고 몇 번의 역을 지나 수십의 사람을 내려주고 수백의 사람을 태워서 지하철이 도착했다. 중앙로역. 이 역은 대구의 중심지인 동성로에서도 가깝고 역에서 지상으로 올라가면 모이기로 한 장소인 영화관의 바로 앞에 도착할 수 있었다. 지하철에서 내려 계단을 올라가니 지하철역 한복판에 있는 추모공간이 보였다. 대구지하철참사. 2003년 대구에서 있었던 큰 지하철 화재 사건이다. 방화범이 화재를 낸 지하철에 탔던 사람들은 무사히 탈출할 수 있었지만, 때마침 역을 지나치던 다른 열차에 불이 옮겨붙은 탓에 그 열차에 탄 사람들이 희생되었던 사건이다. 꽤나 큰 사건이었지만 당장 발에 붙은 불을 끄기도 바쁜 고등학생에겐 멀고 생소한 일로만 느껴졌다. 계단을 올라와 지상으로 올라가니 높고 시원스레 뻗은 영화관 건물이 떡하니 서 있었다. 네 명씩 조를 이루어 움직이기로 했기 때문에 지켜야 할 것은 영화 시간뿐이었다. 영화관 건물 안에 들어가 가장 먼저 오른쪽에 위치한 편의점에 들러 음료를 샀다. 네 명 모두 입술이 버석버석 마를 만큼 목이 말랐던 지라 산 지 채 5분이 안 된 음료수가 빈 병이 될 때까지는 그리 오래 걸리지 않았다. 음료수를 마신 후, 소녀들은 엘리베이터의 버튼을 누르고선 입을 열었다.

"영화 시간 얼마나 남았어?"

"20분 정도? 아직 시간 좀 남았어."

"너 팝콘 먹을 거야?"

"아니 난 안 먹을래. 살찌잖아."

"나랑 같이 먹자. 콤보로 주문하면 되잖아."

팝콘을 먹을 거냐는 정화의 질문에 주현이 먹지 않겠다고 답하고 하은이 같이 먹자고 말했다. 넷이 영화를 보러오면 늘 이런 식이다. 자기 관리를 철저히 하는 주현은 식사 외에는 되도록 음식을 먹지 않는다. 언제나처럼 정화와 주현이 같이 팝콘을 사 먹고 한 명은 입을 꾹 다물고 있다. 그저 함께 있다. 그렇다고 아무 말도 하지 않는 건 아닌 것이 물어볼 것이라던지, 같이 식사를 하러 가 메뉴를 결정할 때에는 정확하게 자신이 원하는 것이 무엇인지 말해주기도 한다. 고등학교에 올라와 처음 그 아이와 만난 정화는 그저 원래 그렇게 말이 없겠거니 하며 대수롭지 않게 여겼다. 정화와 하은이 같은 중학교를, 그리고 나머지 두 명이 같은 중학교를 졸업했다. 하은과 주현은 고등학교에 들어오기 전부터 서로 알고 있었던 것 같다. 같은 반이 되고 처음 반에 들어왔을 때 하은이 주현을 알아보고 큰소리로 인사를 했던 걸로 봐 중학교 때에도 몇 번 만난 적이 있었던 것 같기도 하다.

엘리베이터가 매표소가 있는 층에 도착하자 소녀들은 매표소로 가 번호표를 뽑았다. 평일 오전이라 그런지 뽑은 번호가 바로 창구 위 알림판에 떴다. 하은이가 영화표를 사는 동안 정화는 매표소 옆의 매점에서 팝콘을 샀다. 달달한 캬라멜 팝콘 냄새가 배를 곯게 만들었다.

기대하고 본 영화는 그리 재밌지는 않았다. 볼만했지만 재밌다고 말하기엔 애매한 정도의 영화였다. 정화에게 이 다음 코스는 불 보듯 뻔했다.

'지금이 1시 반 정도니까 점심을 먹고 노래방에 갔다가 시내도 좀 돌아다니고 그러다 집에 가겠지.'

정화에게는 사실 이런 일정이 즐겁지 않았다. 즐겁지 않다기보다는 너무 뻔하고 고정적인 패턴이라 더이상 새로울 것도 보람을 찾을 부분도 없었다. 모일 때마다 같은 패턴. 식사 시간이 되면 식사를 하고 카페에 앉아 있다가 노래방이나 화장품가게 몇 군데를 들린 뒤 다시 옷가게 몇 군데를 들러 옷을 뒤적거리다 또 길거리를 돌아다니는 일밖에 없었다. 친구들이랑 놀면 즐겁기야 즐거웠지만, 항상 집에 돌아간 후에는 깊은 피로와 왠지 모를 아쉬움이 느껴졌다. 집에 있었으면 더 유익하게 시간을 보낼 수 있지 않았을까 하는 생각이 들 때도 있었다. 밖에 있으면 항상 시간이 길었다. 언제나 집

밖을 나설 때에는 상쾌함과 설레임이 그녀를 감쌌지만, 귀가하는 길에서는 아픈 다리와 뻐근한 몸이 그녀를 떠받치고 있었다. 집에서 나올 때의 기분은 어디론가 사라지고 벌써부터 무기력함이 그녀를 덮쳐왔다. 이제 집에 갈까 하고 생각했지만 그러면 남은 친구들의 분위기는 가라앉을 것이다. 어쩔 수 없이 정화는 그 자리에 남기로 했다.

"나 오늘 할머니 집 가야 해서 이제 가야 할 것 같은데."

갑작스레 주현이 입을 열었다.

"벌써? 아직 1시 반밖에 안 됐는데 가야 한다고?"

"할머니 집이 좀 멀어서 빨리 출발해야 해. 미안."

"아, 알겠어.. 잘 가."

하은이 아쉬운 듯 주현에게 손을 흔들어 보였다.

"근데 우리 보고서 내일인데 너네도 빨리 가서 해야 하는 거 아냐? 김하은 너 하나도 안 했잖아."

"아!"

갑작스레 하은이 손으로 입을 막으며 큰 소리를 냈다. 곧바로 정신을 차리곤 조용히 말을 하기 시작했지만 일순 주변 모든 사람들의 시선이 그녀에게로 집중되었다 다시 흩어져갔다.

"와, 나 하나도 안 했어. 어떡하지? 지금 가서 하면 다 할 수 있나?"

"아마 지금 가서 열심히 하면 다 할 수 있을 걸."

정화가 입을 열어 말했다. 정화는 주현이 할머니집에 가야 한다는 사실이 고맙게 느껴졌다. 마침 정화도 보고서를 완성하지 않은 터라 집에 가서 완성해야 하는 참이었다.

"나도 집에 가서 보고서 마저 써야 하는데. 오늘은 그냥 집에 가고 다음에 다시 모이자."

"그래 그럼. 오늘은 그냥 가자. 우린 버스 타러 갈게. 내일 봐."

하은이 휴대폰으로 시간을 보며 말했다. 가는 방향이 같은 주현과 하은이 먼저 버스를 타러 갔다. 사실 두 명은 버스를 타고 와도 되지만 약속 장소를 지하철역으로 맞췄기 때문에 지하철을 타고 왔던 것이다. 둘이 돌아가고 난 후 남은 두 명도 가는 방향이 같기 때문에 정화는 먼저 말을 꺼내 함께 돌아

가자고 말했다. 함께 지하철을 타고 돌아가자는 말에 돌아온 상대의 대답은

"응."

응. 그 한 글자가 전부였다. 말수가 적은 건 알았지만 이 정도로 붙임성 없고 말주변 없는 아이라고는 생각하지 않았다. 보통 여자애들이라면 '응. 그러자.' 라던가 '그래 같이 가자.'처럼 좀 더 길게 답을 줄 텐데 정화의 눈에는 그저 이상하게만 보였다. 올 때처럼 지하철역의 회색빛 계단을 내려가 개찰구에 교통카드를 찍고 승강장에 앉았다. 앉은 지 2분 정도 되었을까, 머리 위 안내판에서 알림이 울려나왔다. 언제나처럼 엄청난 소리를 내며 지하철의 헤드라이트가 어둠을 헤치며 승강장으로 들어왔다. 운이 좋았는지, 이번 열차에는 사람이 얼마 타고 있지 않았다. 두 자리가 붙어 빈 자리에 앉아 정화는 휴대폰을 꺼내 보았다.

띠링!-

정화가 휴대폰 액정을 바라보는 사이 어제 새로 바뀐 번호로 문자가 왔다.

"예인아, 오늘은 언제 집에 오니? 밥해놓고 기다리고 있을게."

문자가 잘못 왔겠거니 생각하고 정화는 무심코 옆자리에 앉은 친구의 얼굴을 바라보았다. 한껏 놀라 당황한, 조금은 슬픔 어린 복잡한 표정을 한 예빈의 얼굴을.

2.

가을이 다가오니 밤이 되면 창문 새를 파고든 추위 몇 가닥이 옷의 실 틈새와 머리카락 틈을 비집고 들어왔다. 정화는 침대에 누워 곰곰이 생각해보았다. 문자는 충분히 잘못 올 수도 있었다. 앞의 세 자리를 제외한 여덟 자리의 숫자 중 단 하나의 숫자만 달라져도 완전히 다른 사람에게 문자는 송신될 수 있었다. 정화가 정말 신경 쓰이는 것은 그 문자를 본 예빈의 표정이었다. '문자를 보고 놀란 게 아니겠지.' 라던가 '내가 잘못 본 거겠지.' 따위의 말로 대충 넘어갈 수도 있었다. 하지만 정화가 본 예빈의 눈은 정확히 휴대폰의 액정 위를 향하고 있었고, 그 표정은 결코 잘못 볼 수가 없었다. 항상 표정 없고 밋밋한 그 얼굴에서 그런 강한 표정이 떠오를 수 있을 줄 누가 알았을까. 그 얼굴이 너무나 강한 인상을 줬던 나머지 몇 시간이 지난 아직도 그 얼굴이 정화의 머리에서 잊히지 않았다. 평소 그런 반응을 보여준 적이 없었던 터라 정화는 무슨 일인지 궁금해졌다.

'아마 그 애는 이 문자를 보낸 사람이 누구인지 알고 있는 게 아닐까? 그게 아니라면 걔가 그렇게까지 놀랄 이유가 없을 텐데.'

정화는 한참을 고민해보았다. 혹시 예빈이의 어머니가 아닌지. 딸의 외출에 관심이 많으시다거나 해서 자신의 번호를 알아내서까지 문자를 보내신 것을 보고 놀란 것이 아닌지. 마침 '예인'이라는 이름도 자음 한 글자 차이였다. 하지만 설마 현실에 그런 별난 부모님이 존재할까. 그것도 이렇게 가까이에? 정화가 아무리 고민해봐도 알 수 없는 문제였다. 생각을 그만두고 시계를 바라보니 벌써 초침과 분침은 한 곳을 향하고 있었다. 자야 할 시간이 다가오고 있었다. 평일 아침엔 부리나케 일어나 씻으랴 화장하랴 바쁘게 준비를 마치고선 학교에 칼같이 등교해야 하는 고등학생인 정화는 늦어도 이 시간에는 자야만 했다.

'내일 학교에 가서 물어봐야지.'

정화는 휴대폰을 충전기에 꼽고 불을 끈 뒤 다시 침대로 돌아와 잠 속에 몸을 담궜다.

따라라랑-. 따라라랑-.

아침부터 시끄럽게 울어대는 알람을 눈도 뜨지 않은 채로 손을 더듬어가며 끄곤 정화는 몸을 일으켜 침대 위에 앉았다. 멍하니 앉아 눈을 비비며 조금 떠보니 햇살이 눈을 쑤셔왔다. 크게 한 번 하품을 하고 손을 천장에 닿을 듯이 높이 뻗어 기지개를 켰다. 6시 30분. 평소랑 다를 것 없는 시간이었다. 이 방도, 이 햇빛도, 이 알람 소리도 다 평소와 다를 것이 없었다. 정화는 몸을 일으켜 방을 나가 화장실로 가 샤워를 했다. 평소랑 다를 것 없는 세면대와 그 위쪽 벽에 붙은 평소와 다를 것 없는 거울. 거기에 비치는 건 평소와 다를 것 없는 정화 자신의 얼굴. 정화는 먼저 양치를 하고 세수를 한 후 몸을 씻고 머리를 감았다. 밤에 자는 동안 흘린 땀이 씻겨나가는 느낌은 평소 그 어느 아침에라도 좋았다. 개운한 마음으로 몸에 맺힌 물방울들을 닦아냈다. 정화는 어제의 일에 대해 아직 떠올리지 못하고 있었다. 정화는 그저 평소와 같이 개운한 아침을 즐기고 있었으며 일찍 일어난 여유를 만끽하고 있었다. 하얀 수증기와 함께 문을 열고 화장실 밖으로 나와 다시 방으로 통하는 문을 열고 그 너머로 들어갔다. 젖은 머리를 수건으로 닦아내고 머리를 말렸다. 옷장에서 교복을 꺼내 입고 화장대 앞으로 가 앉았다. 거울에 비친 자신의 얼굴을 보며 평소처럼 옅게, 자연스럽고 순한 화장을 했다. 어느덧 일어난 지 한 시간이 다 되어가고 있었다. 정화는 가방을 메고 침대 위에 올려져 있던 휴대폰을 들어 시간을 확인했다. 정화는 그때 어제를 기억해냈다. 누구에게서 누구에게로 발송된 지 모를 문자와 그걸 본 예빈의 얼굴. 그 강렬한 표정은 벌써 날이 넘어갔는데도 머릿속에서 그 인상이 잊히지 않았다. 언제나 밍밍하니 소금 간이 덜 된 싱겁던 얼굴을 하고 있었던 그 아이가 보여준 그 진한 표정은 쉽사리 잊힐 수 없는 것이었다. 잊기는커녕 한 번 떠오르기 시작하니 머리에서 떠나지 않고 머릿속에 뒷맛이 남아 있었다.

정화는 문을 열고 나가 빠르게 신발을 신었다. 현관문을 벌컥 열고선 닫지도 않은 채 복도를 빠르게 걸었다. 어제의 일에 너무 신경을 쓴 나머지 뒤에서 문이 혼자 닫히면서 쾅하고 낸 큰 소리도 듣지 못했다. 정화는 발을 빠르게 놀렸다. 평소의 여유로운 발걸음은 더 이상 정화의 발에 머무르지 않았다. 정화는 엘리베이터 버튼을 누르고 휴대폰으로 시간을 확인했다.

'빨리.빨리.'

정화는 엘리베이터를 재촉하며 버튼을 연방 눌러댔다. 그러거나 말거나 엘리베이터의 층수는 느릿느릿 여유롭게 올라오고 있었다. 마침내 엘리베이터 문이 열리자 정화는 서둘러 엘리베이터에 올라탔다. 1층, 1층. 정화는 엘리베이터의 1층 버튼을 누르고 빨리 문을 닫았다. 엘리베이터는 정화가 서두르든 말든 언제나 같은 속도로 아래로 내려가고 있었다.

정화는 원래 무언가에 이렇게 급해지는 사람이 아니었다. 어떤 일에 얽매여 그녀의 생활이 달라지는 일은 흔치 않았다. 하지만 흔치 않다고 해서 그런 일이 완전 없는 것은 아니었는데 정화는 무언가 궁금한 것이 생기면 끈질기게 물고 늘어졌다. 정화는 시인처럼 어딘가 이상한 부분이 있었다. 평소에는 드러나지 않았지만 그녀가 어딘가에 깊은 관심을 가지기 시작하면 그녀는 거기에만 몰두했다. 그래서 정화는 혼자만의 시간을 사랑했고 그 시간을 즐길 줄 알았다. 평소와는 전혀 다른 표정을 지은 것이 관심이 있었던 것이 아니라 그 표정에서 느껴진 그 감정에 관심이 있었던 것이다. 평소에는 별로 감정이 느껴지지 않던 그 애가 돌연 그렇게 원색적인 감정을 표출한 건 정화의 관심을 얻기에 충분했다.

정화는 엘리베이터에서 내려 아파트 단지를 빠르게 걸으며 다시 한번 어제의 일을 떠올렸다. 지하철역에서 만나 지하철을 탔다. 영화를 보고 밥은 먹지 않고 지하철을 타고 둘이서 돌아왔다. 그리고 돌아오는 지하철 안에서 영문 모를 메시지를 한 통 받았고 그 메시지를 본 예빈의 얼굴은 이때까지 본 적 없는 강렬함을 내비췄다. 아무리 생각해도 하루일과 중에서 예빈의 심리를 그렇게까지 바꿀 수 있었던 것은 그 메시지를 제외하곤 없었다. 그 메시지가 분명 예빈의 얼굴에 생기를 불어넣은 원인임에 틀림이 없었다. 정화는 예빈에게 다시 한번 그 메시지를 보여주고 무엇인가 관련이 있는지, 어제에 혹시 무슨 일이 있었던 것이 아닌지 물어봐야겠다고 마음 먹었다.

학교 앞 도로까지 걸어 나가보니 이미 거기엔 많은 학생들이 둘씩, 혹은 셋 넷씩 모여 학교로 걸어가고 있었다. 언제나 정화가 이 길을 걸을 때면 뒤에서 누군가 말을 걸어 왔다. 그게 하은이든 주현이든 아니면 또 다른 어떤 친구든 항상 정화에게는 말을 걸어오는 사람이 있었다. 어찌 보면 당연한 것이, 정화는 크게 모난 부분도 없는 데다 생각이 깊어 남을 배려할 줄 알았다. 대게 정화는 자신의 행동에 따른 상대방의 반응을 예측하면, 상대는 거의 정확히 그 반응을 보였다. 정화는 상황을 읽을 수 있었고, 그 상황에 맞춰 행동할 수 있었다.

"김정화!"

뒤에서 누군가가 정화의 이름을 불러왔다. 정화는 뒤를 돌아보며 달려오는 하은이와 주현이를 보았다. 주현이는 지난 번처럼 얼굴을 잔뜩 붉힌 채 숨을 거칠게 내쉬며 목을 잡고 뒤따라 달려왔다.

"아니 그만 좀 뛰라니까. 목이 아프잖아."

주현은 숨을 뱉으며 짜증스레 말했다. 교복 위에 겹쳐 입은 보라색 후드티의 소매를 걷으며 주현은 고개를 들었다.

"아 덥다."

"뛰니까 덥지."

하은도 더운지 입을 덮고 있던 마스크를 내려 턱에 걸쳤다.

"너네 그래서 과학은 다 했어?"

"아 맞다. 까먹고 안 했는데 어떡하지?"

"지금이라도 빨리 가서 해. 아침에 시간 좀 있잖아."

"그래야겠다. 나 먼저 갈게. 간다!"

하은은 마스크를 다시 올리곤 교문을 향해 뛰어 갔다. 정화는 아직도 어제의 일에 빠져있었다. 너무 궁금해서 가만히 있을 수가 없었다. 아래를 향하던 고개를 들어 주현을 바라보니 주현도 정화를 바라보고 있어 둘의 시선이 코앞에서 닿았다. 그러고 보니 주현은 예빈과 고등학교 입학 전부터 알고 지낸 사이였다. 혹시 주현은 예빈에 대해 무언가 알고 있을지도 모를 일이었다.

"주현아."

"왜?"

"너 예빈이랑 같은 중학교 나왔지?"

"응. 왜?"
"너 혹시 예인이가 누군지 알아?"
예인이라는 이름을 꺼내자마자 주현의 얼굴은 껍질을 벗겨낸 듯 돌변했다. 주현은 날카로운 목소리로 물었다.
"너 그 이름 어디서 들었어?"
"너 아는 사람이야?"
"아니 어디서 들은 거냐니까? 윤예빈이 말한 거야?"
주현은 조금 짜증을 내며 말했다. 정화는 조금 당황했다. 주현은 대답을 재촉하는 눈빛으로 정화를 바라봤다.
"아니 누구한테 들은 건 아닌데, 어제 예빈이랑 지하철 타고 가는 길에 문자가 왔는데. 거기에 예인이라고 적혀 있었거든? 근데 예빈이가 그거 보고……."
"보여줘. 빨리."
주현은 평소와 달리 정화의 말을 잘라먹고 메시지를 보내 달라고 했다. 주현은 평소 프라이버시에 대해서는 철저했다. 자신의 프라이버시를 쉽게 공개하지도 않았으며, 자신 또한 남의 프라이버시에 크게 관심을 두지 않았다. 정화로서는 주현의 이 태도가 정말 무언가가 있다는 것을 강하게 직감하게 했다,
정화는 휴대폰을 꺼내 어제의 문자를 보여줬다. 주현은 휴대폰을 가로채듯 가져가더니 몇 번이고 텍스트를 읽었다. 눈이 아래에서 위로 향하는 것을 보니 번호를 확인하는 것 같았다. 주현의 시선은 텍스트보다 번호에 더 오래 머물러 있었다.
"너 이거 예빈이한테 말하지 마."
정화는 왜냐고 묻고 싶었지만 주현의 표정을 보아하니 답을 해줄 것 같지도 않았고 되려 짜증만 들을 것 같았다. 정화는 그냥 알겠다고만 말했다. 주현은 그 뒤로 더 말을 하지는 않았지만 언짢은 듯했다.

학교에서도 주현은 별말을 하지 않았다. 어쩌면 아무 말도 하지 않았을 수도 있다. 평소에도 쓸데없는 말은 하지 않는 편이지만, 오늘은 평소보다도

더 말이 없는 것 같았다. 주현은 하루 종일 기분이 좋지 않아 보였다. 단순히 기분이 좋지 않다고 하는 것이 타당할까. 주현의 표정은 전날 본 예빈의 표정과 닮아 있었다. 하지만 예빈의 얼굴과 달랐던 것은, 주현의 표정에는 깊은 걱정이 곁들여져 있었다. 그게 예빈을 향한 것인지 예인이라는 사람을 향한 것인지 아니면 그 문자를 보낸 사람을 향한 것인지 정화는 알 길이 없었다.

매일 반복되던 정화의 일상에 새로운 미스터리가 생겼다. 아주 비밀스럽고 흥미로운 미스터리. 정화는 예빈과 주현이 걱정되기도 했다. 하지만 그 걱정을 덮어버릴 정도로 정화를 품은 호기심과 흥미는 크게 부풀어 있었다. 정화는 감정에 따른 심리의 변화에 관심이 있었다. 정화는 사람의 심리와 감정이 요동치는 모습을 동경했다. 감정과 심리가 폭풍우가 몰아치는 바다처럼 뒤섞이고 흔들릴 때, 그때가 비로소 인간이 인간다워진다고 믿었다. 정화는 주로 고전 문학에서 그걸 느낄 수 있었다. 고전 문학에서 나타나는 인물들의 감정과 심리, 그리고 그로 인한 고뇌를 간접적으로 느낄 때마다 정화는 살아 있음을 느끼고 피가 온몸을 돌고 있는 것을 알 수 있었다. 하지만 정화는 아직까지 한 번도 그러한 고귀한 고뇌를 가진 인간을 본 적이 없었다. 정화가 만난 사람 중 그 누구도 인간적인 감정을 보여주는 사람이 없었다. 정화가 보고 싶은 것은 진솔하고 꾸밈없는 있는 그대로의 감정, 그뿐이었다.

학교가 끝나도 주현은 아무 말이 없었다. 옆에서 아무리 하은이 시끄럽게 말을 걸어도 주현은 듣지 못한 건지 대답을 않거나 대답을 해도 소리는 내지만 의미나 마음이 담기지 않은, 말이라고 하기 어려운 것에 지나지 않았다. 하은은 주현을 걱정하는 눈치였다. 평소에도 그리 시원하게 답해주지는 않았지만, 이렇게도 반응이 잠잠했던 적은 없었다. 하은은 괜찮냐는 둥 무슨 일 있냐는 둥 여러가지 말로 주현의 입을 열어보려 했지만 대번 실패하고 나서는 자신도 뾰루퉁 해져선 입을 꾹 다문 채 걷기만 했다.

예빈은 오늘 학교에 오지 않았다. 조용하고 있는 듯 없는 듯 존재감이 없는 아이이긴 했지만 학교에는 항상 얼굴을 내비추던 아이인데 결석한 걸로 봐서는 어제의 일이 역시 예빈과 주현에게는 꽤나 큰일인 것 같았다. 한 가지 의외였던 것은 주현이 예빈을 찾지 않았던 것이다. 예빈의 일을 듣고 그토록 놀랐던 주현이 당사자인 예빈이 오지 않아도 그 빈 자리를 힐끗 쳐다만 보고선 납득을 한 듯한 행동이 정화는 이해되지 않았다.

정화는 집에 돌아와 또 전날의 메시지를 들여다보았다.

"예인아, 오늘은 언제 집에 오니? 밥해놓고 기다리고 있을게."

예인. 역시 본 적도 들은 적도 없는 이름이다. 그 이름에서 느껴지는 익숙함은 예빈이라는 이름과 닮아서일 터였다. 예빈과 예인. 두 이름이 닮은 게 우연이 아니라는 생각은 예빈과 주현이 보여준 반응이 강하게 받쳐주고 있었다. 생각하면 생각할수록 정화는 궁금해졌다. 단순한 호기심이 전부는 아니었다. 옅은 걱정 또한 궁금증을 이루고 있었지만 궁금증을 이루는 주성분은 호기심이었다. 역시 그 메시지에 대해서 알아내기 위해선 대화를 해보는 게, 그러기 위해서는 답장을 보내는 게 가장 빠른 방법인 것 같았다. 정화는 메시지를 보낼지 말지 고민하기 시작했다. 메시지를 보내면 궁금증에 대한 답이 명확히는 아닐지라도 어렴풋이나마 안개가 걷히는 연못처럼 그 윤곽이 흐리게라도 드러날 것 같았다. 하지만 아직 어린 고등학생이 모르는 번호로 선뜻 메시지를 보낸다는 건 생각 없이 할 일은 아니었다. 그리 큰일이 일어나겠냐마는 역시 그래도 모르는 번호로 아무 스스럼없이 답장을 보내기에는 찝찝한 기분이 영 없는 것은 아니었다. 그리고 예빈과 주현의 반응을 봤을 때, 정화의 생각처럼 이 메시지가 둘과 뭔가 깊은 연관이 있다면, 둘이 깊이 관여되어 있다면 그 둘은 그 메시지에 정화가 답장하는 것을 바라고 있지 않을 것이 분명했다.

정화는 오랜 고민 끝에 답장을 하기로 결심했다. 친구들과의 관계는 이후 회복할 수 있지만 알지 못한 건 시간이 흘러도 알 수 없는 그대로 남기 때문에.

"누구세요?"

3.

아침이 되어도 답장은 되돌아오지 않았다. 정화는 알람이 울리자 마자 휴대폰을 열어 답장을 확인했지만 정화의 메시지를 끝으로 아무런 텍스트도 보이지 않았다.

'아침이니까'

정화는 별로 신경 쓰지 않으려고 했다. 답장이야 오늘 안에만 온다면 괜찮다고 생각했다. 정화는 평소처럼 학교로 향했다. 학교를 가기 위한 준비는 평소랑 같았다. 역시 평소와 별다른 건 없어 정화는 조금 지루함이 느껴졌다.

정화는 학교로 가는 길목에 주현을 만났다. 정화는 주현을 보았지만 주현은 줄곧 아래만 바라보며 생각에 잠겨 있었다. 평소와는 다르게 하은과 같이 있지도 않았다. 두 손으로 가방끈을 붙잡고 시선을 다른 곳에 주지 않았다. 무언가 고민하고 있는 듯 했다. 정화는 주현에게 말을 걸려다 그만두었다. 어차피 무슨 말을 걸어봐도 만족스런 답은 돌아오지 않을 터였다.

학교로 걸어가는 동안 주현은 무엇을 생각하고 있었을까. 분명 예빈에 관련된 일일 것이었다. 아직도 그 둘 사이를 이해할 수 없었다. 그 둘이 단순히 중학교 동창일 리가 없었다. 주현과 예빈은 자주 얘기하지 않았지만 정화는 그 둘 사이에 무언가 끈끈한 것이 둘을 잇고 있다는 것을 느꼈다. 단순한 관계에서 베어나올 수 없는 것이라는 걸 정화는 알고 있었다. 둘 사이에 무언가 큰 사건이 있었다는 것을 정화는 이전부터 짐작하고 있었다. 하지만 그게 무엇인지에 대해서는 전혀 알 수 없었다. 둘은 서로에게 말도 잘 하지 않을뿐더러 서로를 잘 바라보지도 않았다. 서로가 서로를 피하면서도 멀어지지는 않는, 좀처럼 보기 힘든 관계에 있었다. 정화는 그렇기 때문에 둘 사이를 관심있게 지켜보았다. 지금까지는 확신이 없었지만, 이제는 둘 사이에 정말 무언가가 있다는 걸 확신할 수 있었다.

정화는 학교에 가서 주현에게 물어보기로 했다. 둘 사이에 무슨 일이 있었는지 알게 되면 이때까지의 점들이 흐릿하게나마 선으로 연결될 터였다. 정화는 학교에 도착하자마자 가방을 책상 걸쇠에 걸고 자리에 앉았다. 무엇을 어떻게 물어볼지 정리해야만 했다. 주현의 자리를 바라보니 가방이 걸려 있었고 의자가 뒤로 나와 있었지만 주현이 자리에 없는 걸로 보아 주현은 학교에 온 뒤 자리를 비운 것 같았다.

"김정화."

정화의 목 뒤에서 목소리가 들려왔다. 평소와는 다르게 냉랭하지 않게, 끝이 조금 녹아버린 얼음조각같은 목소리였다.

"응."

정화는 평소답지 않게 조금 딱딱하게 대답했다. 글쎄, 주현의 목소리는 평소보다는 확실히 녹아 있었지만 어딘지 모르게 축축하니 좋은 것 같지는 않았다. 그리고 정화는 주현이 자신을 부른 이유를 알 것 같았다. 주현은 자신에게 무언가 이야기하려고 하는 것이다. 무언가 말할 것이 있는 것이다. 정화의 감은 틀리지 않았다. 주현은 정화더러 잠시 밖으로 가자고 했다. 정화는 주현을 따라 교실 밖으로 나섰다. 힐끔 시계를 쳐다보니 아직 7시 반. 아직 시간이 있었다. 벌써부터 피곤하지도 않은지 모여서 수다를 떠는 아이들 곁을 지나 가방을 멘 아이들이 오르고 있는 계단을 내려가 교사 밖으로 나갔다. 주현은 뒤따라오는 정화를 뒤로하고 학교 뒤 작은 뜰로 갔다. 여기저기 구석에 담배꽁초가 아무렇게나 버려져 있었다. 정화는 그 중 아직 불이 꺼지지 않아 조금씩 연기가 올라오는 걸 발견하고 발로 짓밟아 비틀어 불을 꺼버렸다.

"너 강예인이라는 사람 알아?"

주현이 먼저 입을 열었다.

"아니 들어본 적도 없어."

"근데 그 이름은 어떻게 알아?"

"말했잖아. 그때 그 문자."

주현은 잠시 말을 멈췄다.

"너 거기 답장하거나 한 건 아니지?"

"누구냐고 물어봤는데?"

"거기 답장을 했다고?"
"응."
"아니 왜 니가 거기 답장을 해?"
"왜?"
주현은 깊게 한숨을 내쉬었다. 조금 짜증이 난 것 같았다.
"답장하면 안 되는 거야?"
"아니! 거기 왜……."
주현은 꽤 짜증이 난 것 같았다. 오른손으로 이마를 짚으며 연거푸 숨을 빼냈다. 정화는 주현이 왜 그렇게까지 싫어하는지 알 수 없었다.
"주현아 왜 그래?"
"아니 너가 왜 거기……."
띠링-
주현이 말하고 있을 때, 정화의 휴대폰이 울렸다.
"예인아 오늘은 외식할 거니까 빨리 와~"
정화는 알림이 울리는 휴대폰 액정을 바라보며 주현을 힐끗 쳐다봤다. 주현은 잠깐 당황한 듯 보였지만 이내 차분함을 되찾았다. 정화는 주현의 얼굴을 살폈다. 주현은 정화를 바라봤다. 주현은 입술을 몇 번 들썩이더니 손목에 건 작은 시계로 눈을 돌려 입을 열었다.
"일단 나중에 얘기하자. 너 답장하지 마 거기."
주현은 대답을 구하는 눈치가 아니었다. 단지 '그러지 마'라는 명령식의 통보가 담긴 문장을 내뱉었을 뿐인 느낌이 들었다. 정화는 주현이 자신의 대답을 원하는 것이 아니라는 것을 알곤 굳이 입을 열어 대답을 건네지는 않았다. 주현은 정화를 바라보았다.
"나 먼저 올라간다 그럼."
주현은 정화가 자신과 같이 가지 않겠다고 말이라도 한 듯 정화의 옆을 지나쳐 정화를 그 자리에 남겨두곤 콘크리트벽 모퉁이를 돌아 정화의 눈에서 가려졌다.
정화는 자신의 손목에 걸린 시계를 보았다. 이미 시간은 더 이상 그녀가 이 작고 조용한 뜰에 있는 걸 허락해주지 않을 것 같았다. 교실로 올라갈 시간이 그녀의 앞으로 다가오고 있었다. 정화는 조금 기분이 나빠졌다. 그녀는 주현이 어떠한 설명도 없이 자신에게 이것저것 따지는 게 마음에 들지 않았다. 심지어 자신의 시간을 할애해 그녀의 이야기를 들어주었는데 그녀는 자신을 이곳에 내버려두고 얼음 위를 미끄러지듯 지나쳐 갔다는 것이 조금 불편하게 느껴졌다. 하지만 크게 담아두지 않기로 했다. 분명 주현 또한 자신처럼 무슨 일인지 감이 오지 않고 영문도 모를 일이기 때문에 그랬을 것이라고 생각하기로 했다. 누구든 알고 싶은 것을 알 수 없을 때는 아이처럼 짜증나기 마련이다. 하지만 그게 정화의 기분을 좋게 만들 수 있는 건 아니었다. 단지 주현의 행동을 이해하고 용서할 수 있었을 뿐이다. 정화는 주현에게 방과후 시간을 좀 내어받아야겠다고 생각했다. 주현과 이야기하면 그녀가 원하는 것은 물론 자신이 원하는 것까지 알 수 있을지도 모를 일이었다.

정화는 다시 한 번 손목시계를 내려다봤다. 정화는 서둘러 뒤뜰을 떠나 교정으로 향했다.

수업이 끝난 후 정화는 주현의 옆으로 갔다. 주현의 옆에 서도 주현은 가방에 필통과 노트들을 넣으며 정화를 향해 고개를 들지 않았다. 정화는 주현이 가방의 지퍼를 닫을 때쯤 말을 걸었다.

"너 오늘 학원 없지? 나랑 좀 얘기하러 가자."

"어디로?"

"카페든 어디든."

"야자는 어떡하게."

"오늘 수요일이잖아, 가자 빨리. 너 나한테 궁금한 거 내가 말해줄게."

주현은 시선을 정화에게로 향했다. 정화는 계속 주현을 내려다보고 있었다. 주현은 다시 눈을 돌렸다. 주현은 자리에서 일어나며 가방을 메고 의자를 책상 안으로 밀어넣었다.

"가자."

주현은 몸을 문으로 향하며 한 마디를 던졌다. 정화는 주현의 뒤를 따라 문을 나섰다.

정화와 주현은 교문을 나서 내리막길을 걸어내려갔다. 둘은 말이 없었다. 정화는 주현의 뒤를 따라 3미터 정도 거리를 유지했다. 주현은 휴대폰을 보고 있지도 않았다. 그저 후드티 주머니에 손을 찔러놓고 앞만을 바라보며 걷고 있었다. 내리막길의 끝자락에 도착하니 익숙한 사거리가 보였다. 둘은 어떠한 말도 나누지 않아도 서로가 어디로 갈지 알 수 있었다. 횡단 보도를 건너 오른쪽. 그리고 조금 걸어가다 다시 왼쪽으로. 거기서 다시 조금만 더 가면 왼쪽에 그들이 자주 가는 카페가 하나 있다. 네 명 사이에서 카페라고 하면 말을 하지 않아도 그곳으로 가는 것이 정해져 있다. 몇 년씩이나 된 단골은 아니라도 그들은 확실히 그 카페의 단골이 되어있었다.

주현과 정화는 몇 분을 말 없이 걸었다. 주현과 정화는 길을 걷는 동안 단 한 마디도 나누지 않았다. 주현은 마지막 모퉁이를 돌아 카페 앞으로 갔다. 주현은 잠시 멈춰 뒤를 따라오는 정화를 한 번 돌아보았다. 정화와 눈이 마주치자 주현은 눈을 문으로 돌리곤 손으로 유리문을 밀어 카페 안으로 들어갔다. 정화는 주현을 따라 닫혀오는 유리문을 손으로 밀어들어갔다.

카페 안은 조용했다. 골목길에 숨어 있어서 그런지 언제나 사람이 많지 않았다. 카페에 있는 사람이라곤 바리스타 아저씨와 두 세 명의 사람들, 그리고 매일 이 카페에 앉아있는 한 중년의 여자뿐이었다.

카페는 조금 어둡기도 했다. 고동색의 나무로 만들어진 테이블과 의자들, 전체적으로 나무의 색을 닮은 가게의 분위기는 어딘지 모르게 안심되는 기분이 들게 만들었다. 작게 난 창문 사이로 조각조각 작은 햇살이 드나들고 있었다. 주현은 창가 옆 4인용 테이블 안쪽에 가방을 두곤 의자의 바깥쪽에 앉았다. 정화도 주현의 맞은편 안쪽에 가방을 밀어놓곤 바깥쪽 의자에 앉았다. 주현은 카푸치노를 주문했다. 정화는 잠시 고민하다 그냥 아메리카노를 주문했다. 둘은 주문한 커피가 올 때까지 입을 열지 않았다. 주현은 그저 창밖을 바라보고, 정화는 그런 주현의 옆얼굴을 빤히 쳐다보고 있었다.

몇 분 뒤, 군데군데 난 회색 머리를 검은 머리와 잘 정돈해 머리를 위로 빗어 올린 중년의 바리스타가 주현의 카푸치노와 정화의 아메리카노를 은색 쟁반에 담아 가져다주었다. 억지로 검게 물들이지 않은 회색빛 머리가 자연스러운 느낌을 풍겼다. 그의 미소를 따라 주름진 얼굴에는 온화함이 깃들어 있었다.

주현은 카푸치노를 입으로 몇 번 분 뒤, 컵에 입술을 대고 카푸치노를 한 모금 마셨다. 주현은 입술 위를 혀로 한 번 핥아 묻은 커피와 크림을 닦은 뒤 입을 열었다.

"그래서?"

"그래서라니?"

"내가 궁금한 거, 니가 말해준다며."

"뭐가 궁금해?"

"아까 물어봤잖아. 니가 거기 왜 답하냐고."

정화는 커피를 한 모금 마셨다. 주현의 물음에 구구절절 모든 이유를 대답해줄 수는 없었다. 정화는 머릿속에서 할 말을 정리하고 간추렸다. 정화는 주현을 납득시켜야 했다. 주현이 납득하지 못 하면 정화도 주현에게 답을 들을 수 없을 터였다.

"너도 그렇고 예빈이도 아무 말도 안 해주니까. 너넨 아무 것도 말 안 해줬잖아. 그 사람이 누군데?"

주현은 머그컵을 들었다. 하지만 커피를 마시지는 않고 커피잔에 담긴 카푸치노를 바라보았다. 카푸치노가 주현의 손에 맞춰 조금씩 흔들렸다. 정화는 한 번 더 물었다.

"나한테 문자 보낸 사람은 누구고 강예인은 누군데?"

주현은 대답하지 않았다. 단지 커피를 바라보고 있을 뿐이었다. 정화는 컵을 들어 또 한 모금 커피를 마셨다. 정화는 주현이 입을 열 때까지 기다렸다. 정화는 주현의 눈을 빤히 바라보며 주현의 입술이 움직이기를 기다렸다. 주현은 카푸치노를 마시곤 컵을 내려놓았다. 주현은 고개를 들어 정화를 바라보았다. 둘의 눈빛이 서로의 눈을 비추었다.

"말하기 좀 그런데."

"그래서 말 안 하게?"

주현은 다시 말이 없어졌다. 하지만 정화에게서 눈을 돌리지는 않았다.

"말해줘. 누군데."

"자세히는 말 못 해."

"니가 말할 수 있는 부분까진 말해줘 그럼."
주현은 잠시 뜸을 들이곤 다시 말을 이어갔다.
"강예인이라는 사람은 예빈이랑 아는 사람이고 너한테 문자 보낸 사람은 강예인이라는 사람 엄마야."
"근데 왜 나한테 그런 문자를 보내?"
"그걸 몰라서 너한테 물어본 건데 나도."
"멀쩡히 자기 딸 놔두고 다른 사람한테 문자를 잘못 보낸거야?"
주현은 잠시 동안 아무 말 없이 테이블을 내려다 보았다.
"죽었어. 강예인이라는 사람."
정화는 조금 당황했다. 무슨 일이야 있었겠으리라 생각했었지만 설마 죽은 사람이라고는 생각지 않았다.
"그 사람은 왜 죽었어? 강예인이라는 사람."
주현은 또 커피를 마셨다.
"중앙로역에, 지하철 참사 추모하는 데 알지?"
정화는 저번에 본 장소가 떠올랐다. 분명 중앙로역에는 그런 장소가 있다. 2003년에 일어난 지하철 참사를 추모하는 장소가 그 자리에 있다. 정화는 주현이 왜 그 곳을 언급했는지 금세 알 수 있었다. 둘의 대화는 잠시 숨을 멈췄다. 정화는 테이블에서 머그컵을 들어올려 마지막 남은 아메리카노의 한 모금을 목으로 흘려보냈다. 향긋한 향과 쓴맛의 끝에 남은 신맛이 혀에 감겼다. 주현은 카푸치노를 들었다. 아까보다 카푸치노가 더 흔들리고 있었다.
정화는 휴대폰을 꺼내 문자창을 열어 보았다.
"예인아 오늘은 외식할 거니까 빨리 와!"
오늘은 외식이니까 빨리 와. 강예인이라는 사람이 이미 죽은 사람이고 자신에게 문자를 보낸 사람이 그녀의 어머니라는 것은 알겠다. 예빈과 알던 사람이라면, 예빈이 그 문자의 주인이 누군지도 알고 있었다면 왜 그런 표정을 지었는지도 조금이나마 감이 왔다. 하지만 정화는 아직도 왜 그 문자가 자신에게 왔는지는 알 수 없었다. 정화는 결국 주현에게서 얻은 답도 부족했다.
"그럼, 너랑도 알던 사람이야?"

주현은 막 비운 머그컵을 테이블 위에 올려다 놓고 아직은 따듯한 카푸치노를 삼켜내곤 정화를 보며 말했다.

"누구?"

"둘 중에 누구든."

"나도 둘 다 알던 사람이야."

"그래?"

정화의 마지막 말은 주현의 대답을 바라고 한 말이 아니었다. 주현도 그걸 알았는지 굳이 대답을 입밖으로 꺼내지는 않았다. 정화는 작은 창문 밖으로 하늘을 올려다 보았다. 그러고 보니 햇살이 테이블에 내려앉지 않게 된 지는 꽤 된 것 같았다. 이미 해는 거뭇거뭇한 구름에 가려 잘 보이지 않았다. 정화는 조금씩 공기가 식어가는 것을 느꼈다.

"이제 갈까 그럼?"

주현이 먼저 입을 열었다. 카페에 들어오기 전보다는 목소리가 녹아 있었다. 정화는 고개를 끄덕였다. 둘은 가방을 챙겨 카페를 나왔다. 둘은 사거리까지 함께 걸었다. 이번에도 딱히 말은 하지 않았다. 사거리가 나타나자 주현은 정화와 다른 방향을 가리키며 손을 흔들었다.

"내일 봐."

"잘 가."

두어 번 손을 흔든 뒤 주현은 정화에게서 등을 돌려 걸어갔다. 정화도 몸을 돌려 길을 걸었다. 하늘은 금방이라도 비가 올 것 같이 축축해져 있었다.

정화는 방에 도착해서 가방을 내려놓았다. 무거운 가방을 내려놓고 나니 어깨가 한결 가벼워졌다. 정화는 양말을 벗고 침대 위로 뛰어들었다. 침대가 두어 번 흔들리더니 이내 멈췄다. 정화는 휴대폰을 꺼냈다. 휴대폰의 검은 화면에 정화의 얼굴이 비쳤다. 정화는 액정에 나타난 눈을 가만히 바라보았다. 액정 너머의 얼굴은 정화의 눈을 가만히 응시하고 있었다. 정화는 휴대폰의 버튼을 눌러 화면을 띄웠다. 화면의 많은 아이콘 중 메시지 아이콘만이 정화의 눈길을 끌었다. 정화는 메시지 아이콘을 눌러 메시지 창으로 들어갔다. 많은 메시지 기록 중 가장 윗부분에 그 메시지가 있었다. 정화는 그 메시지 창을 눌렀다. 정화는 가만히 메시지들을 보았다. 상대방은 누구냐는 정화의 물음에 대답도 하지 않고 또다른 메시지를 보내왔다. 몇 마디 없는 메시지였지만, 정화는 몇 번이고 메시지를 읽었다. 왜 자신을 예인이라고 불렀을까. 정화는 메시지를 보내볼까 고민했다. 왜 자신을 예인이라고 부르는지 물어보고 싶었다. 그건 다른 누구도 알려줄 수 없었다. 하지만 왜인지 메시지를 보내기엔 무언가가 가슴에 걸렸다. 과연 자신이 메시지를 보내도 괜찮은지 자꾸 생각하게 됐다. 그리고 자신이 계속 이 사람에게 메시지를 받아도 괜찮은지도 알 수 없었다. 정화는 왜 자신에게 메시지를 보내는지, 왜 자신을 예인이라고 부르는지는 몰라도, 예인이 아닌 자신이 예인에게 보내는 메시지를 받는 건 무언가 잘못된 게 아닌지 고민했다. 정화는 타자판을 두드렸다.

'전 강예인이란 사람 아니에요. 죄송해요.'

예인은 전송버튼 위에서 엄지손가락을 멈췄다. 보낼지 말지 고민이 되었다. 어딘지 모르게 찝찝한 느낌이 들었다. 몇 번이나 엄지손가락을 내리고 올렸다. 정화는 휴대폰을 침대 한 켠에 뒤집어 놓고 대자로 뻗었다. 정화는 오른팔로 눈을 가렸다. 후-. 한숨을 쉬곤 휴대폰에서 몸을 돌렸다. 정화는 눈을 감았다.

눈을 뜨니 시간이 꽤 지난 뒤였다. 시계를 보니 이미 꽤 멀리 자리를 옮긴 시침이 보였다. 평소 같으면 정화는 이제 잠에 들 시간이었지만 막 일어난 터라 잠은 오지 않았다. 정화는 몸을 돌리고 다시 눈을 감았다. 눈을 감자 불현듯 지하철이 생각났다. 대구 지하철 참사. 정화는 그 사건의 존재만을 알고 있었지 크게 관심을 가져본 적이 없다. 정화는 궁금해졌다. 한 번도 관심을 가져본 적 없던 사건이 그녀와 조금의 연관성이라도 갖게 되니 조금씩 관심이 가기 시작했다. 정화는 휴대폰을 집어 인터넷을 켜고 그 사건에 대해 찾아보기로 했다. 정화는 앱에 들어가 검색창에 검색어를 입력하기 시작했다.

'대구 지하철 참사'

대구 지하철까지만 입력해도 금세 '대구 지하철 참사' 라는 연관 검색어가 눈에 들어왔다. 정화가 검색 버튼을 누르려고 하는 순간, 휴대폰의 상단에 문자 알림이 나타났다. 저장되어 있지 않은 번호였지만 정화는 금세 누가 보낸 건지 알 수 있었다.

"예인아, 엄마가 미안해."

정화는 알림을 클릭해서 메시지창을 열었다.

4.

형철은 일주일 간의 피로를 등에 진 채 검은 페인트칠이 조금 벗겨져 불그스름한 녹이 군데군데 묻은 철문의 손잡이를 붙잡았다. 차갑게 식은 손잡이의 냉기가 형철의 손바닥에 맴돌았다. 형철의 발밑에는 온갖 대출 명함들이 널브러져 있었다. 형철은 구두 끝으로 종이조각들을 밀었다. 형철은 한숨과 함께 철문을 열었다. 4층짜리 빌라의 계단을 올라 2층으로 올라가 누르스름한 복도의 2번째 집. 형철은 하늘색으로 칠해진 문 앞에 섰다. 형철은 이 문 너머에 자신을 기다리고 있는 장면이 괴로웠다. 아침과 달라진 것 하나 없이 똑같이 정리 되어 있는 거실. 그리고 방들. 그리고 그중 한 방에는 아내가 있을 것이다. 아직 이부자리에서 미처 나오지 않은 채로. 아직 전등도 켜지않은 채로. 어두운 방 안에서 네모난 휴대폰의 작은 빛만을 바라보고 있는 아내가 그곳에 있을 것이다. 형철에는 이 광경이 괴로웠다. 어느 날부터인가 형철은 이 하늘색 문 앞에 서면 손잡이를 당기는 것이 망설여지기 시작했다. 문을 당기고 집 안에 들어간다는 것. 그건 형철에게 큰 용기를 요했다. 집 안으로 들어가 사람이 손댄 흔적 하나 없는 집을 둘러보고 하루종일 이불 위에서 죽은 딸의 사진만 보는 아내를 보는 건 형철에게 죽은 딸의 기억을 불러일으켰고 수많은 후회와 체념을 데리고 왔다.

형철은 손잡이를 잡았다. 손잡이는 아까 전의 문보다 더 차갑게 느껴졌다. 형철은 도어락의 비밀번호를 눌렀다. 천천히 한 자리씩. 검지로 버튼을 누를 때마다 삐-삐- 하는 소리가 복도에 울려 퍼졌다. 네 자리 비밀번호를 다 누르고 별표까지 누르자 도어락은 소리를 내며 잠금장치를 풀었다. 형철은 손잡이를 밀고 집 안으로 들어갔다.

"나 왔어."

집 안에서는 어떠한 소리도 돌아오지 않았다. 형철은 언제나 답이 없는 집에 인사를 했다. 대답은 안 해도 듣기는 할 테지. 형철은 돌아오지 않는 메아리를 매일 방 안으로 던졌다. 답이 돌아오지 않는 것을 알면서도. 어느 정도 습관이 든 것 같았다. 형철은 식탁 의자에 자켓을 걸어두고 가방을 놓았다. 형철은 바로 앞에 보이는 두 방 중 오른쪽을 먼저 바라보았다. 방은 문이 닫혀 있었다. 형철은 왼쪽 방으로 발걸음을 옮겼다. 방 안의 새까만 공기 중에 휴대폰 화면의 빛이 한 줄기 비치고 있었다. 조금 더 가까이 가자 바닥에 문으로부터 등을 돌리고 누워 휴대폰을 멍하니 바라보고 있는 아내가 보였다. 형철은 문에 손을 짚고 서서 한참을 멍하니 보았다. 형철이 몇 분 동안 지켜보는 동안 아내는 한 번도 움직이지 않았다.

'설마 하루종일 저러고 있던 건 아니겠지.'

형철은 집 밖에 나가 있는 낮 동안의 아내의 모습은 볼 수가 없었다. 분명 아침과는 자세가 달라져 있는 것 같았지만 몇 시간이나 전에 아내가 어떻게 누워 있었는지 정확히 기억할 수는 없었다. 형철은 침묵을 깨고 입술을 뗐다.

"밥, 먹었어?"

다른 날들과 다르지 않게 대답이 돌아오지 않았다. 형철은 몇 분의 시간을 더 주었다. 하지만 역시 대답은 돌아오지 않았다. 형철은 언제나 혼자만의 침묵을 깰뿐이었다.

"하아-."

형철은 아내가 듣도록 소리내어 한숨을 쉬었다. 혜선은 그러거나 말거나 휴대폰만을 바라보고 있었다. 형철은 주머니에서 진동을 느껴 휴대폰을 꺼내 바라보았다. 고등학교 친구의 전화였다. 형철은 혜선을 한 번 바라보았다. 혜선은 꼼짝도 하지 않았다.

"여보세요?"

"야! 넌 임마 왜 연락도 없어?"

"왜?"

"오랜만인데 나와. 한 잔 하러 가자."

"아홉 시야 벌써, 몇 달 만에 전화 와서 하는 말이 술 마시자는 거냐?"

"일단 나와 임마. 우리도 오늘은 불금 아니냐. 여기 그 사거리에, 그 꼬막집 알지? 기다린다."

상대방은 형철이 채 대답도 하기 전에 전화를 끊었다.

"여보 나.. 후우-. 나 좀 나갔다 올게. 민석이 만나러."

당연하게도, 방에서는 아무 목소리도 들리지 않았다. 형철은 의자에서 자켓을 집어 들었다. 현관문을 밀고, 집 밖으로 나섰다.

"왔냐? 여기 앉아."

형철은 자켓을 벗어 의자에 올려두었다. 친구는 안주는 아무것도 시키지 않고 소주 두 병과 소주잔 두 개만을 테이블에 올려놓고 있었다.

"한 잔 받아."

그는 형철의 잔에 소주를 따랐다.

"넌 왜 아무것도 안 시키고 있어. 오자마자 술이나 먹이고."

형철은 막 받은 술잔을 비웠다.

"이 나이 먹고 둘이서 무슨 불금이야. 애들도 아니고."

"임마 청춘이라고 생각하면 그게 청춘인 거야."

"요새 왜 연락이 없냐? 일은 좀 잘 되고?"

그는 형철의 막 비워진 잔에 소주를 채우며 말했다. 형철은 술잔을 만지작거리며 말했다.

"일은 뭐……. 다른 거 없지 뭐. 넌 뭐 좀 잘 돼?"

"나도 뭐 좋지도 않고 나쁘지도 않고. 거 뭐 좀 잘 되면 좋겠다. 야, 짠하자 짠."

둘은 술잔을 부딪쳤다. 투명한 술잔 속의 투명한 술이 조금 흘러 테이블에 한 두 방울 떨어졌다. 둘은 목구멍으로 술을 흘려보냈다. 씁슬한 맛 뒤에 잠깐 단맛이 느껴지더니 이내 쨍한 알코올 향이 콧구멍 속을 맴돌았다.

"크-. 너 뭐 좀 먹고 나왔냐? 회사에서 바로 왔더니 배가 이렇게 고프네. 너도 뭐 좀 먹을래?"

"난 너랑 똑같은 거."

"아줌마! 여기 음……. 어! 꼬막 두 개요."

"넌 왜 안주도 아직 안 시키고 그러고 있었어. 너 아직도 깡술해? 너 그러다 빨리 죽어."

"그러게. 아직 가족한테 서비스할 게 좀 남았는데. 근데 이상하게 집구석만 들어가면 질린다니까 이게. 이제 내가 집에가도 아는 척도 안 해. 아내란 양반은 허군날 티비나 보고 앉았고, 애라고 낳아놓은 딸년은 뭐 하는지 지

방에서 기어 나오지를 않아요. 내가 돈 벌어다주는 기계야 뭐야. 참. 아!"

그는 형철의 눈치를 살폈다. 형철의 주변은 시간이 꽤 흘렀어도 형철의 앞에서 가족 얘기는 금지였다. 특히나 '딸'이라는 단어는 절대 해서는 안 되는 금지어 중 하나였다. 더군다나 그의 앞에서 가족이 질린다느니 어쩐다느니 불평을 늘어놓다니, 그는 완전히 실수했다.

"야, 아니. 그……. 미안하다. 마시자."

그는 어색하게 흘러가는 정적을 깨려고 했다. 형철은 한 번에 잔을 비우고 소리나게 테이블 위에 술잔을 내려놓았다. 둔탁하게 울려퍼지는 소리에 그는 흠칫했다. 형철은 가만히 술잔을 내려다 보았다. 그도 소주잔을 내려놓았다.

"꼬막 나왔시오."

핑크색 앞치마를 두른 종업원이 꼬막 접시를 테이블에 올려놓고 갔다. 그는 형철의 눈치를 살피느라 선불리 젓가락을 들지 못했다. 형철은 먼저 젓가락을 들고 테이블에 끝을 툭 쳐 길이를 맞췄다.

"먹자."

형철은 꼬막하나를 집어 입에 넣었다. 매콤한 양념맛과 바다소금내가 나는 꼬막의 맛이 혀를 간지럽혔다.

"쫄깃하고 짭짤하니 먹을만하네. 너 안 먹어?"

형철은 꼬막을 하나 더 집어 젓가락을 입으로 향했다. 그도 눈치를 보며 젓가락을 꼬막으로 향했다.

"야, 민석아."

민석은 갑자기 자신을 부르는 소리에 놀랐다.

"와이프가 너랑 말 잘 해주냐?"

민석은 꼬막을 빨리 입에 털어넣고 씹었다.

"와이프? 내 와이프?"

"니 와이프지 그럼 누구 와이프야."

민석은 꼬막을 씹으며 평소 아내에 대해 떠올렸다. 생각해보니 그도 아내와 그리 많은 대화를 나누지는 않았다. 하지만 식사를 할 때에는 항상 어떤 주제건 누군가 입을 열기 시작해 말이 오고 가는 새에 밥그릇이 비워져갔다. 그렇게 보면 영 대화가 없는 부부는 아닌 것 같았다.

"뭐. 말 걸면 잘 받아주지."

'밥도 꼬박꼬박 주고, 사이가 나쁘지는 않네' 라는 말도 덧붙이려 했느나 그는 입을 닫았다.

"음. 계속 말 잘 했냐?"

형철은 소주병을 들어 잔에 술을 따랐다. 그는 민석의 잔에도 술을 따랐다.

"싸웠을 때 빼곤 말 잘 해. 왜?"

"하-."

형철은 한숨을 쉬곤 술을 마셨다. 그러곤 다른 한 병을 따서 잔에 따르더니 또 한 잔을 마셨다. 민석은 술이 약해 술을 멀리하던 형철이 오늘따라 순순히 술자리에 나와 연거푸 술을 먹는 모습이 이상해보였다.

"너 무슨 일 있냐?"

형철은 민석을 바라보았다. 귀가 조금 빨개져 있었다.

"후-. 난 와이프랑 말해본 게 언젠지 기억도 안 난다."

민석은 뭐라고 대답을 해야 할지 몰라 아무 말도 하지 못했다. 형철은 민석의 그런 기색도 살피지 않고 말을 이어갔다.

"애가 죽은 게 벌써 2003년,4년,5년,6년, 암튼 10년도 더 지났어. 곧 20년이 다 돼 가는데 아직 저러고 있으면 어떡해. 자기만 슬퍼? 나도 슬퍼. 근데 난 가족 아니냐? 내 생각도 좀 해줘야 하는 거 아니냐?"

형철은 술병에서 술을 따라 소주잔을 채웠다. 술이 조금 넘쳐 유리잔을 타고 흘렀다. 잔의 윗부분은 술이 장력을 이루어 볼록하게 일렁였다. 형철은 술잔을 빠르게 집어들었다. 술잔이 흔들린 탓에 술이 넘쳐 흘렀다. 그는 술을 빠르게 입에 털어넣고는 입을 닦고 말을 계속했다. 그는 조금 취해 있었다.

"나도 힘들다고 나도. 하루종일 회사 가서 구르다 집에 오면 난 보지도 않아. 아니, 아는 척도 안 해. 움직이지도 않는다? 난 없는 사람이야. 아니, 이게 가족이냐? 니가 생각할 땐 이게 가족이냐고."

민석은 조심스럽게 입을 열었다.

"아니 근데……."

"들어보라니까?"

형철은 민석의 말을 잘라버리곤 계속해서 자신의 말을 이어나갔다.

"난 이제 집에 들어가려고 이렇게 딱, 손잡이를 잡잖아? 그럼 머리가 문에 이렇게 붙는다? 이렇게."

형철은 머리를 숙여 테이블에 이마를 붙였다. 민석은 형철을 바라만 보고 있었다.

"너같으면 그런 집 들어가고 싶겠냐? 아침에 봤던 집이 다 똑같아. 집에 들어가기까지 반나절이 넘도록. 어떻게 사람이 하루종일 방에만 그렇게 붙어 있냐? 화장실은 어떻게 가나 몰라."

형철의 푸념은 계속됐다. 꼬막 접시는 차갑게 말라갔다. 한 병, 두 병. 술병이 테이블에 더 많아지고 시계가 미친 듯이 돌았다. 두 시간쯤이 지나자 형철은 입을 닫았다. 형철은 입술을 더 들썩이지도 못 할 정도로 취해 테이블에 몸을 꼬라박았다. 너무 세게 쓰러진 탓에 술병이 쏟아져 그의 소매를 적셨다. 민석은 형철을 흔들며 깨웠다.

"야, 야! 자면 어떡해 여기서. 일어나 빨리."

아무리 흔들어도 형철은 일어나지 않았다.

"하이 씨……."

그는 억지로 형철을 일으켜 팔을 자신의 어깨에 둘렀다. 그는 힘겹게 계산대로 가 자신의 카드로 계산을 했다.

'계산 먼저 하고 얘를 업을 걸.'

그는 속으로 생각했다. 하지만 이런 상황에 일의 순서는 의미가 없었다. 그는 형철의 재킷을 다른 손에 걸치고 형철을 질질 끌며 데리고 갔다. 그를 어디로 데려가야 할까. 그의 집? 자기 몸도 못 가누는 사람이 자기집 비밀번호를 어떻게 누른단 말인가. 그렇다고 자신의 집으로 데리고 가기엔 아내의 잔소리가 무서웠다. 하지만 주변엔 그를 재울 만한 적당한 모텔이 없었다. 그는 거리에 서서 잠시 고민했다.

"내가 마시러 나와서 마시지도 않은 술 계산만 하고 가네. 이 놈 이걸 어쩐다."

밤이 밤인지라 차가운 바람이 불었다. 계속 밖에 있을 수는 없는 노릇이었다. 그는 형철을 바라보았다. 벌겋게 달아오른 귀와 코. 이 상황에서 뱃속을 게워내지 않는 것만 해도 고마울 따름이었다. 그는 전화기를 꺼내 아내의 연락처를 찾았다. 그는 전화 버튼을 누르려다 전화기를 주머니에 쑤셔넣었다. 어차피 전화를 해봤자 욕만 바가지로 얻어 먹을 터였다. 그는 자신의 집을 향해 형철을 데리고 걸었다. 아내의 잔소리는 뒷전이었다. 고주망태가 된 친구를 아무 데나 내버려두고 혼자 편히 집으로 돌아가 두 발 뻗고 잘 수는 없었다.

"이렇게 얇은 놈이 무겁긴 왜 이렇게 무겁냐. 정신 좀 차려, 임마."

형철은 눈을 깜빡이며 끌려가듯 걷고 있었다.

"에이 씨……."

형철은 갑자기 민석을 뿌리쳐내고선 비틀대며 민석을 바라봤다. 그의 눈은 이미 초점을 잃어 있었다.

"야, 내가 알아서 갈게. 넌 임마, 너네 집으로 가."

형철은 손가락으로 옆을 가리키며 민석에게 말했다.

"야 이러고 집에 어떻게 가? 니네 집 비밀번호는 기억나냐?"

"당연하지. 보자 으, 1, 19, 19……. 뭐더라?"

"그냥 우리집에서 자고 가. 이러고 어떻게 집에 들어가? 비밀번호도 기억 못 하는 놈이."

"난 우리집 갈 거야. 와이프가 기다려."

"하! 새끼 진짜. 가자."

민석은 형철의 집을 알고 있었다. 민석은 아까처럼 형철의 팔을 자신의 어깨에 두르고 걷기 시작했다. 형철은 비틀대며 발을 뗐다. 십 분 정도 걸릴 거리를 이십 분이 넘어서야 겨우 도착할 수 있었다. 민석은 중간에 벗겨진 형철의 왼쪽 구두를 손에 들고 검은 철문에 잠시 기대어 숨을 돌렸다. 형철은 고개도 들지 않고 벌개진 눈으로 바닥만 보고 있었다.

"너랑 술 다시 먹나 봐라 내가."

민석은 다시 형철을 데리고 걷기 시작했다. 검은 철문을 지나 빌라 안으로 걸어 들어갔다. 중간 중간 형철이 넘어지곤 일어나지 않아서 계단을 오르는 데에만 5분이 넘게 걸렸다. 마지막에는 거의 형철을 끌다시피 한 민석은 형철의 집 앞에 다다랐다. 형철은 문 옆에 주저 앉아버렸다.

“혜선씨! 혜선씨!”

민석은 계속해서 문을 두드렸다. 하지만 문 안에서는 아무 소리도 들리지 않았다.

“후-. 야, 일어나봐. 너 집에 들어가야 할 거 아냐.”

민석은 억지로 형철을 일으켜 세워 문 앞에 서게 했다. 형철의 머리가 계속해서 위아래로 흔들렸다.

“야. 빨리 비밀번호 눌러봐. 빨리”

삑-삑-삑-삑-. 삑-삑-삑-삑-.

“야 넌 왜 자기집 비밀번호도 몰라. 하- 이거 미치겠네.”

삑-삑-삑-삑-. 삐-삐-삐-.

비밀번호를 세 번 틀리자 도어락의 빛이 사라졌다. 형철이 아무리 버튼을 눌러도 반응하지 않았다. 민석은 형철을 앉히곤 그 옆에 자신도 앉았다.

“야. 너 그래도 혜선씨한테 잘해줘. 새꺄 남편이란 게 집에서 말도 안 하고 술이나 이렇게 마시고 들어가서 퍼질러지면 되냐? 오래 지났잖아. 니가 임마 말 좀 걸어주고. 위로도 좀 해주고 그래라 좀. 어? 임마, 엇!”

민석은 말을 끊고 주머니에서 휴대폰을 꺼냈다.

“아이 씨.. 이거 큰 일 났네. 야 빨리 눌러봐 빨리.”

민석은 형철을 일으켜 세워 비밀번호를 누르게 했다.

삑-삑-삑-삑-. 삑-삑-삑-삑-.삑-삑-삑-삑-. 삐비빅-.

세 번째에서야 겨우 문이 열렸다. 민석은 형철의 등을 떠밀었다.

“너 빨리 들어가. 빨리. 잘 자라.”

민석은 형철을 안으로 밀어보내곤 전화를 받으며 달려갔다. 아내에게 변명을 하는 민석의 목소리와 구두 소리가 복도에서 멀어져갔다.

형철은 집에 들어와 구두를 벗었다. 한 짝밖에 벗을 것이 없었지만 구두는 두 짝 모두 현관문 안에 널브러져 있었다. 형철은 비틀대며 식탁 의자에 앉았다. 집 안은 암실처럼 어두컴컴했다. 하지만 아내가 있는 방에서는 아직도 휴대폰의 밝은 빛이 새어나오고 있었다. 형철은 한참을 바라보았다. 빛은 낮보다 밤에 훨씬 더 밝게 빛나고 있었다. 형철은 의자를 뒤로 밀며 일어나 혜선이 있는 곳으로 향했다. 형철은 한 발짝 한 발짝 천천히 걸어가 문에 기대어 섰다. 형철은 거칠게 숨을 내쉬었다. 아무리 형철이 아내를 바라보아도 혜선은 그에게 미동하나 반응을 보여주지 않았다.

"어이."

형철은 아내를 불렀다.

"이혜선. 당신 왜 그래?"

혜선은 아무 반응도 하지 않았다.

"왜 자꾸 그러는데? 이제 그만할 때 안 됐어? 어? 당신만 힘들어? 당신만 부모야? 당신 계속 그러고 살 거야? 뭐야 이게. 우리가 이게 가족이 맞아? 대답해봐."

형철은 아무 반응도 하지 않는 혜선의 태도에 울화가 치밀어 올랐다.

"아이 씨발. 뭔 대답이라도 해보라고. 야, 난 없는 사람이 취급이냐? 이게 십, 십, 십 몇 년째야 이게? 이럴 거면 왜 나랑 사는데? 니가 지금 이게 사는 거냐? 진짜 씨발 못 해먹겠네."

형철은 문을 세게 쳤다.

"예인이……, 예인이는 죽었어. 우리 딸 죽었다고. 십 몇 년 전에. 2003년에 죽었다고. 안 돌아온다고. 그만 좀 해. 당신이 그러고 있는 바람에 우리 예인이 장례식도 제대로 못 해줬는데, 당신은 엄마가 돼서 그게 미안하지도 않아?"

아무 반응도 없던 혜선의 어깨가 아주 조금이지만 들썩였다. 형철은 분명 그것을 보았다.

"에이 씨발."

형철은 욕을 내뱉곤 문을 쾅-하고 닫아버렸다.

혜선은 휴대폰 화면에 비친 딸을 바라보았다. 곱게 빗은 머리카락이 햇빛을 받아 갈색으로 빛나고 있었다. 환하게 웃는 딸의 웃음이 푸른 바다에 비친 햇빛보다 몇 배는 더 밝게 빛나고 있었다. 혜선은 눈물을 흘렸다. 조금씩 어깨도 들썩였다. 입밖으로 소리도 새어나왔는지 모르겠다. 코가 막히고 숨을 잘 쉴 수가 없었다. 자꾸만 눈물이 흘러나왔다. 혜선은 눈을 감았다. 딸, 딸이 자꾸 생각났다. 자꾸만 남편보다, 아들보다 딸이. 아니, 딸만이 생각났다. 그녀는 남편이 원망스러웠다. 그날 왜 딸을 그 시간에 데려다줘서, 왜 그 열차에 타게 만들어서. 혜선도 자신이 원망할 사람은 형철이 아니라는 걸 알고 있었다. 사실, 형철이 잘못한 건 없다는 것을 그녀는 알고 있었다. 하지만, 누군가를 원망하지 않으면, 누군가에게 이 마음을 돌려버리지 않으면 그 자신이 무너져내릴 것만 같았다. 그래서 그녀는 일부러 더 남편에게 매몰차게 대했다. 그래서 그녀는 남편을 무시했다. 마음속으로 그를 원망하기 위해서 그녀는 남편을 무시했다.

혜선은 문자창을 열었다. 딸아이가 사용하던 번호. 그녀는 너무 간절했다. 단 한 번만이라도, 목소리가 아닌 글자로라도 딸에게 한 마디만이라도 전하고 싶었다. 또 딸의 말을 전해듣고 싶었다. 그녀는 한참을 망설였다. 딸에게 하고 싶은 말. 그녀가 정말 하고 싶던 말. 그녀는 그 말을 적었다. 그리고 그 말을 보냈다. 갑작스러운 딸의 죽음에 아무것도 말하지 못한 게. 그 상황에 딸을 어떻게 구할 방법을 생각하지 못한 것이. 딸이 죽고 남은 가족이 지금 이렇게 지내고 있다는 게. 그리고 아무것도 못하고 무기력하게 지내는 자신이.

"예인아 엄마가 미안해."

5.

정화는 휴대폰을 바라보았다. 엄마가 미안해. 정화는 무엇이 미안하다는 것인지 정확히는 알 수 없었다. 하지만 정화는 그 말의 의미를 알 수 있었다. 머릿속에서 단어를 골라 형언해낼 수는 없었지만 손수건이 물에 젖어가는 것처럼, 정화는 그 느낌에 젖어들 수 있었다. 그건 아마 정말 미안하다는 게 아닐 것이다. 아니, 정확히는 미안하다는 것만이 그 말이 담고 있는 의미의 전부는 아닐 것이다. 정화는 어떻게 반응할지 망설였다. 잘못 온 메시지이니 넘겨버릴 것인가, 아니면 그녀의 말에 답장을 남겨줄 것인가. 정화는 쉽게 결정할 수 없었다. 정화는 몇 마디 텍스트를 입력하곤 지웠다. 그리곤 또 다시 텍스트를 끄적이곤 지워버렸다. 몇 번이고 쓰고 지우기를 반복하더니 정화는 인터넷에 접속해서 방금 전까지 찾아보고 있던 지하철 참사에 대한 백과사전을 찬찬히 읽어내려갔다. 사건에 대한 정보들이 문장의 형태를 이루어 정화의 머릿속으로 흘러들었다. 정화는 백과사전을 모두 읽고 나서 다시 문자창으로 돌아갔다.

정화는 액정 키보드 자판을 가만히 바라보았다. 문자를 입력하는 창에서 짧은 선만이 나타났다 사라졌다를 반복하고 있었다. 딸이 어머니보다 먼저 죽는다. 만약 자신이 죽으면 엄마도 그렇게 슬퍼할까. 자신의 딸이 먼저 죽으면 그 마음을 이해할 수 있을까? 엄마가 되어본 적이 없어서 잘 모르겠다. 그럼 반대로 엄마가 죽으면 그 마음을 이해할 수 있을까? 사람들은 부모의 사랑과 자식의 사랑은 다르다고 하지만, 부모든 자식이든 사랑하는 마음은, 사랑하는 사람이 내 곁을 떠나 슬퍼하는 마음은 그리 다르지 않은 게 아닐까. 결국 그 모든 사랑이 같은 것이 아닐까. 모든 사랑은 아쉽다. 하지만 그 아쉬움을 깨달을 수 있는 건 사랑이 끝나고 나서가 전부다. 그래서 그녀는 아직도 전하지 못 한 말들을 문자로 외치고 있는 게 아닐까.

아마 죽은 딸에게 그렇게라도 마음을 전하고 싶었던 것이다. 정화는 그것을 알 수 있었다. 딸의 역할을 빌려 그녀를 위로해주는 것이 정화가 할 수 있는 최선이라고 생각했다. 정화는 짤막한 한 토막의 문장만으로 많은 것을 느낄 수 있었다. 그녀가 지금 바라는 건, 자신의 마음이 자신보다 먼저 져버린 딸에게 조금이라도, 기적을 빌어서라도 전해지는 것이다. 그리고, 그렇게하지 않으면 그녀는 자신의 감정을 토로할 방법이 없으리라.

그렇게 생각하고 나니 정화는 기분이 조금 울적해졌다. 아주 조금일지 몰라도 그녀의 마음을 이해할 수 있게 된 기분이 들었다. 어느새 정화는 진심으로 그녀를 위하고 있었다. 진심으로 그녀를 대하고 있었다. 더 이상 정화는 얄팍한 호기심따위로 그녀를 우롱하지 않았다.

정화는 한 글자 한 글자 고심하며 단어를 골라 문장을 만들고 그렇게 한 문단의 편지를 써내려갔다. 혹여나 그녀의 감정을 너무 깊게 건드릴까 말투 하나하나에도 신경을 기울이며 정화는 그렇게 그녀를 위한 꾸며진 딸의 편지를 써내려갔다. 편지를 다 쓰곤 자신의 글을 찬찬히 읽어보았다. 중간중간 고쳐야 할 말들이 눈에 들어왔다. 읽고 고치고, 읽고 고치고, 또다시 읽고 고치고. 정화는 한 문장을 다섯 번도 넘게 고치기도 했다. 그럼에도 편지는 생각보다 잘 써지지 않았다. 하지만 정화는 자신도 모르게 편지에 감정을 담고 있었다. 그녀가 할 수 있는 건 그저 마음을 담는 일뿐이었다. 그것이 설령 조잡하고 꾸미기만 한 거짓된 편지일지라도 정화는 이 편지로 그녀가 위로받을 수 있기를, 조금이라도 그녀의 마음이 그 응어리를 뱉어내고 다시 일어설 수 있기를, 딸이 우연히도 그녀를 보게 된다면 안심하고 가던 길을 다시 떠날 수 있기를 빌면서 정화는 편지를 전송했다.

혜선은 잠에서 일어나 눈을 떴다. 자기 전 눈물을 많이 흘린 탓인지 눈에는 눈곱이 조금 끼여 있었다. 혜선은 습관적으로 휴대폰을 켰다. 평소와 같은 바닷가로 여행을 떠났을 때 찍은 딸의 사진이 배경화면으로 설정되어 있었다. 7시 30분. 언제나 그녀가 일어나는 시간이다. 알람을 맞추지 않아도 그녀는 언제나 이 시간에 일어나도록 바이오리듬이 조절되어 있었다. 평소처럼 딸의 사진이 담긴 갤러리에 들어가려고 아이콘을 바라본 순간, 메시지창에 알림이 하나 있는 것을 발견했다. 그녀에게 더이상 메시지를 보내올 사람은 없을 터였다. 기껏해야 대출광고쯤이겠지. 그녀는 신경 쓰지 않고 갤러리 아이콘을 터치했다. 갤러리 안에는 죽은 딸의 사진이 전시되어 있었다. 배경화면에 나와 있는 사진을 찍은 무더운 여름날 시원한 파도 소리와 짭잘한 바닷바람과 함께 찍었던 딸의 다른 사진들, 화창했던 봄날에 원피스를 입고 꽃을 바라보며 찍은 딸의 사진, 베이지색 트렌치코트를 입고 떨어지는, 떨어진 단풍들 사이에서 웃고 있는 딸의 사진, 눈이 많이 쌓인 스키장에서 스키 패딩을 입고 세워진 스키와 눈과 산의 헐벗은 나무들을 함께 담은 사진이 차례로 혜선의 눈에 흘러 들어갔다.

혜선은 시간이 흐르는 줄도 모르고 딸의 사진을 바라보고 있었다. 갑자기 방문이 열리는 소리가 나더니 이내 검은 양복 차림의 형철이 방안으로 들어왔다. 또다시 출근 준비를 하나보다 하여 혜선은 형철을 신경 쓰지 않았다. 혜선은 형철이 전날 자신에게 한 말들을 모두 기억하고 있었다.

형철은 방에 들어가 일부러 성큼성큼 이곳저곳을 돌아다녔다. 술김에 아내에게 너무 심한 말을 해버렸다. 그 말들이 진심이 아니었던 건 아니지만 취기를 품은 채 몇 배로 부풀려져 입 밖으로 나와버렸다. 아내에게 분명 사과를 해야 하는데 아내에게 사과를 해본 게 언제였는지 기억이 나지 않았다. 어디서 말을 꺼내야 할지 당최 알 수가 없었다. 형철은 한참을 무언가를 찾는 척하며 방안을 누볐다. 그는 아내를 살폈다. 아내는 자신에게 눈길 한 번 주지 않고 휴대폰만을 보고 있었다. 아내는 여러 사진 중 한 사진에서 넘기기를 멈추었다. 형철은 아내의 어깨 너머로 가만히 사진을 훔쳐보았다. 가족사진이었다. 딸이 죽기전 떠났던 여행에서 바다를 등지고 네 명이서 웃음을 띈 얼굴로, 행복해 보이는 분위기를 담고 찍은 마지막 가족사진이었다. 형철은 자신이 보고 있는 가족사진이 더 이상 자신의 것이 아닌 것만 같았다. 다시 그때로, 우리 가족이 행복했던 그때로. 우리가 서로를 사랑했던 그때로 돌아가고 싶었다. 형철은 신음하듯 말을 꺼냈다.

"여보."

오랜만에 여보라는 호칭으로 아내를 불러봐도 아내는 아무 반응이 없었다. 형철은 한 번 더 아내를 불렀다.

"여보, 미안해."

형철은 미안하다는 말밖에 떠올릴 수 없었다. 하고 싶은 말은 너무 많아

속에 담을 수 없을 정도로 부풀어 있는데 어디선가 걸려 말이 잘 만들어지지 않았다.

“당신이, 당신이 잘못하지 않았다는 거 알아. 당신이 나쁘지 않은 걸 알아. 슬픈 것도, 괴로운 것도 전부 알아.”

혜선은 아무 반응이 없었다. 형철은 계속해서 말을 끄집어냈다.

“예인이가 죽은 게 당신에게 어떤 건지, 얼마나 큰 슬픔인지 나도 알아. 내가 완전히는 알 수 없겠지만 우린 가족이잖아. 내가 느꼈던 슬픔과 그리 다르지 않을 거라는 걸 알아. 사실 나를 원망하지 않는다는 것도, 날 미워하지 않는다는 것도 난 알아. 그렇게라도 하지 않으면 당신이 버틸 수 없다는 것도.”

휴대폰을 잡은 혜선의 손이 더 이상 화면을 넘기지 않았다. 혜선은 형철의 말을 듣고 있었다.

“예전엔 말이야. 그니까 얼마 전까지는 당신을 보는 게 너무 괴롭고 짜증났어. 이해 못하는 건 아니지만 언제까지 그렇게 방에 박혀서 꼼짝않고, 나랑 한 마디도 안 하고 지내는 걸 보는 게. 언제까지 그러려나 가만히 지켜보고 있던 게 벌써 십 년도 더 넘었는데 아직도 그러는 걸 보고 점점 지치더라고. 난 어떻게든 살아보려고, 남은 당신만이라도 먹여 살리려고 악착같이 일하는데 당신은 그냥 가만히 무력하게 누워서 하루종일 핸드폰이나 보고 있는 걸 보는 게 너무 싫어서 핸드폰을 없애버릴 생각도 했어. 한 대여섯 번은 참았을 거야. 당신이 미운 걸지도 몰라. 근데 아까 당신이 보던 사진, 우리 가족사진이지? 예인이랑 민우랑 같이 여름에 바다 갔던 사진. 우린 가족이잖아, 가족. 우린 가족인데 어쩌겠어. 어제 했던 말들 미안해. 당신이 괜찮아지면, 가족사진 다시 찍어보자. 그 사진 예인이한테 보여주게.”

혜선이 어깨가 눈에 보일 만큼 선명히 흔들리고 있었고 중간중간 차마 막지 못해 입 밖으로 터져나오는 숨소리도 들렸다.

형철은 제대로 말할 수가 없었다. 말투도 어색하기 짝이 없었고 중간중간 호흡이 헛나와 말이 막히기 일쑤였다. 하지만 형철은 어떻게든 사과할 수 있었고 어떻게든 마음을 전할 수 있었다. 지금은 이 정도로 충분하겠지. 형철은 방을 나가며 말을 남겼다.

"오늘은 민우랑 중앙로역에 갈 거야. 추모관 있는 데에. 아마 저녁에는 올 거야. 이제 곧 점심이니까 밥 챙겨먹어."

혜선은 언어로써 대답을 주지는 않았지만 흔들리는 어깨와 새어나오는 숨이 형철에게는 대답으로 느껴졌다.

"나 다녀올게."

형철은 살포시 방문을 닫고 집을 나섰다.

민우는 옷장을 열어 옷걸이에 걸린 하늘색 셔츠를 꺼내 입었다. 블랙진을 입고 양말을 신었다. 손목시계를 보니 아직 조금은 여유를 부릴 시간이 있었다. 민우는 신발을 신은 채로 현관에 앉았다. 모든 준비를 마치고 신발까지 신었지만 선뜻 나가기가 어려웠다.

민우는 갑자기 오늘 아침 한 문자를 받았다. 토요일 아침 잠을 깨우는 문자 알림에 민우는 짜증을 내며 잠에서 깨어나 어렴풋이 눈을 떴다. 민우는 몸을 뒤척이며 이불 위를 더듬어 겨우 휴대폰을 손에 쥐었다. 희미하게 눈으로 빛이 들어왔다. 그는 문자의 발신인을 보곤 한숨을 쉬며 팔로 눈을 가렸다. 그는 벌떡 일어나 앉아 다시 문자의 발신인을 보았다.

'아버지.'

문자의 발신인은 아버지였다. 민우는 문자를 확인했다.

"오늘 시간 좀 내서 만날 수 있겠니."

민우는 오랫동안 아버지와 사이가 좋지 않았다. 민우는 갑작스레 만나자는 아버지가 껄끄러웠다.

"왜요?"

민우는 답장을 보냈다. 집에 살 때도 사이가 좋지 않아 하루에 한 마디도 할까 말까 했던 사이인 아버지를 민우는 굳이 휴일에 시간을 내서까지 만나고 싶지는 않았다. 민우는 다리를 덮은 이불을 한쪽으로 걷어내고 일어나서 기지개를 켰다.

띠링-!

물을 한 잔 뜨는 사이 벌써 답장이 왔다.

"예인이 때문에."

'예인이 때문에? 십 년도 더 전에 죽은 동생이 지금 나랑 만나는 이유라고?'

민우는 죽은 동생 때문에 만나자는 게 이해가 되지 않았다. 도대체 왜?

"예인이가 왜요."

민우는 머그컵에 담겨진 물을 모두 마시곤 입을 닦았다. 자고 일어나니 입 안이 텁텁했다.

"12시까지 중앙로역으로 와. 기다리마."

민우는 문자를 보고선 눈살을 찌푸렸다. 이유도 제대로 설명하지 않고 다짜고짜 오라니. 일방적인 통보. 역시 아버지는 여전하다. 민우는 대답을 하지 않고 휴대폰 화면을 껐다. 민우는 식탁 의자를 테이블 밑에서 꺼내곤 그 위에 털썩 주저앉았다. 느닷없이 만남을 청하는 아버지의 말에 답을 해야 할까. 어떻게 반응해야 할까? 민우는 턱을 괴고 창문을 바라봤다. 방 한 켠에 트인 작은 창문으로 새하얀 빛이 쏟아지고 있었다. 민우는 턱을 받치고 있던 손을 이마로 옮겼다. 민우는 아버지를 만나고 싶지 않았다. 언젠가부터 아버지는 꺼려지는 존재, 같은 집에 살아도 되도록 마주치고 싶지 않은 사람이었다. 더군다나 고작 몇 시간 전에 이렇게 연락을 해오다니. 아버지는 정말 제멋대로인 사람이다. 언제나, 상대의 입장을 고려하지 않는 사람.

그런데 역시 이상했다. 아버지는 민우를 크게 신경 쓰지 않을 터였다. 자신이 아버지를 크게 괘념치 않았던 것처럼, 아버지 또한 자신을 그다지 신경 쓰지 않는 눈치였다. 같이 살 때도 같이 외출하자는 말 한 마디 하지 않던 사람이 집을 나와 살고 근 십 년이 지나도록 오래되어서야 부자 간의 외출을 제안하다니. 그 이유가 오랜만에 아들을 보고 싶어서라거나 집에 홀로 있으니 외로워서 따위는 아닐 것이다. 분명히 무언가 중요한 이유가 있지 않을까. 그렇다면 그것은 자신에게 상담하지 않으면 안 될 일인가. 가령 어머니의 건강이 나쁘다거나, 친척 중 누군가가 죽었다거나, 큰 우화가 생겼다거나 하는 등의. 아버지 개인의 일이라면 몰라도 가정이 달린 문제라면 민우는 외면하고 싶지도 않았고 외면할 마음도 없었다. 민우는 끝내 아버지에게 답장은 보내지 않았지만 민우는 아버지를 만나러 가기로 했다. 오랫동안 말 한 마디 나누지 않은 아버지를.

민우는 현관문의 손잡이를 잡았다. 현관문의 차가움이 민우의 손에 전해졌다. 민우는 손잡이를 아래로 돌렸다. 잠금장치를 풀지 않아 문을 밀어도 문이 열리지 않았다. 민우는 손잡이를 놓고 잠금장치에 손을 가져다댔다. 몇 초 뜸을 들이더니 이내 잠금장치를 풀고 문을 열어젖혔다. 민우는 복도를 걸으며, 보도블럭 위를 걸으며, 지하철역을 걸으며 아버지에 대한 기억을 떠올렸다. 아무리 생각해도 그다지 좋은 기억은 떠오르지 않았다. 딱딱하고 곧은, 절대 굽히는 일이 없는 사람이었다. 아버지는 오늘 만나서 무슨 이야기를 할까. 민우는 오늘도 아버지가 그런 태도라면 아버지를 만나는 데 시간 쓸 필요가 없다고 생각했다.

민우는 지하철을 타고 중앙로역으로 향했다. 손잡이를 잡은 손이 흔들렸다. 자리는 벌써 사람들이 온통 차지하고 있었다. 한참을 전광판을 바라보고 있으니 어느새 중앙로를 알리는 방송이 들려왔다.

민우는 지하철에서 내려 계단을 올랐다. 시간을 보니 약속 시간은 십 분 정도 뒤였다. 빠르게 계단을 오르내리는 사람들 가운데 민우는 천천히 차례차례 계단을 밟았다. 계단을 올르니 '기억공간'이라는 글자가 보였다. 기억공간 있는 곳을 바라보니 한 검은 양복차림의 장년의 남자가 가만히 추모관 안을 쳐다보고 있었다. 짧은 머리에 검게 칠한 염색이 다 빠지고 희끗희끗한 머리가 대부분이었다. 민우는 아버지에게 다가갔다.

"아버지."

형철은 민우의 목소리에 몸을 돌려 민우를 바라보았다.

"들어가자."

형철은 추모관 안을 가리키며 앞장서 걸었다.

추모관은 그렇게 크지 않았다. 아니, 작았다. 몇 평 남짓한 긴 복도같은 공간의 한 쪽이 참사의 현장을 고스란히 재현해놓았고, 반대 쪽 벽에는 여러 글귀가 적혀 있었다. 민우는 몇 걸음 걷다 말고 작은 모니터에서 나오는 영상이 재생되는 것을 멍하니 바라보았다. 유가족들이 피해자들의 상을 치르는 모습이 보였다. 흰 상복을 입고 통곡을 울부짖는 그들의 마음이 민우에게 고스란히 전해져왔다. 왼쪽을 보니 추모관의 끝에 추모벽이 서 있었다. 민우는 이름을 하나하나 짚어가며 동생의 이름을 찾았다. 수 십 개의 이름을 손가락으로 스쳐서 민우는 겨우 동생의 이름 세 글자를 찾을 수 있었다. 민우는 아버지를 돌아보았다.

형철은 천천히 추모관을 둘러보았다. 들어가자 마자 오른쪽에 붉게 녹이 슨, 원래는 초록색이었을 캐비넷이 보였다. 여긴 뭐가 들어 있었을까. 정면에는 회색 배관들과 파편들이 눈에 들어왔다. 하얀 재와 먼지가 소복히 쌓여 있었다. 유리관에 둘러쌓인 벽에는 처참한 사고의 흔적이 고스란히 드러나 있었다. 반대쪽 벽에는 여러 글귀들이 적혀 있었다.

"고운님들이여! 생명의 별 밭에서 편히 쉬소서."

"소중한 님들이여! 우리 삶속에서 다시 태어나소서."

"대구시민여러분 이 날을 잊지 맙시다!"

"살아남은 우리가 부끄럽지 않게 하소서."

여러 글들이 쓰여 있었지만 형철은 유독 한 글에서 눈을 떼지 못했다.

"생명의 숭고함은 그 생명을 앗겨버린 사람들의 몫이 아니라 그 생명을 지켜야 할 사람들의 몫에서 나옵니다. 생명은 스스로 지켜서 존엄해지는 것이 아니라 서로가 사랑함으로 빛나는 것이기 때문입니다."

생명의 숭고함은 지켜야 할 사람들의 몫에서 나온다. 생명은 스스로 존엄해지는 것이 아니라 서로 사랑함으로써 빛난다. 이 말은 형철의 가슴 속 깊은 곳에 닿았다. 다시 돌아본 벽의 한쪽에는 녹아내린 전화기가 있었다. 그들의, 딸의 아픔을 나타내 보여주듯이. 전화기의 위쪽에는 유가족들이 남겨놓은 말들이 있었다. 형철은 가만히 글들을 바라보았다. 모두 떠나버린 이들의 이름을 외치며 간절한 소망을, 전해졌으면 하는 마음들을 글자에 싣고 있었다. 형철은 다시 한 번 기억공간을 둘러보았다. 까맣게 물든 그날의 흔적들이 딸아이의 상처를 드러내 보여주는 것 같아 괴로움이 몸 속을 헤집었다. 벽에 써 있는 추모와 그리움의 글들. 그것들이 다 무슨 소용일까. 아무리 벽에 그 이름을 외쳐봤자 딸은 이제 돌아오지 않는다. 당연히 알고 있던 사실이다. 하지만 이제까지 그 미련을 놓지 못했던 것일까, 형철의 눈에서는 눈물이 새어나오기 시작했다. 아버지의 우는 모습을 여태껏 본 적 없던 민우는 당황해 눈을 돌렸다. 십 년이 넘게 지났는데도 딸을 잃은 슬픔은 가시질 않았다. 형철의 뺨을 타고 흐르는 눈물은 쉽게 그치지 않았다. 형철은 정장 주머니에서 손수건을 꺼내 눈가와 뺨의 눈물을 닦아냈다.

형철은 민우가 있는 곳으로 갔다. 형철은 딸의 이름을 손가락 끝으로 짚어봤다. 그러곤 딸의 이름 위에 얹힌 민우의 손을 잡고 민우를 바라보며 말했다.

"고맙다."

6.

"스크린도어가 열립니다."

스크린도어가 열린 후 지하철의 문이 열렸다. 민우는 지하철 안으로 걸어 들어갔다. 지하철은 사람들로 붐비고 있었다. 민우는 손잡이를 잡자 열차의 문이 닫히더니 이내 열차는 긴 터널 안을 헤드라이트로 밝히며 나아가기 시작했다. 민우는 창밖으로 어두운 터널벽을 바라보았다. 터널 안에 배치된 조명들이 열차의 빠른 속력과 맞물려 노란 선을 이루었다. 눈을 감으니 선의 잔상이 시야에 남았다. 민우는 다시 눈을 떠 창에 비친 자신의 얼굴을 보았다. 가만보니 얇상한 얼굴이 아버지를 조금 닮았다. 날카롭게 찢어진 눈매도 아버지를 닮았다. 코는 조금 어머니를 닮은 것 같다. 이제보니 아버지와 꽤 닮았구나.

한 시간쯤 전, 둘은 기억공간을 나와 근처 식당으로 갔다. 골목길 사이사이에 겹겹이 둘러싸여 잘 보이지 않는 식당이었지만 형철은 예전부터 오랜 단골인 탓에 금방 길을 찾아갈 수 있었다. 민우는 아버지와 식사까지 같이 할 생각이 없었기 때문에 뒤에서 느릿느릿 아버지의 등을 따를 뿐이었다. 형철은 오래된 미닫이문을 열고선 안으로 들어갔다. 민우도 따라들어가니 아버지가 문을 잡고 민우를 기다리고 있었다. 민우가 완전히 가게 안으로 들어가자 형철은 문을 닫곤 자리에 앉아 익숙한 듯 칼국수 두 그릇을 주문했다. 민우는 아버지의 반대쪽 의자를 빼 앉고 가게 안을 둘러보았다.

가게는 좁고 낡았다. 오래된 테이블과 의자는 가게의 시작부터 함께였던 걸로 보였다. 좁은 벽에 이것저것 달마도, 족자 등이 붙어 있었고 여유없이 배치된 냉장고 위에는 황금 고양이상과 작은 단지, 액자가 올려져 있었다. 가게의 구석에는 작은 아날로그 텔레비전에서 뉴스가 흘러나오고 있었고 가게 주인 아저씨는 멍하니 뉴스를 보고 있었다. 주방에서 아줌마가 군데군데 홈이 패인 쇠쟁반에 칼국수 두 그릇을 가져오니 아저씨는 쟁반을 옮겨받아 테이블로 가져다 주었다.

"맛있게 드쇼."

아버지는 수저통에서 젓가락을 꺼내 칼국수를 먹기 시작했다. 민우은 칼국수를 바라보았다. 흰 국물 안에 넓적한 면과 채소들이 담궈져 있었다. 민우는 수저통에서 젓가락 한쌍을 꺼내 칼국수를 먹기 시작했다. 부자는 칼국수를 다 먹을 때까지 아무 말도 나누지 않았다. 가게 안에는 아나운서의 또박또박한 목소리와 시계의 초침이 움직이는 소리, 그리고 면을 빨아들이는 소리밖에 들리지 않았다. 민우는 최대한 늦게 먹으려고 노력했다. 식사를 빨리 마치면 아버지가 말을 걸어올 것 같아서였다. 민우가 식사를 마쳤을 때, 아버지는 진작 식사를 마치고 텔레비전에서 흘러나오는 뉴스를 같이 보고 있었다. 민우가 식사를 마치고 젓가락을 테이블에 내려놓자 아버지는 뉴스를 향하던 시선을 민우에게로 돌렸다. 민우는 자신에게 쏟아지는 아버지의 시선을 피하기 위해 눈을 돌렸다. 몇 분이 지나도록 아버지는 민우를 보고 있었다.

"다 먹었으면 나갈까?"

아버지는 '나가자'라고 말하지 않고 '나갈까?'라고 민우의 의사를 물어봤다.

"예."

아버지는 의자에서 일어나 외투 주머니에서 지갑을 꺼내들며 아저씨에게로 갔다. 아버지가 만 원짜리 지폐를 몇 장 내자 아저씨는 배에 메고 있던 작은 가방에서 천 원짜리 몇 장을 거슬러 주었다. 따로 계산대는 없는 것 같았다. 민우는 아버지가 지갑에 천 원짜리를 찔러넣는 걸 보면서 문을 열었다. 칼국수 가게를 나가 다시 골목을 헤쳐 나갔다. 민우는 또 그저 아버지의 뒤를 따를 뿐이었다. 아버지의 뒤를 계속 따라가니 공원에 다다랐다. 아버지는 나무 그늘 아래 벤치에 앉았다. 민우는 아버지가 앉은 벤치의 옆 벤치에 앉았다. 공원에는 아이들이 뛰어놀고 있었고, 비둘기들이 무리지어 땅을 쪼아대고 있었다. 나무들이 바람을 맞고 가지를 털어내고 있었다. 민우는 가만히 흘러가는 구름을 보고 있었다. 민우는 문득 아버지를 바라봤다. 아버지도 멍하니 하늘을 올려다 보고 있었다. 아버지의 옆모습이 어릴 때 보던 아버지의 옆모습보다 야위어 있었다. 아버지가 고개를 돌리자 민우는 아버지와 시선이 마주쳤다. 아버지는 일어나 공원 저편으로 가 캔커피를 두

개 가져왔다. 아버지는 하나를 민우에게 건네주곤 민우의 옆자리에 앉았다. 아버지는 커피를 따 한 모금 마셨다. 민우도 커피를 따 한 모금 마셨다. 두어 번 커피를 마시고 나니 아버지가 입을 열었다.

"넌 예인이가 잘 기억나냐?"

아버지는 텅빈 눈빛으로 가만히 앞을 바라보며 물었다.

"당연하죠, 동생인데."

아버지는 커피를 한 모금 마셨다.

"뭐가 기억나는데?"

"그냥 뭐 이것저것."

둘은 또 한참 동안 말이 없었다.

"아버지는요?"

아버지는 커피를 한 모금 마시고 캔을 흔들며 대답했다.

"기억나지. 다 기억나지."

"뭐가 기억나시는데요?"

아버지는 커피캔을 돌리며 구멍 사이로 캔 속의 출렁이는 커피를 바라보았다.

"예인이 태어나던 것도, 예인이한테 한글 가르치던 것도, 학교 처음 들어간다고 책가방 고르러 다니던 것도."

아버지는 계속 말을 이어갔다.

"처음 교복 입는다고 교복을 사러 간 것도, 수학여행 간다 그래서 용돈을 쥐어주던 것도, 축제에서 예인이가 노래하는 걸 본 것도."

민우는 가만히 동생을 떠올리며 아버지의 기억을 듣고 있었다. 아버지의 입에서 기억이 하나 나올 때마다 민우는 그때 그 자리에 있던 동생이 더 선명하게 보였다.

"같이 바다로 여행을 간 것도, 그 흔한 제주도 한 번 못 데려가 준 게 미안했던 것도, 돌아오는 차 안에서 거울로 보이던 자고 있는 모습도."

민우는 아무 말도 없이 바닥을 보며 캔을 만지작거리고 있었다.

"그리고, 그날 예인이를 데려다주던 일도."

캔을 돌리던 민우의 손이 멈추었다.

"조금만 더 빨리, 아니면 더 늦게 예인이를 데려다 줬다면. 그 열차를 타지 않았으면 예인이가 아직도 우리집에서 같이 살고 있을까. 예인이가 그렇게 된 건 내탓이 아닐까. 너희 엄마가 나한테 십 년이 넘도록 아무 말도 하지 않는 건 그것 때문일까?"
민우는 가만히 듣고 있었다.
"내가 원하는 건 다시 우리가 가족으로 돌아가는 것뿐인데 그게 왜 이렇게 어려운지."

민우는 아버지가 자신의 속내를 드러내 보이는 것이 당황스러웠고 조금 어색하기도 했다. 민우도 가족으로 지내던 시절이 싫은 건 아니었다. 지금 가족이 아니라는 말이 무엇을 의미하는지 알 수 있었다. 민우는 예인이가 살아있을 때를 떠올려보았다. 여전히 아버지와 자신은 좀처럼 이야기 하지 않지만, 그걸 제외하고는 여느 가정보다도 행복한 가족이었다. 그때는 어머니도 아버지와 자주 얘기했고 또 자주 웃으셨다. 거실에는 정적이 아닌 웃음소리와 화기애애한 분위기가 흘렀다. 그랬던 집이 어쩌다 이렇게 변했을까. 우리가족이 왜 이렇게 되어야만 했을까.

아버지는 캔을 옆 쓰레기통에 던져넣곤 자리에서 일어났다. 민우도 자리에서 일어나 캔을 쓰레기 통에 넣었다.

"갈까 이제."

"네 아버지."

앞장 서 가는 아버지의 뒷모습은 어릴 때처럼 커보이지 않았다. 조금은 나이들고 야윈, 인간적인 뒷모습이 민우의 앞을 걸어가고 있었다.

아버지는 지하철을 타지 않고 버스를 타고 가셨다. 아버지는 그 뒤로 지하철을 타지 않으시는 것 같았다. 민우는 아버지를 버스정류장까지 데려다 드리곤 홀로 지하철을 탔다.

아버지는 사실 생각보다 그리 나쁘지 않은 사람이 아닐지도 모른다. 그냥 아버지는 나쁜 사람이 아닐지도 모른다. 아버지에게 사과를 받거나 한 건 아니지만 아버지의 이야기를 들어보니 아버지의 마음이 아예 와닿지 않는 것도 아니었다. 조금은 아버지에게 가까워진 느낌이 들었다.

형철은 아파트 복도를 지나쳤다. 느릿느릿. 복도에 난 창 밖으로 지나가는 계절을 보면서 집으로 향했다. 길지 않은 복도를 길게 걷고 나서 형철은 문 앞에 도착했다. 선뜻 손잡이를 잡은 손을 돌리지 못했다. 형철은 숨을 한 번 내쉬고 문을 열었다. 나가기 전에 불을 끄는 걸 깜빡했는지 거실에서 빛이 새어나오고 있었다. 형철은 신발을 벗고 집으로 들어갔다. 어쩐 일인지 집이 깨끗하져 있었다. 여러 날에 걸쳐서 아무렇게나 벗어놓은 셔츠들이 사라져 있었다.

형철은 집에 들어가서 외투를 벗어 식탁 의자에 걸고 다른 의자를 꺼내 털썩 주저 앉았다. 형철은 잠시 숨을 돌렸다.

갑자기 방문이 열렸다. 형철은 저도 모르게 소리가 나는 쪽을 홱 돌아봤다. 혜선이 천천히 문을 열고 거실로 나오고 있었다. 형철은 자기도 모르게 자리를 박차고 일어났다. 혜선은 천천히 방문을 열고 나와서 조용히 문을 닫았다. 형철은 너무 당황한 나머지 어떠한 행동도 취할 수 없었다.

혜선은 형철이 나가고 시간이 조금 지난 후 자리에서 일어났다. 이런 상황에도 배가 고파오는 몸이 너무 싫었다. 혜선은 느릿느릿 일어나 거실로 향했다. 냉장고를 열어보니 마땅히 먹을 거라곤 없었고 계란 몇 개가 전부에 이렇다 할 음식이 없었다. 혜선은 계란을 꺼내 프라이를 만들었다. 아무렇게나 먹곤 먹지 않았던 것처럼 모든 식기를 원래 있던 자리에 그대로 정리했다. 남편에게 자신이 움직였다는 사실을 알려주고 싶지 않아 혜선은 매일 자신의 거동의 흔적을 지운다.

방 안에 들어와 문을 닫으니 왼편에 거울이 보였다. 혜선은 멀찍이서 거울에 비친 자신의 모습을 보다가 가까이로 가 자신의 얼굴을 바라보았다. 머리는 헝클어져 있고 얼굴은 푸석푸석했다. 눈밑에는 다크서클이 깊이 패여 있었고 입술은 허옇게 터 있었다. 눈빛은 죽은 동태마냥 탁했다. 혜선은 가만히 자신의 눈을 바라보았다. 그리곤 자신이 봤던 가족사진에서 본 자신의 얼굴을 떠올려보았다. 윤기가 흐르는 머리에 수분을 가득 머금은 얼굴, 다크서클은 찾아볼 수도 없이 하얀 눈두덩에 입술은 발갛고 통통했다. 그리고 눈빛은 맑아보였다.

혜선은 거울에서 눈을 돌리고 다시 자리에 누웠다. 혜선은 아까 자신이 봤던 사진을 다시 한 번 들여다 보았다. 지금에 비해 훨씬 행복해 보이는 얼굴로 자신이 웃고 있었다.

'이땐 젊었구나.'

혜선은 자신의 사진을 보며 자신이 젊었을 때를 떠올렸다. 교복을 입고 학교에 가던, 이제 막 피어나기 시작한 꽃봉오리같던 시절의 자신의 웃는 얼굴에서 딸의 얼굴이 자꾸만 생각났다. 혜선의 눈에서는 또다시 눈물이 나오려고 했다. 눈물을 닦으려고 눈을 손으로 비비니 조금 쓰라렸다.

혜선은 갤러리 앱을 닫고 배경화면을 바라보았다. 메시지창에는 여전히 알림 하나가 와 있었다. 혜선은 죽은 딸에게 메시지를 보내기 위해 메시지창으로 들어갔다.

혜선도 딸에게 메시지가 전해지지 않을 것이라는 걸 알고 있었다. 그럼에도 불구하고 계속해서 그렇게 오랜 번호로 메시지를 보내는 것은 그저 딸에게 말을 걸고 싶어서, 어디론가 마음 속에 있는 마음을 토해내고 싶어서였다. 사실 딸에게 메시지가 전해지길 바라는 게 아니었다. 딸에게 메시지가 전해지면 더할 나위 없이 기쁘겠지만, 그건 가능한 일이 아니었다. 아무리 딸을 잃은 슬픔에 폐인처럼 살고 있다곤 하지만 그런 사실도 부정할 만큼 이성을 잃지는 않았다.

혜선은 메시지 목록을 보지도 않고 죽은 딸의 번호가 입력된 메시지 창에 들어갔다. 다른 메시지창들은 볼 필요도 없었다. 혜선은 메시지 창에 자신이 아니라 딸의 번호에서 보내온 메시지가 보였다. 누가 보낸 메시지지? 설마 딸이 보낸 건가? 혜선은 메시지를 읽어내려가기 시작했다.

"엄마, 잘 지내고 계세요? 전 잘 지내고 있어요. 엄마아빠 많이 보고 싶어요. 여기 진짜 좋은 데니까 제 걱정은 안 하셔도 될 것 같아요. 저 때문에 많이 슬프게 해드려서 죄송해요. 그래도 이젠 좀 괜찮으시겠죠? 시간이 많이 지났으니까. 만약에 엄마, 아직도 제가 생각나서 힘드시면 아빠가 있으니까. 아빠가 엄마한테 잘해주겠죠? 가끔 엄마 아빠가 어떻게 지낼지 상상하면 여전히 엄마 아빠가 거실에서 웃고 계시고 거기에 제가 같이 있는 게 생각나요. 다시 엄마 아빠랑 다시 살고 싶어요. 빨리 보고 싶어요 엄마. 그래도 빨리 오시진 않았으면 좋겠어요. 엄마랑 아빠랑 오래 건강히 계시다 편안히 오셨으면 좋겠어요 엄마. 항상 너무 감사해요. 그리고 항상 너무 사랑해요. 더 많이 말하지 못해서 죄송해요 엄마. 그래도 정말 사랑해요."

혜선은 편지의 발신인이 예인이 아니라는 것은 금방 알 수 있었다. 예인이라면 오빠의 이야기를 빼놓고 편지를 쓰지는 않았을 테니까. 그래서 혜선은 울지 않았다. 딸이 아니라 다른 누군가가 쓴 편지라는 것을 알았기 때문에. 하지만 혜선은 자신이 이렇게 무기력하게 지내는 것을 예인이 알면 슬퍼할 것이라는 생각이 들었다. 그것이 꼭 슬픔의 감정이 아니더라도 적어도 예인이가 아무 것도 느끼지 않는다고 해도 예인이에게 자기 자신이 부끄럽게 느껴졌다.

혜선은 다시 거울로 가 자신의 얼굴을 들여다 보았다. 초췌하고 황량한 몰골이 산 송장이나 다름 없었다. 혜선은 빤히 자신의 얼굴을 쳐다보더니 돌연 자리에서 일어나 욕실로 향했다. 혜선이 가장 먼저 한 일은 씻는 일이었다. 혜선은 몸을 깨끗하게 씻고 난 뒤 머리를 정리했다. 그리고 매일 같던 옷을 깨끗한 옷으로 갈아입고 집안을 정리했다. 청소기를 돌리고 가구들을 닦았다. 조금씩 정리를 하니 어지럽던 집이 조금씩 깨끗해지고 있는 것이 보였다. 혜선은 집을 모두 정리하고 난 뒤 마트에 가려고 외투를 입었다. 화장을 하려고 했지만 이미 화장품은 너무 오래되고 버린 것들 뿐이었다.

혜선은 망설이지 않고 현관문을 열어젖혔다. 바깥의 공기가 바람이 되어 혜선의 코를 찔렀다. 남편과 이야기 하지 않은 뒤로 한 번도 밖에 나가지 않은 것은 아니지만 오랜만에 접하는 바깥공기는 어색하게만 느껴졌다. 혜선은 복도를 걸어나가 마트로 향했다. 몇 번 나온 적이 있어서인지 오랫동안 살았던 동네라서 그런지 길을 헤메지 않고 한 번에 마트에 도착할 수 있었다.

혜선은 마트에서 고기와 계란, 채소와 과일, 식용유 같은 식재료들을 바구니에 담았다. 이렇게 저녁 반찬의 재료들을 사는 게 얼마만인지 바구니가 무거워질 정도로 담고서야 식재료 고르는 걸 멈추었다.

계산대로 가니 계산 직원 아주머니가 혜선을 알아보고는 인사를 건넸다. 오랜만에 봐 조금 놀란 눈치였다. 혜선은 멋쩍게 인사하고 카드를 건넸다.

"근데 저기……. 이거 카드 막혔는디?"

아주머니는 카드를 돌려주며 말했다. 혜선은 당황해서 카드를 받곤 지갑에서 오래된 지폐 몇 장을 건넸다.

"이거 조금 부족한디."

아주머니는 돈을 세더니 말했다. 혜선은 당황해서 주머니를 뒤져봤지만 돈은 나오지 않았다. 아주머니는 혜선이 당황하며 주머니를 뒤지는 걸 바라보다가 말했다.

"그냥 가, 바깥 양반한테 받을라니까."

혜선은 꾸벅 고개를 숙여 인사를 하곤 서둘러 나왔다. 혜선은 마트를 나와 집으로 빠르게 향했다.

냉장고에 식재료를 넣고 다시 외투를 벗어 걸어놓았다. 혜선은 아까 빨래를 하지 않은 것이 생각나 빨래 바구니와 집 안에 뒹구는 빨랫거리를 집어 세탁기에 넣고 빨래를 돌렸다. 세탁기가 돌아가는 동안 혜선은 휴대폰을 바라 보았다. 딸이 죽고 난 후 몇 년이 지나 남편이 자신더러 세상이 돌아가는 걸 조금은 보라고 사들고 온 스마트폰이었다. 혜선은 문자창을 열어 아까의 메시지를 다시 읽어 보았다. 남이 보낸 꾸민 메시지 하나에서 오래 묵은 생활을 바꿀 동기를 얻다니. 자신이 단순하고 한심하게 느껴졌다. 하지만 한편으론 자신을 바꿔주는 계기가 된 메시지가 조금은 고맙게 느껴졌다.

세탁기가 다 돌아가자 혜선은 빨래를 걷어 널었다. 빨래를 다 널고 방으로 들어가려고 하니 현관문이 열리는 소리가 들렸다. 혜선은 자기도 모르게 재빨리 방 안에 숨어버렸다. 형철이 들어와 의자에 앉는 소리가 들리자 혜선은 자신도 문에 등을 기대고 바닥에 앉았다. 이대로 마냥 남편을 피할 수만은 없었다. 혜선은 천천히 문을 열고 바깥으로 나갔다. 남편의 당황한 얼굴이 보였다. 혜선은 뒤돌아 문을 닫고 남편에게 다가갔다. 막상 다가가서 혜선은 무슨 말을 해야 할지 몰라 입술을 머뭇거리다 말했다.

"저녁 먹자."

형철은 당황해서 아무 대답도 하지 않았다. 혜선은 형철을 지나쳐 냉장고를 열고 식재료를 꺼내 손질하기 시작했다.

"민우한테 전화하고 여기와서 이것 좀 도와."

형철은 얼얼한 표정으로 휴대폰을 집어 들었다.

"왜 이렇게 느려. 줘봐."

혜선은 형철의 휴대폰을 가져가더니 민우에게 전화를 걸었다,

"여보세요? 민우야, 엄만데. 7시까지 집으로 와. 일단 그냥 와. 그래!"

혜선은 전화를 끊고 전화기를 형철에게 넘기며 말했다.

"와서 좀 도와."

형철은 여전히 얼빠진 표정을 하고서 혜선의 옆으로 가 일을 도왔다.

민우는 집을 나섰다. 아버지를 만나고 집에 돌아온 지 몇 시간밖에 되지 않았는데 이번엔 갑자기 어머니에게 전화가 오더니 호출을 받았다. 전화를 받았을 땐 너무 당황해서 알겠다고 말해버렸다. 멍하니 발걸음을 옮기다 보니 지하철역이었다.

지하철에 타서도 멍한 건 여전했다. 도무지 영문을 알 수 없었다. 어머니가 갑자기 이렇게 전화를 하시다니. 그것도 아버지의 휴대폰으로. 이해할 수가 없었다. 멍하니 길을 향하다 보니 벌써 자신이 살던 빌라에 도착해 있었다. 민우는 빌라 건물을 유심히 들여다 보았다. 빨간 벽돌들이 흰 시멘트로 묶여 있었다. 민우는 유리문을 열고 건물 안으로 들어갔다. 계단을 오르고 복도에 서린 추억들이 머리를 스쳐지나갔다. 학교를 마치고 친구들과 뛰어 와 라면을 끓여먹던 초등학생 시절, 저녁에 피시방에 갔다가 집으로 돌아오던 중학교 시절, 몇 개나 되는 학원을 다니며 무거워진 가방을 어깨로 지고 오던 고등학생 시절이 떠올랐다. 그리고 어른이 된 후 다시 그 계단을 오르고 그 복도를 걷는 자신의 모습이 머릿속에 그려지고 있었다.

현관문에 다다르자 민우는 문을 바라보았다. 여기저기 페인트칠이 벗겨진 문이 세월의 흔적을 보여주는 것 같았다. 민우가 초인종을 누르자 안에서 발소리가 들리더니 아버지가 나와 문을 열어주었다.

"들어와라."

아버지가 분홍색 앞치마를 메고 있는 게 조금 우스웠다. 민우는 집 안으로 들어갔다. 집 안은 마치 예인이가 살아 있을 때처럼 밝고 따듯했다. 음식 냄새가 민우의 코에 흘러 들어왔다. 거실을 가로질러 식탁을 보니 음식들이 차려져 있었고 어머니가 마지막으로 냄비를 식탁으로 옮기고 있었다. 민우

는 어머니를 보고 당황했다. 어머니가 방 밖으로 나오지 않는 걸 알고 있었기 때문에 어머니가 다시 예전처럼 요리를 하고 식탁을 차리고 있는 게 어색했다.

"왔니? 와서 수저 좀 놓아."

어머니는 아무렇지 않게 민우를 대했다. 갑작스러운 어머니의 변화에 민우는 놀라지 않을 수 없었다.

"빨리."

민우는 빠르게 식탁으로 가 수저를 챙겨서 밥그릇 옆에 한 쌍씩 두었다.

"앉자."

어머니의 목소리가 들리곤 세 명은 모두 식탁에 앉았다. 민우와 아버지가 바라보고 앉았고 둘의 중간에 어머니가 앉았다. 아무도 숟가락을 들지 않았다. 아버지와 민우는 갑작스럽고 당황스러운 상황에 아직 적응하지 못하고 있었다.

"우리,"

어머니의 목소리가 정적을 깨고 고막을 울렸다.

"얘기 좀 하자."

민우와 아버지는 어머니를 보며 고개를 끄덕였다. 둘이 가장 바라는 바인 듯 했다. 둘은 어떻게 된 건지 그 영문을 알고 싶었다.

어머니는 주머니에서 휴대폰을 꺼내더니 메시지를 하나 보여주었다. 번호를 보니 죽은 예인이의 휴대폰 번호였다. 아버지와 민우는 메시지가 온 걸 보고 놀랐다. 죽은 예인이의 번호에서 답장이 오다니, 이건 예인이가 보낸 메시지일 리가 없었다.

"이거 예인이가 보낸 거 아니야."

둘은 이미 알고 있다는 눈빛으로 혜선을 바라보았다. 혜선은 둘의 눈빛을 확인한 뒤 말을 이어나갔다.

"예인이가 보낸 건 아니지만 내가 계속 그러고 있으면 예인이가 슬퍼하지 않을까 싶어서. 그리고 예인이한테 너무 부끄러워서. 예인이가 그렇게 사랑하던 가족인데 우리가 흩어지면 안 되잖아. 당신 없는 사람 취급한 거 미안해. 당신이 원망스러웠어. 잘못한 건 당신이 아닌데 그렇게라도 하지 않으면 슬픈 마음이 너무 커져버려서 괴로웠어. 그래서 그걸 당신을 원망하는 걸로 풀었어. 미안해."

아버지는 탁자를 가만히 내려다 보더니 입을 열었다.

"나도 당신이랑 말하는 걸, 당신을 대하는 걸 포기해서 미안해. 그리고……, 화내서 미안해."

그 뚝뚝한 아버지가 사과를 했다.

"그리고 강민우. 항상 딱딱하게 대해서 미안하다."

"그래. 당신은 민우한테 사과해야 해."

아버지의 사과에 어머니가 맞장구를 쳤다.

"저도."

민우는 짧게 말문을 열었다.

"저도 그 동안 죄송했습니다."

분위기에 떠밀려 한 사과라고 해도 그 사과는 민우의 마음을 담고 있었다.

"먹자, 식겠다."

어머니는 숟가락을 들며 말했다. 이내 아버지도 숟가락을 들고 식사를 시작했다. 민우도 어색하게 숟가락으로 밥을 한 술 퍼 입으로 가져갔다. 어머니와 아버지, 그리고 민우의 표정은 다시 찾은 조그마한행복을 머금고 있었다.

7.

"나 이렇게 답장했어, 미안."

정화는 어제 보낸 메시지의 스크린샷을 첨부하여 주현에게 메시지를 보냈다. 아마 메시지를 읽고 난 뒤에는 엄청 화내겠지. 하지만 이 일에 대해서 그렇게 신경을 쓰고 있는 주현에게 숨기는 건 좋지 않다는 생각이 들었다.

토요일. 정화는 아직 아무 일정 없이 침대 위에 누워 있었다. 정화는 열 시쯤 되자 침대에서 일어나 욕실로 향했다. 자는 동안 흘린 땀이 몸을 끈적하게 해 기분이 썩 좋지 않았다. 샤워를 하고 난 뒤 정화는 방에 와서 휴대폰을 확인했다. 아직 아무런 연락이 와 있지 않았다. 정화는 그대로 책을 피곤 읽기 시작했다. 마땅히 할 일이 없었기에 책을 읽는 데에 큰 집중력이 필요하지는 않았다. 정화는 두 시간 정도 책을 읽었다. 뛰어난 문장과 아름다운 수사들이 정화의 마음을 끌었다. 열두 시가 되자 정화는 책에 책갈피를 꽂아두고 거실로 나왔다. 부모님이 점심을 준비하고 계셨다. 정화는 부모님의 옆으로 가 점심 준비를 도왔다. 재료를 썰고, 볶고, 음식을 옮겨 담은 접시를 식탁으로 옮긴 후 수저를 놓았다. 정화는 식사를 하며 휴대폰을 한 번 더 확인해 봤지만 여전히 메시지는 오지 않았다.

정화는 식사를 마친 후 정리를 돕고 설거지를 했다. 그릇들을 모두 정리해두고 정화는 다시 방으로 가 휴대폰을 하며 시간을 보냈다. 동영상도 보고, 옷들도 찾아 보고 검색도 했다. 몇 시간이 지나도 여전히 답장은 오지 않았다.

정화는 아까 읽던 책을 다시 펴 읽어내려갔다. 책을 끝까지 읽을 때까지도 주현에게서는 아무 연락도 오지 않았다. 정화는 휴대폰을 켰다. 이렇게 오래 답장이 오지 않다니 그 정도로 화가 났던 것일까. 먼저 연락을 해볼까 생각했지만 그건 그리 좋은 방법이 아닌 것 같았다. 먼저 얘기를 한 이상, 상대방의 답을 기다리는 게 좋을 것 같았다. 아니면 아예 답을 줄 생각이 없는 것일 수도 있었다.

정화는 휴대폰을 끄고 침대에 누웠다. 하루가 지나가도록 아무 연락을 받지 못하니 어떡해야 할지 알 수가 없었다.

정화는 그냥 더이상 신경 쓰지 않기로 했다. 이런 일에 신경을 써 시간을 낭비하고 싶지 않았다. 정화는 책상에 앉아 공부를 했다. 영어 단어도 외우고 수학 문제도 풀었다. 한국사와 과학, 사회를 복습했다. 의자에 엉덩이를 붙이고 책들과 씨름하는 사이에 이미 시간은 꽤 지나 시계는 열한 시를 가리키고 있었다. 정화는 잠시 쉬기로 하고 기지개를 뻗었다. 정화는 휴대폰을 손에 들고 화면을 켰다. 화면에는 메시지 알림이 비치고 있었다.

"너 내일 시간 돼?"

정화는 주현의 말에 대답했다,

"내일 시간 많아."

"그럼 내일 만나자. 예빈이도 같이."

이제 가을이 거의 다 지나가서 그런지 바람이 전보다 차가웠다. 바람이 귀를 스칠 때마다 정화는 귀를 손으로 문지르며 길을 걸었다. 정화는 약속했던 장소에 도착했다. 약속 시간보다 10분 일찍 도착한 정화는 먼저 카페 안에 들어가 주현과 예빈을 기다리기로 했다. 정화가 카페 입구의 문을 열자 문 위에 달린 은색 종이 맑은 소리로 울렸다. 정화는 어디에 앉을지 카페 안을 둘러보고 있는데 창가 쪽 자리에 이미 주현과 예빈이 앉아 있었다. 둘은 정화가 이미 들어왔을 때부터 정화를 주시하고 있었다.

정화는 주현과 예빈이 있는 곳으로 다가갔다. 네 명이 앉을 수 있는 카페 테이블은 안쪽이 소파, 바깥쪽이 의자로 되어 있었고 두 명은 소파에 나란히 앉아 있었다. 정화는 주현의 맞은편의 의자를 꺼내 앉았다. 둘은 이미 마실 것을 주문해 기다리고 있었다. 정화는 카운터로 가 바닐라라떼를 주문하곤 다시 테이블로 돌아와 앉았다.

셋은 누군가 선뜻 말을 꺼내지 않은 채 있었다. 한 명은 테이블의 무늬를 주의 깊게 살피고 한 명은 멍하니 있고 또 한 명은 그 둘을 바라보았다. 주문한 음료 세 개가 한꺼번에 나오자 주현은 자신과 예빈의 것을 먼저 가져간 후 정화에게 남은 것을 주었다. 정화는 바닐라라떼를 마셨다. 따듯한 바닐라라떼가 차갑게 식은 몸을 덥혀주는 것 같았다. 예빈은 자신의 음료를 한 모금 마시더니 탁자에 내려놓고 정화를 보며 말했다.

"고마워."

화를 내거나 자신을 질책할 줄 알았던 정화는 생각지도 못한 인사에 당황했다. 정화는 왜 고맙다고 하는 건지 이해할 수가 없었다. 예빈은 놀란 정화의 표정을 읽고 있었다. 주현은 자신도 할 말이 있지만 예빈의 말이 먼저 끝나길 기다리는 것 같았다.

"왜 고맙다는 거야? 뭐가?"

정화는 영문을 알 수 없었기에 의문을 표했다.

"너 강예인이라는 사람 엄마한테 문자 받았었지?"

정화는 예빈이 당연히 자신이 메시지를 받은 것을 알고 있을 거라고 생각했다. 이제 와서 새삼 예빈이 그 일을 안다고 해서 놀라울 건 없었다. 아마 주현은 정화가 어제 보낸 메시지를 예빈에게 전해줬을 것이다. 그렇게 예빈에 관련된 일이라면 주현 또한 당연히 예빈이 그걸 알아야 한다고 생각했을 것이니 말이다. 정화가 예인의 어머니에게 답장을 한 걸 처음 주현이 알았을 때 주현의 반응은 좋지 않았다. 그때 주현은 정화를 힐책하는 듯했다. 그 일에 관해서는 주현이든 예빈이든 느끼는 감정은 대동소이할 것 같았다. 그렇다면 둘은 정화가 예인의 어머니에게 답장하는 것을 좋아하지 않을 것이고 어쩌면 싫어할 수도 있는 것인데 왜 예빈은 정화에게 감사인사를 하는 것일까? 정화는 그 이유를 도무지 알 수가 없었다.

"응. 답장도 했어. 어제 주현이한테 말했었는데. 사진도 보냈고."

주현은 고개를 끄덕이며 말했다.

"그리고 내가 예빈이한테도 보내줬어."

정화는 이미 알고 있었다는 양 주현을 바라봤다.

"너넨 그거 싫어하는 거 아니었어?"

정화는 주현에게 물었다. 대답은 주현이 아닌 예빈의 입에서 나왔다.

"처음 니가 예인이 언니 엄마한테 답장한 걸 들었을 때는 싫었어. 싫다기보다는 뭐랄까, 당황스럽고 왜 그러나 싶었어. 조금 짜증나기도 했어. 솔직히 괜한 오지랖 같았어."

정화는 둘이 그렇게 생각할 것이라는 것은 이미 예상하고 있었기 때문에 그 말 자체는 그리 놀랍지 않았다. 정화가 놀란 부분은 그렇게 말이 없던 예빈이 자신의 생각을 확실히 한 번도 끊이지 않고 전한 것이다. 정화는 고개를 끄덕이며 예빈의 말을 듣고 있다는 표시를 주었다. 그런데 정화는 한 가지 의문이 들었다. 예전부터 쭉 머릿속에서 사라지지 않던 질문이 먼지를 털고 다시 뇌리를 간지럽혔다.

"근데, 너랑 그 강예인이라는 사람은 어떤 관계야?"

예빈은 정화를 보며 말했다.

"예인이 언니는 내 사촌이야. 주현이랑은 어릴 때부터 친했고. 쭉 같은 동네 살았거든. 언니가 우리보다 나이가 좀 많아. 10살 넘게 차이 나거든. 내가 조금 늦둥이이기도 하고 어머니들도 나이 차이가 좀 있으셔서 그래. 우리 엄마랑 주현이 어머니는 친구셔 어릴 때부터."

정화는 예빈과 예인, 그리고 주현 세 명 사이에 무언가 관계가 있을 것이라고 생각했었다. 그래서 그런지 예빈이 이야기해준 셋의 관계가 정화에게는 그렇게 충격적으로 다가오지 않았다.

예빈은 정화의 반응을 보며 이야기했다. 예빈은 예인이 죽은 이후로 이렇게 길게 말을 한 적이 별로 없었다. 더군다나 주현과 세 집의 가족들이 아닌 사람들과는 얘기한 적이 거의 없었기 때문에 정화가 자신의 이야기를 최대한 잘 이해하도록 자세하게 이야기해주었다.

"예인이 언니랑 예인이 언니 오빠가 어릴 때부터 나랑 주현이를 엄청 돌봐줬어. 진짜 동생을 대하는 것처럼. 나랑 주현이한테 언니는 가족같은 사람이야. 가족이지, 그냥."

정화는 예빈의 이야기를 가만히 듣고 있었다. 정화는 예빈과 주현이 예인을 얼마나 소중하게 생각하는지는 알았다. 하지만 그렇다면 오히려 예인의 어머니에게 거짓말로 메시지를 보낸 자신에게 악감정을 품고 있어야 할 텐데 왜 예빈이 자신에게 품은 마음은 감사의 마음인지 알 수 없었다.

"예인이 언니 엄마가 예인이 언니가 죽고 난 뒤로 방에서 나오시질 않으셨어. 언니 아버지랑도, 오빠랑도 한 마디도 안 하시고 나오시지도 않으시고 계속 언니 사진만 보고 계셨어."

예빈은 속에 품은 커피의 온기를 전해 받아 따듯하게 덥혀진 머그컵을 두

손으로 감싸고 말을 계속했다.

"근데 언니 엄마가 어제 니가 보낸 메시지를 보시고 나오셨어. 방 밖으로. 그리고 오빠랑 아버지랑 같이 식사도 하셨대."

주현이 예빈의 말을 이어 입을 열었다,

"니 문자를 받고 난 뒤에는 좀 화가 나서 만나서 따지려고 했어. 예빈이도 알아야 할 것 같아서 사진도 찍어서 보내주고 둘이서 같이 너한테 따지려고 했지. 니가 무슨 말을 하던 우리 눈엔 그냥 이모를 놀리는 걸로 보였어. 근데 어제 밤에 오빠한테서 연락이 왔어. 어머니가 나오셨다고. 같이 저녁 준비하고 식사도 하셨다더라. 예빈이랑 나랑 바로 예인이 언니네 집으로 가서 어머니 만났어. 어머니 많이 마르셨더라. 야위셨고. 어릴 때 보던 모습이랑 정말 너무 달라서 놀랐어. 언니가 어머니 얼굴 보면 엄청 슬퍼하겠다 싶더라고. 어머니가 니가 보낸 문자를 보여주시면서 그 문자가 떠올리게 해줬다고, 물론 언니가 쓴 게 아닌 건 알지만 예인이 언니가 지금 어머니를 보면 슬퍼할 거라는 걸 떠올리게 해줬다고 하셨어. 그리고 고맙다고도 하셨어. 그런데 나도 고맙더라. 이제라도 어머니가 밖으로 나오셔서 다시 전처럼 계시면 예인이 언니도 그걸 보고 더 이상 안 슬퍼할 것 같아서 너한테 고마운 마음이 들더라. 그래서 예빈이랑 밤새 전화하면서 고민했어. 너한테 화가 나야 하는지 고마워야 하는지."

주현의 말은 굉장히 길었다. 정화는 한 번도 주현이 저렇게 길게 말하는 걸 본 적이 없었다. 주현과 예빈의 눈은 감정에 젖어 있었다. 정화는 어느새 주현과 예빈의 감정에 공감하고 있었다. 정화는 주현과 예빈에게 미안한 감정이 들었다.

"고마워하는 게 맞다고 생각했어."

예빈이 또다시 주현의 말을 이어 말했다.

"넌 언니가 기뻐할 일을 해준 거니까. 언니가 제일 기뻐할 일을 해준 거니까 고마운 게 맞는 것 같아. 그리고 결과적으로 잘 됐으니까. 고마워 정화야."

정화는 예빈과 주현의 감사를 받고 자신의 사과를 전했다.

"미안해. 난 그런 것도 모르고 마냥 마음 가는 대로 행동하기만 했어. 미안해. 그게 어떤 영향을 미칠지는 생각 안 하고 그냥 답장하고 너희한테 아무렇지도 않게 얘기해서 미안해."

정화의 말은 짧고 조리 있지는 못했지만 그 어느 때보다 정화의 마음을 잘 담고 있었다. 정화는 어느새 마음속에 감정이 피어나고 있는 것을 느꼈다. 미안함과 슬픔과 안도의 기쁨, 걱정이 뒤섞인 형언할 수 없는 어떤 감정의 꽃이 자신에게서 자라나는 것을 느꼈다. 그 감정은 다른 누군가가 이해할 수 있는 것이 아니었다. 그 상황이라는 액자 안에서 물감을 역동적으로 흩뿌리고 있는 그들만이 느낄 수 있는 감정이었다. 제아무리 그 상황을 자세히 알고 공감한다고 해도 그들이 느끼는 감정에는 발끝도 미치지 못하리라. 정화는 감정이 파도처럼 흘러오고 향기처럼 은은하게 퍼지는 것을 느끼며 둘과 감정의 공유를 이어나갔다.

8.

새벽의 지하철 첫차. 형철과 혜선은 중앙로역에 도착했다. 다가오는 초겨울을 담은 바람은 살을 에는 듯했다. 형철과 혜선의 마주 잡은 손만이 따듯한 온기를 발하고 있었다. 둘은 서로를 한 번 마주 보았다. 얼마나 많은 날을 서로의 눈 한 번 보지 않고 지나왔던가. 둘은 이 추운 날씨에도 따듯하게 빛나는 눈동자를 볼 수 있었다. 둘은 역 아래로 내려갔다. 한 발 한 발 내디딜 때마다 발소리가 울려 퍼졌다. 신기하게도 오늘은 중앙로역에 사람이 없었다. 잿빛 계단을 다 내려가고 둘은 개찰구에서 표를 끊었다. 두 사람분의 표를 끊고 둘은 승차장으로 내려갔다. 둘은 차가운 돌벤치에 앉았다. 둘의 숨결이 하얗게 공기 중으로 퍼졌다. 몇 분쯤 지나자 머리 위 전광판에서 방송이 나오며 어두운 기찻길의 오른쪽에서 눈 부신 헤드라이트가 어둠을 뚫고 달려왔다. 시끄러운 굉음과 함께 기차는 승차장에 도착했다. 둘은 지하철이 완전히 멈출 때까지 기다렸다. 스크린도어가 열리고 둘은 열차에 탔다. 둘이 탄 칸에는 다른 승객은 아무도 없었다. 둘은 지하철의 가장 중간에 자리를 잡고 앉았다. 차가운 냉기가 엉덩이를 타고 몸을 휘감고 올라왔다. 둘을 실은 지하철이 움직이기 시작했다. 덜컹덜컹. 손잡이들이 흔들렸다. 형철과 혜선의 몸이 흔들렸다. 마주 잡은 손에 눈물이 흘렀다. 조용한 흐느낌이 열차 안에 퍼졌다. 괴롭고 서글픈 소리가 열차 안을 채웠다. 1호선 중앙로역 설화명곡행 열차 3번 칸. 열차는 차가웠다. 하지만 열차 안에는 따듯한 것이 피어나고 있었다. 형철과 혜선의 손으로 놓은 그들의 곁을 떠나버린 아이처럼 희고도 흰 국화 한 송이를 태우고 열차는 또다시 어둠의 품을 뚫을 듯이 빠르게 달려갔다.

불길에 쌓인 아픈 기억

불길에 쌓인 아픈 기억

신 상 원

1.

평소에는 몰랐는데 방에 걸린 벽시계가 내는 소리는 내가 편히 잠에 들 수 있게 내버려두지 않았다. 언제 자려고 누웠는지 잘 모르겠지만 시계를 보니 벌써 12시가 다 되어간다. 적어도 30분은 지난 것 같은 느낌이 든다. 오늘 있었던 일 때문인지 잠도 잘 오지 않는데다가 필요 없는 생각들이 많아졌다. 내 이불 속만 유독 차가운 것 같았다.

'아, 정말 어떡하지?'

라는 걱정과 함께 아침의 일을 되새겨본다.

나는 늦잠을 자는 바람에 급하게 준비해서 시연이를 만나러 밥도 안 먹고 뛰쳐나갔다. 시연이는 지각을 할까 봐 조금 재촉하며 말했다.

"빨리 와. 너무 늦었다. 이번 지하철까지 놓치면 진짜 지각이라고. 얼른 가자."

"아아 미안해. 일단 가자. 가면서 이야기 해줄게"

그 다음 말을 하려는데 시연이가 살짝 언짢은 표정으로 휙 가버렸다. 열 개의 정거장을 가야하는데 지하철을 타고 가는 동안 학교에 도착할 때까지 아무 말 없이 가다가 교문을 들어가는데 이전에는 느껴보지 못했던 나무의 앙상함이 평소와는 사뭇 다르게 느껴졌다. 여느 때와 같이 수업도 시연이와 함께 듣고 급식도 함께 먹었지만 평소와는 다르게 화가 난 것 같았다. 나는 전혀 모르고 있었지만 무슨 일이 있는 것 같다는 낌새가 느껴져 하굣길 버스에서 시연이에게 물었다.

"시연아, 무슨 일 있어?"

말을 들은 시연이가 흠칫 놀랐다. 시연이가 이야기를 하려다

"……, 아냐. 별 일 없다."

평소 같았으면 까칠하게 대답하면서 사정을 말하고 짜증을 부리기도 했을 법 한데 힘없는 기색을 보이며 휴대폰만 쳐다보고 있었다. 내가 중학교 때부터 알던 시연이라면 절대 아무 일 없을 리가 없었다. 오늘따라 이상한 시연이의 태도가 아무 이유 없이 나 때문이라고 느껴졌다.

"혹시 나 때문이야?"

궁금하지만 딱히 무슨 말을 꺼내야할지 모르겠어서 내 탓인지 슬쩍 떠봤다.

"뭐가?"

"너 오늘따라 기분 안 좋아보여서 혹시 나 때문인가 해서 물어보는 거야."

"아이다, 됐다."

라고 하며 시연이가 별 다른 말을 해주지 않았다. 너무 궁금해서 더 물어보려다 괜히 더 마음 상하게 하는 일이 될 수도 있다는 생각에 참았다. 버스에서 내리고 별다른 이야기 없이 집까지 걸어갔다. 집에 걸어가는 중에도 시연이는 터덜터덜 힘없이 아무 말 없이 걸어갔다. 시연이가 왠지 안쓰러워 보여서 집까지 데려다주려고 내가 가야하는 길로 가지 않고 따라갔다. 정적이 흐르며 갑자기 분위기가 어색해진 것만 같아서 다른 얘기라도 꺼내볼까 했지만 시연이가 무슨 일 때문에 기분이 안 좋은지도 모르니 무슨 주제

에 대해 어떤 얘기를 꺼내야할지 마땅한 생각이 떠오르지 않았다. 그냥 다른 친구에 대한 말을 하려고 했는데 때마침 시연이가 이야기를 꺼냈다.

"아 근데 사실……."

"응, 이야기할 거 있어? 괜찮으니까 편하게 말해."

"응, 이야기 안하려고 했는데……. 사실 나 아침에 엄마랑 싸우는 바람에 집에 들어가기가 싫다. 근데 지금 집에 들어가면 무슨 말을 해도 엄마가 날카롭게 반응해 줄 것 같고, 엄마가 부드럽게 말해줘도 내가 엄마랑 얘기하면 그냥 기분이 나쁠 것 같다. 아 진짜 짜증난다. 우짜지."

"아, 진짜? 왜? 어쩌다가 싸우게 된 건데?"

"모르겠다. 어제 새벽까지 남자친구랑 연락하다보니까 한 2시 쯤 돼서 잤는데 엄마가 그걸 어떻게 알았는지……. 또 그것 때문에 밥 먹고 있는데 일찍 자라는 말부터 시작해가지고 막 오만 간섭을 다하고 남친이랑 헤어지라카는 거 아이가. 안 그래도 요즘 사이 안 좋아서 힘든데 엄마가 그렇게 이야기 하니까 나도 화나서 서로 소리도 지르고 그러다가 내가 듣기 싫어서 그냥 나왔다."

시연이의 말에 크게 드러나지는 않았지만 평소 태도나 행실로 미루어 보았을 때 나는 시연이의 잘못도 어느 정도 있는 것 같아서 묻고 싶었지만 괜히 시연이의 기분이 더 상하게 될까봐 그런 말은 하지 않았다.

"아아, 갑자기 그렇게 얘기하셔서 좀 놀랐기도 했겠다. 기분 많이 상했겠네."

"맞제, 그것 때문에 계속 짜증나서 아무 말도 안하고 있었다. 진짜 너무 화나서 오늘 하루 종일 되는 일이 한 개도 없다."

시연이의 이 말은 어쩐지 그 날 전체를 아우르는 말 같았다. 그렇게 조금 더 이야기를 하다가 시연이를 집으로 보내고 나도 집으로 돌아왔다. 오늘은 야자가 없는 날이라 학원에 가려고 하는데 시연이로부터 문자가 왔다.

'야, 나 헤어졌다.'

그 때였다. 주마등처럼 지나가며 내 심장이 철렁했다. 그 말을 듣자마자 바로 전화를 걸었다.

"괜찮아? 집이야?"

"응, 근데 기분 별로 안 좋아서 일찍 잘라고, 엄마랑 또 싸워서 기분이 별로야."
"아, 응. 근데 너도 화 좀 적당히 내고."
특히 예민해진 시연이의 신경을 건드린 것은 되돌릴 수 없는 나의 말이었다. 시연이가 날카롭게 이야기했다.
"뭐? 말을 뭐 그런식으로 하냐? 하, 그럼 내가 일방적으로 소리 지르고 화냈다는 거가? 아까도 그럼 그런 식으로 생각했겠네?"
순간 나는 당황했다. 나의 의도와는 다르게 전달된 것 같아서.
"아, 아니, 그게 아니고 시연아……."
"그래, 그게 아니고, 그냥 전화 빨리 끊자. 아, 그리고 내일부터는 따로 학교 가자. 아침에 늦게 나오는 너 기다리는 것도 버거웠는데, 잘 됐네 뭐."
폰을 덮었다. 예민해진 마음에 성급하게 이야기를 한 부분도 있어보였지만 정곡에 찔린 것만 같은 마음이 들어 너무 슬펐다. 시연이가 말한 것이 백퍼센트 다 맞았던 것은 아니지만 내 마음을 들여다본 것 같은 기분이 들어 다른 할 말이 없었다.
그렇게 전화를 끊고 누워서 계속
'아, 내가 조금만 더 신중하게 생각하고 말해서 위로해줄 걸.'
하며 자책하고 있다. 그렇게 여러 가지 생각을 하다가 잠에 든 것 같다.
이튿날, 어딘가 불편한 몸을 이끌고 집 앞을 나섰지만 나를 기다리고 있는 사람은 없었다. 나는 홀로 학교에 가야만 했다. 바뀐 나의 옆 친구와는 달리 여느 때와 다름없는 지하철, 내려서 걸어가는 여전한 길이다.
"어? 오늘은 시연이랑 안 왔어?"
"응? 아, 응"
이렇게 물어본 친구들, 그 이유도 물어본 친구들의 수처럼 할 말은 많았지만, 하지 않았다. 다른 친구들에게 그런 것을 이야기해봤자, 상황이 악화되면 악화되지, 나에게 득이 될 것은 없었다. 그렇게 몇날몇일이 반복되었다. 원래 긍정적인 태도를 가지려고 노력하는 나이지만,
'항상 웃자.'
라는 모토를 새기고 지내기로 했다. 별다른 사항 없이 나는 조금은 쓸쓸

하지만, 그렇다고 해서 남자친구를 만들 수는 없는 노릇이다. 그럭저럭 견딜만해진 이런 생활에 적응하고 있었다. 며칠 쯤 지났을까, 학교에 가려면 아무리 늦어도 타야하는 7시 20분 지하철을 타기위해 나는 바삐 발을 옮겼다. 문이 닫히고 있을 때 가까스로 탄 지하철의 분위기가 사뭇 달랐다. 사람이 없는 건 아니지만 아무도 인기척을 내지 않았다. 모두 MP3로 노래를 듣고, 책을 읽고, 졸면서 자신의 각자 할 일을 하느라 바빴다. 그래서 정적이 흐르는 지하철이었는데, 다른 날들보다 시끄러웠다. 사실 이 지하철에는 알지 못할 기류가 흐르고 있었는데, 왠지 시연이가 탄 지하철에 내가 타버려서 그런 것 같다. 타자마자 보인 것이 자리에 앉으려고 하는 시연이였기 때문에 나는 시선을 다른 곳으로 돌리기에 급급했다.

'그 때는 왜 그랬지.'

별 생각이 들지 않았다. 그저 나는 눈을 피하기 바빴으니까. 시연이는 이리저리 나를 주시하다가 이내 꾸벅꾸벅 조는 듯했다. 그래서 난 아무 생각도 없이 아무렇지도 않게 시연이만 쳐다봤다. 문득 얼마 전 가족회의 때 시연이와 싸웠다고 했을 때 가족들이 해준 말이 기억났다.

아빠는

"그럴 수도 있다. 원래 친구관계가 전부 그렇다. 난 학창시절에 치고 박고 싸우고도 그냥 얼마 안 있으면 어느새 또 화해해 같이 잘 지내고 그랬어. 곧 화해할 수 있을 거야. 너무 걱정하지 마라."

라고 말하자 오빠가

"아빠, 여자애들이랑 남자애들이랑 어떻게 같겠어요. 얘들은 한 번 싸우고 완전 다시는 안 보는 상황도 나오는 게 다반사에요. 그래도 뭐 잘 되긴 하겠죠."

라며 아빠에게는 시비조로 이야기 했지만 나를 몇 번 쳐다보더니 와서 따로 위로의 말을 해줬다. 오빠는 말에 왜 굳이 아빠를 무시하는 태도를 가지고 말하는지 나는 잘 모르겠다. 뭐 아주 모르는 것도 아니긴 하지만.

또, 엄마는

"괜찮아 예인아, 친구가 시연이 말고 없는 것도 아니고 다른 친구들이랑도 잘 지낼 수 있잖아 그치? 그리고 시연이가 원래 좀 까칠해서 그런 것도 있잖

아. 곧 괜찮아 질 거야. 엄마도 얼마 전에 회사에서 말실수해서 동료랑 사이 안 좋아졌다가 요즘은 또 얼마나 잘 지내는데.”

라고 말씀해주셨다. 엄마 말대로 시연이의 성격이 원래 좀 다급하고 예민한 것은 사실이었다.

이런 생각을 하다가 정신을 차린 나는 어느새 졸고 있던 시연이가 잠에서 깨 내 쪽을 본다는 것을 인지했다. 시연이와 눈이 마주쳤다. 나는 어쩔 줄 몰라 눈을 마주친 그 1초가 1분처럼 느껴졌다. 뭐라도 해야 한다는 생각에 나는 애써 웃어보려고 했지만 이미 시연이는 다른 짓을 하고 있었다. 내릴 때가 되어 다시 보니 또 졸고 있었다. 나는 깨워야 할지 말아야 할지 고민했다. 깨운다면 어떤 방법으로 해야 할지, 불러서 깨울지, 아니면 홧김에 같이 가자고 용기를 낼지. 고민을 하다가 아직 나에게 화가 덜 풀렸을까 싶어서 약간 스치듯 건드리며 지나갔다. 다행히 시연이는 잠에서 깨어 내릴 준비를 했다.

나와 나란히 서서 가기를 꺼렸는지 하차 방송이 나온 후부터 문 앞에 서 있던 나와는 달리 시연이는 계속 자리에 앉아 있다가 문이 열리자 자리에서 일어났다. 나도 별다른 피해를 줄 의도는 없었기에 문이 열리자마자 자리를 떠서 학교로 빠르게 걸어갔다. 학교생활은 여느 때와 다름이 없었고 학교가 마치고 집으로 돌아가서 학원을 갔다오는 것까지 조차도 평범했다. 그 날의 평소와 조금 다른 일이라면 늘 활동적이고 나에게 말을 걸어줄 법한 엄마가 너무 힘들어 보이는 얼굴로 집에 들어와서 침대에 털썩 누워 그 다음날 아침에 평소보다도 늦게 일어났다는 것이다. 나도 여러모로 피곤해서 그냥 잤다. 아침에도 늦게 일어난 엄마를 위해 나는 아빠와 함께 아침밥을 차려 놓고 학교로 갔다. 그 날은 발걸음이 모처럼 가벼웠다.

약 한 달 정도 지났나? 그동안에 평소처럼 시연이와는 별 충돌 없이, 충돌이라기보다는 그냥 마주치는 것을 서로 피하는 관계가 되어버렸는데 이 날은 등굣길의 지하철에서 마주쳤다. 내가 먼저 앉아있었는데 남은 자리는 내 오른쪽 한 자리밖에 없었고 앉아있지 못한 사람은 시연이 밖에 없었다. 나는 이렇게 지하철에서 마주칠 때마다 어떻게 해야 할지 몰라 당황스러웠다. 어떻게든 이 상황을 벗어나고 싶었다. 이전까지는 내가 잘못한 것이 있으니 내가 나서서 화해하려 해봤자 잘 될 것 같지도 않았다. 하지만 오늘은 달랐다. 근 한 달 동안 생각해보니 그렇게 큰 잘못을 한 것 같지도 않고, 이 정도면 화가 풀릴 법도 했다고 생각했다. 그리고 내가 가장 신경 쓰였던 것은 이런 관계로 지내는 것이 내가 견딜 수가 없어서 용기를 냈다.

"여기 앉을래?"

예상치 못한 나의 말이라 그런지 시연이는 당황하는 기색을 보였다. 몇 초 동안의 정적이 흐른 후 입을 열었다.

"됐다."

반응은 쌀쌀했다. 이내 나와 있는 것이 그렇게나 싫은지 아예 지하철의 옆 칸으로 자리를 옮겼다. 마음의 거리도 더 멀어지는 것만 같았다.

학교에 도착하고 가방을 내려놓고 책상에 앉아 멍 때리고 있는데 교실 뒷문에서 남자 애들이 웅성거리는 모습을 봤다. 내가 키가 작아 앞자리에 앉는데 교실 뒤편에 모여서 이야기를 하던 남자 애들이 내가 그 쪽을 보자 갑자기 더 크게 행동하며 과장하는 것 같았다. 무슨 이야기를 그렇게 진지하게 하면서 키득거리는지 조금, 아주 조금 궁금했다. 그렇게 수업시간을 지나고 수업이 끝날 때까지 잊고 있었다. 종례를 끝마치자마자 우리 반에서 평소에 나와는 대화 몇 마디 안 해보고 친하지도 않고 안 친하지도 않던 박은성이 갑자기 나에게 뛰어오더니 시간 좀 있냐고 물었다. 나는 왠지 데자뷰를 느끼는 듯한 느낌이 들었다. 예전 생각이 잠깐 나서 흠칫 했지만

'설마 별 일 있겠어?'

라고 생각하며 나는 대답했다.

"응, 시간 좀 있는데?"

안도의 표정을 지으며 은성이가 말했다.

"그럼 같이 좀 가줄 수 있어?"

"어디로 가는데?"

어디로 가는지 물어보자 망설이다가 대답했다.

"가 보면 알아."

별 의심 없이 따라갔다. 키는 좀 크지만 왜소한 체격의 박은성이라면 혹시나 무슨 일이 있더라도 내가 때려잡을 수 있을 것이라는 생각을 가지고 있

었기에 다른 의도 없이 순수하게 무슨 일인지가 궁금해져서 따라갔다. 결국 도착한 곳은 학교 옆 건물 옥상이었다.

'여기는 왜?'

라고 생각하며 옥상 문을 열자 탁 트인 옥상 저쪽 끝 편에 아침에 웅성거리던 애들 중 한 명이었던 피현욱이었다. 그쪽으로 다가가자 긴장된 표정으로 나를 보며 웃었다. 그 미소에서는 왠지 모를 이질감이 느껴졌다. 피현욱과 가까워지자 박은성은 뒤를 돌더니 옥상 문을 쾅 닫으며 건물 밖으로 후다닥 도망갔다. 피현욱이 입을 열었다. 그 입에서 나온 말은 내가 설마 하던, 나를 보며 지은 미소에서도 드러났던, 예상했던 말이었다.

"예인아, 내가 왜 불렀는지 혹시 알아?"

짐짓 예상은 했고, 또 예상했던 대로였지만, 나는 그저 모른 척 했다.

"아니?"

"어……. 학교에서 애들 많은 곳에서 이야기하기는 좀 부끄러워서 말이야……. 따로 불렀어."

"응, 뭔데?"

"나 사실 예, 예전부터 너 좋아했어."

'얼마나 떨었으면 그 한마디 하는데 저렇게 말까지 더듬을까?'

라는 생각이 들며 안쓰럽기도 했다. 내가 아무 말 하지 않고 가만히 있으니 어쩔 줄 몰라 하는 피현욱의 태도를 보고 무슨 말이라도 해야겠다 싶어서

"아 진짜? 고맙네."

라고 답했다. 사실 별다른 할 말이 없어 한 얘기였는데 피현욱은 예상하지 못한 답이었는지 잠깐 말을 멈췄다가 다시 입을 열며 조금 더 자신감에 찬 목소리로 말했다.

"그냥 나랑 사귀자고."

이 말을 들은 나는 아까부터 찔끔찔끔 생각나던 안 좋은 기억이 내 머리속에 선명해졌다.

그 기억은 2년 전 여름으로 거슬러 올라간다. 시연이와 막 친해지기 시작

했을 때였는데, 그 날 시연이는 학원 때문에 얼른 집에 가버리고 옆 반인 함창은을 중심으로 한 그의 무리가 우르르 내게 와 시간 있냐고, 따라올 수 있냐고 물었다. 나는 시간이 없었지만 그 말은 의문문이 아니라 명령문에 가까운 어조였기 때문에 나는 아무 말 하지 못하고 그냥 따라갔다. 그때는 옥상이 아니라 인적이 드문 골목길이었는데 좁은 곳으로 들어가니 함창은의 친구들의 옷에서 자욱한 담배 냄새가 코를 찔렀다. 숨을 쉬기도 버거울 정도였다. 주위를 둘러봐도 함창은 친구들이 그의 곁에 있었고 왜 부른 거냐고 묻기도 전에 함창은은

"나 니 좋아한다."

라고 덜컥 고백했다. 나는 당시 함창은과 조금 친하지만 성격은 영 딴판인 이열재와 썸을 타고 있었기에 대답을 망설이고 있었다. 아무 말 하지 않고 있으니 함창은의 옆에 있던 그의 친구들이 눈치를 보다가 나를 재촉했다. 아무 말 하고 싶지 않았다. 그냥 상황을 벗어나고 싶었다. 저쪽에서 다른 남자애들이 떠들면서 지나가는 모습을 보고 나는 주의를 끌기 위해 괜히 과도하게 큰 소리로 헛기침을 했다. 우연히 지나가고 있던 무리 사이에 끼어 있던 이열재와 눈이 마주쳤다. 나는 다급한 눈빛을 보내자 내게 이쪽으로 오라는 손짓을 했다. 나의 대답을 아무 말 하지 않고 멀뚱히 기다리던 함창은의 몸을 밀치고 이열재에게 달려갔다. 자초지종을 말하기도 전에 이열재의 손을 꽉 잡은 채로 냅다 뛰었다. 혼자 가도 되는 거였는데 왜 그렇게 했는지 아직까지도 모르겠다. 그렇게 계속해서 뛰다 보니 근처 공터에 다다르게 되었다. 둘 다 거칠게 숨을 몰아쉬었다. 그러다 눈이 마주치자 열재는 숨을 고르면서 내게 다가왔다. 그러고는 내 눈을 똑바로 쳐다보고 말했다.

"그냥 나랑 사귀자고."

그것이 내 첫 연애의 시작이었다. 그 날의 설렘을 잊을 수가 없었다. 그렇게 우리 둘은 서로의 마음을 계속 표현하며 예쁘게 잘 사귀고 있었다. 약 100일이 조금 지난 어느 날, 열재의 집에 놀러 갔었다. 집 현관에서 나를 보자마자 나를 끌어안은 열재는 조금 풀린 듯한 눈이었다. 열재의 어머니가 계셔서 인사를 드리고 내가 사 온 간식들을 먹으며 그냥 평소와 같이 놀고 있었다. 열재 어머니는 다른 약속이 있어 나가셨는데 열재 어머니가 나

가시고 얼마 후 열재 방에서 뒹굴뒹굴하고 있던 내게 열재가 다가와서 손으로 내 허리를 감쌌다. 나도 처음에는 꺼리는 감정이 없었는데 열재가 안하던 온갖 스킨십을 하기 시작했고 처음에는 내 손과 그의 손은 포개져 있었지만 시간이 지나면서 그의 손이 맞닿는 부분은 내 손을 넘어 점점 온몸으로 퍼졌다. 그러다 더이상은 안 된다는 생각이 든 나는 거부 의사를 표현했지만 열재는 주체를 하지 못했다. 열재는 땀에 젖은 소리의 숨을 투박하게 내뱉으며 멈추지 않았다, 아니 멈출 줄 몰랐다는 표현이 더 적절할 것 같다. 나는 거리낌을 극도로 느꼈다. 그러나 그는 이미 정신이 없었고 책상 서랍에 있던 것을 꺼내왔다.

그 후 나는 큰 충격에 빠져 다시는 열재를 만나기가 싫어졌고 곧 나는 이별 통보를 했다. 길을 가다가 종종 마주친 적은 있지만 일부러 마주치지 않기 위해 피했다. 그 기억으로 인해 나는 남자를 친구 이상의 관계로 만날 수 없게 되어버렸다.

그리고 지금, 피현욱이 한 말을 들은 나는 조금 걱정스러운 마음이 들었다. 대답을 들으려고 기다리고 있는 그를 뿌리치고 나와버렸다. 집에 가자 문자 소리에 휴대폰이 내 마음처럼 쉬지 않고 울렸다. 많은 생각이 들어 폰을 꺼버리고 계속 혼자 중얼거렸다.

'사귀자고 했을 때 알았다고 했어도 별일 없을 텐데……. 아냐, 어차피 걔한테는 별 마음 없었잖아. 아, 그렇지만 아무 말 없이 뛰쳐나갈 정도로 걔를 피하고 싶은 마음이 있었던 건가? 사정은 말해줬어도 되지 않나?'

계속해서 피현욱과 있던 장소에서 내가 했던 행동거지에 대한 생각과 피현욱에 대한 나의 마음과 그러다보니 나도 모르게 시연이 생각까지 났다. 내 두뇌는 거센 파도처럼 요동쳤고 마음이 심란했다.

그리고 다음 날, 학교에는 피현욱이 내게 고백을 했지만 나는 아무 말도 하지 않은 채로 가버리고 잠수까지 탔다고 소문이 났다. 사실이기 때문에 물어보는 친구들에게 다른 말을 더할 여지도 없었고 하고 싶지도 않았다. 박은성이 내게 찾아와 피현욱에게 확답을 해주라고 이야기했다. 박은성의 뒤에서는 시연이가 뭔가 불안한 표정으로 기웃거리는 게 보였다. 나는 직접 찾아가서 이야기하겠다고 하자 박은성은 알겠다고 했다. 그래서 점심시간에 피현욱을 찾아갔다. 축구를 하다말고 와서 기대 반 걱정 반의 표정으로 내게 물었고, 나는 사실대로 이야기했다.

"너 나 싫어해?"

"네가 싫은 건 아니야."

"그럼 뭔데?"

나는 그때의 일을 간략하게 이야기해주며 말했다.

"……. 방금 한 이 이야기는 비밀이니까 꼭 혼자만 알고 있어주라. 저번에는 일부러 아무 말 안했던 게 아니라, 그때 그런 일이 생각나면서 안 좋은 기억 때문에 난 지금 남자를 만난다는 게 좀 겁나서 그랬고 지금도 같은 생각이야. 미안해."

"알겠어."

피현욱은 잠깐 망설이더니 다시 입을 열었다.

"난 너랑 앞으로 계속 친구로 지내고 싶은데 그래도 될까?"

"당연하지."

그렇게 피현욱에게 자초지종을 이야기해주며 나 스스로도 찝찝하지 않도록 거절했고 결국 그냥 친구로 지내기로 했다.

그 날 집에 가는 길에 뒤에서 누가 갑자기 나를 불렀다.

"강예인!"

뒤를 돌아보자 시연이가 뛰어오고 있었다. 나는 예기치 못한 시연이의 갑작스러운 부름에 어쩔 줄 모르고 있었다.

"집에 같이 갈래?"

의아했지만 시연이에 대한 악감정은 사라진 지 오래였기 때문에 나도 모르게 대답했다.

"그러자."

그렇게 별말 없이 집으로 가다가 난 시연이가 왜 같이 가자고 했는지 궁금해져서 물었는데, 시연이는 별일 아니라며 이야기하지 않았다. 집에 같이 가자고 먼저 이야기한 것은 시연이었지만 여전히 내게 따뜻한 기색을 먼저 보이지는 않았다. 시연이가 싫다고 해서 불편하지 않은 것도 아니었기에 나서서 말을 꺼내기 쉽지 않았지만 이렇게 몸은 가까이 있지만, 영혼은 거리감을 느끼며 집까지 도착했다가는 죽도 밥도 되지 않을 것이고, 집에 도착한 후의 나는 틀림없이 후회하고 있을 것이기 때문에 나는 또 용기를 냈다.

"시연아, 뭐 할 말 있어?"

조금 전에는 별말 없었던 시연이도 말하지 않고 있던 분위기가 마음에 들지는 않았는지 정리되지 않은 말들을 토해냈다.

"아, 시연아 그, 저, 너 오늘 피현욱이랑 무슨 얘기 했어?"

시연이는 알고 물어본 것 같아서 난 말해야 할지 말아야 할지 망설이다가 일단 말을 계속해나가야 결과적으로 시연이와의 관계도 회복될 수 있겠다는 생각에 대답했다.

"너도 나 예전에 이열재랑 안 좋은 일 있어서 일부러 남자애들 친구로만 지내고 연애 잘 안 하는 거 알잖아."

"응, 그게 왜?"

"나 어제 피현욱한테 고백받았어."

시연이의 눈이 휘둥그레졌지만 침착해지려고 애쓰는 모습이 보였다.

"그래서 어떡했는데?"

"……."

"이제 다 극복한 거야?"

"아니. 난 트라우마도 있고, 난 피현욱한테 관심이 없어서 안 받아줬어."

"아아, 그렇구나."

시연이가 피현욱을 좋아하는 것 같다는 생각이 들긴 했지만, 그냥 내 착각이겠거니 하면서 넘어갔다.

"근데 그건 왜?"

"아아, 그냥 조금 전에 너랑 걔랑 이야기하고 있는 걸 봤는데 무슨 일인지 엄청 궁금했거든."

"아하."

나의 대답을 이후로 1분 정도 정적이 흐르고 있었는데 시연이가 내적 갈등을 이겨냈는지 움찔거리던 입을 열고 드디어 자신이 하고 싶었던 이야기를 쏟아냈다.

"근데 나 사실 피현욱 좋아해."

"응?"

뒷말은 더 하지 않았다. 시연이는 이 말을 꺼내기 위해 오늘 나와 집에 같이 가자고 한 것이었을지도 모르겠다. 우물쭈물하며 다른 말을 하지 못하던 시연이는 나와 눈을 맞추지 못하고 자꾸 피했다. 이내 나에게

"어떻게 하면 좋을까?"

라는 말과 함께 갖고 있던 고민들을 쏟아냈다.

그렇게 집으로 가는 길에 피현욱과 관련된 것이든 아니든 이런저런 이야기들을 나누며 우리의 마음은 점점 가까워지고 있었다. 시연이에게 피현욱과 잘 될 수 있도록 도와주겠다고 하자 시연이는 화색이 묻어난 얼굴로 내게 고맙다고 했다. 갈등이 있기 전처럼 회복된 것은 아니지만 확실히 유대감이 더 생겼다는 느낌을 받았다.

날들이 지나면서 시연이와 나는 점점 관계를 회복했다. 여느 때처럼 등·하교도 같이 하게 되었고 더 돈독한 친구 사이가 되고 있었다. 조금 달라진 점이라면 시연이가 나를 기다리기 일쑤였는데 요즘은 내가 시연이 집 앞에서 기다리는 경우도 자주 생겼다는 것이다. 또, 몇 주 후에는 시연이가 피현욱과 사귀게 되었다는 소식도 들었고 그 소식을 들은 이후로는 나의 고민들이 한층 덜어지는 것 같았다.

그렇게 시간이 흐르고 흘러 고대하던 여름방학 기간이 되었다. 친구들이랑 이곳저곳 놀러 다닐 생각에 매우 들뜬 마음을 가지고 있던 어느 때에 충격적인 소식을 듣게 되었다. 그 소식을 듣자마자 병원으로 뛰어간 나는 티격태격하고 있는 아빠와 오빠를 보고 병실로 들어갔다. 나는 링거를 맞으면서 조금은 슬픈 눈으로 나를 보고 웃는 엄마의 모습을 보자 가슴이 찡했다.

"엄마, 근데 왜 쓰러진 거야?"

"아, 요즘 스트레스도 많이 받고 과로도 했는데 충분히 쉬지도 못해서 그

런 거라고 하시더라."

"어휴, 너무 열심히 하지 말고 일찍 집에 들어와서 푹 쉬어. 입원한 김에 오늘도 푹 쉬고."

"고마워 예인아."

후에 엄마의 직장 동료분께 우연히 듣게 된 말이지만 엄마가 고민거리도 있고 힘든 일도 있었는데 딱히 털어놓을 것이 마땅하지도 않고 시름시름 앓다가 컨디션이 좋지 않은 날 쓰러지신 것 같다고 했다. 저번부터 조금 아픈 기색을 보였던 엄마가 더 걱정되었다.

엄마가 과로로 쓰러지면서 아빠와 오빠의 갈등은 더 깊어졌다.

내가 기억하기로는 아빠와 오빠가 사이가 좋지 않았던 것은 내가 초등학교 고학년에 막 들어가던 시기부터였다. 여느 회사원과 다를 바 없이 회사에 다니시고 오빠는 고등학생이었던 것 같다. 그 날은 아빠가 집으로 돌아와서 오빠 방에 들어가 하고 싶은 얘기가 있다고 했다.

"아빠, 제발 내버려 두세요!"

"아니 민우야, 아빠가 그냥 할 얘기가 있어서 그러는 거잖니."

"됐어요. 저 지금 바쁘니까 다음에 얘기해요. 네?"

"아니, 지금 좀 하자니깐."

"아빠, 저 이제 내일모레가 수능이에요!"

그 말을 하고 아빠는 방 밖을 나왔다. 오빠는 방문을 집 전체가 떨릴 정도로 세게 '쿵'하고 닫았다. 그 행동에 아빠는 더 화가 난 것 같았지만 이내 한숨을 푹 내쉬고는 할 일을 하셨다.

내 기억으로는 그 사건이 있었던 이후, 그리고 오빠의 수능이 끝나고 대학생일 때까지도 오빠가 집에 있을 때면 아빠가 오빠와 둘이서 이야기를 계속하고 싶어 하셨지만 오빠가 매번 거절했다. 그 이유까지는 모르겠지만 오빠는 아빠를 좋아하지 않는 것 같았다. 그래서 그런 태도 때문에 아빠가 오빠를 꾸짖는 일이 빈번했다. 오빠와 아빠 모두 나에게는 관대하고 재미있는 정말 좋은 사람들이지만 그 둘의 사이는 왜 이런지 모르겠다. 확실히 아빠가 나에게 하는 것보다 오빠한테 꾸중도 많이 하시고 특히 엄격하신 것 같긴 하다. 아무튼 아빠는 그렇게 수차례를 오빠와 이야기하기 위해 시도했지만 결국 나는 그 두 사람이 단둘이서만 이야기하는 시간을 가지는 것을 보지 못했다. 어쩌면 나만 모르는 것일 수도 있겠지만. 아빠도 점점 포기하는 것 같았고 거의 마지막으로 봤을 때는 아빠도 거의 반쯤 포기한 상태로 오빠에게 말을 걸었다. 그렇게 자연스럽게 아빠와 오빠의 사이는 멀어졌다. 그 후로는 아빠와 오빠는 최소한으로만 이야기를 했다. 그것도 물론 아빠가 대부분 먼저 말을 걸어서였다. 그랬는데 엄마가 입원한 이후 아빠와 오빠의 갈등이 더 깊어졌다. 두 사람의 대화는 늘 이런 식이다.

"예인아, 엄마는 좀 괜찮대? 안 그래도 아까 전화하긴 했는데."

이렇게 아빠가 말하면 내가 대답도 하기 전에

"엄청 아프시거나 다 나으셨으면 아빠한테 연락이 있으셨겠죠."

와 같은 맥락이다. 내용이 꼭 저렇다는 것은 아니지만 저런 식으로 그냥 대화 중에서 아빠의 말에 오빠가 입을 열면 몇 마디가 더 오고가다가 정적이 흐르게 되거나 아빠가 오빠를 꾸짖으신다. 관계가 진전되어도 모자랄 판에 관계도 더 악화되고 엄마의 건강상태도 좋지 않아서 확실히 집의 분위기도 좋지 않았다.

엄마는 입원을 한 후 상태가 잘 진전되지 않아 계속 병원에 누워있었다. 엄마에게 평소에 더 잘해주지 못해 미안한 마음에 나는 학교가 마치면 병원을 들락날락하며 엄마와 최대한 시간을 많이 보냈다. 엄마의 병문안을 갔다가 집으로 가는 지하철은 등하교 때 타고 다니던 지하철과 사뭇 다른 느낌이 들었다.

그렇게 한 달 정도가 지나고 엄마는 퇴원했고, 얼어붙어 버린 것만 같았던 아빠와 오빠의 관계도 조금씩 사그라졌다. 그렇게 집에서의 문제와 고민거리들은 좀 허물어졌다.

그런데 이제는 집이 아닌 다른 곳에서 문제가 발생했다. 얼마 전부터 시연이는 개인적인 일이 있어서 하교할 때 나 혼자 지하철이나 버스를 타고 가는데 지하철을 타고 갈 때마다 자꾸만 모르는 사람이 나를 빤히 쳐다보고 같은 역에 내려서 어느 정도까지 따라오다가 집에 거의 도착할 때쯤 사라지는 것이다. 처음에는 그냥 나 혼자 오해하고 가는 길이 비슷하겠거니 했는데 어느 날은 만원 지하철을 탔는데 비좁은 틈에서 나를 빤히 쳐다봤다. 나도 용기를 내서 그 아저씨를 잠시 노려봤더니 그 사람은 그 다음 정거장에서 후다닥 내리고는 어디론가 가버렸다. 그 이후로 며칠간 보이지 않다가 또 나를 따라온다. 집에 가는 길이 너무 무섭다. 부모님께 말씀드렸고 부모님께서는 경찰에 전화하셔서 내가 하교하는 시간 집 오는 길의 방범도 강화했지만 별 성과를 거두지 못했다. 그리고 그 사람이 보이지 않기 시작한 것은 2학기 중간고사 끝난 10월쯤이었다.

별일 없이 가을이 지나고 한겨울에 들어섰다. 시연이와의 관계는 이전보다 훨씬 회복이 되었고 나의 마음에도 조금 평안이 찾아왔다. 엄마는 다니시던 직장을 그만두시고 아예 간호사라는 직업을 포기하셨다. 직장 내에서 너무 과도한 스트레스가 있었고 더불어 간호사라는 직업이 적성과 정말 안 맞으신 것 같다고 하시며 가정에 집중하기로 했다.

봄방학이 끝나고 학년을 마무리하는 시기가 왔다. 정말 많은 생각이 드는 때이다. 새로 세운 새해 목표가 조금씩 해이해지면서 아무것도 하고 싶지 않고 집에 누워 쉬고 싶기만 한 시기이다. 한 학년이 끝나고 활동들이 모두 마무리된 것을 축하한다는 의미 등 겸사겸사 쫑파티를 하자고 선생님께서 말씀하셔서 나와 우리 동아리 부원들은 선생님의 집에 가서 쫑파티를 하기로 했다. 등교는 아니지만 오랜만에 시연이와 같이 가기로 했다.

할 일이 너무나도 없어서 정말 놀고 싶었던 나에게 쫑파티라는 소식은 마른 땅에 내리는 단비 같았고 학수고대하던 그 날이 드디어 왔다. 과하게 신났던 나는 전날 밤에 잠든 시간도 꼭두새벽이 다 되어서였다. 그럼에도 불구하고 아침에는 눈이 번쩍 뜨였다. 내가 너무 일찍 일어나서 엄마를 깨웠더니 엄마는 몸이 너무 피곤하다며 방학에 왜 이렇게 일찍 일어났냐며 나를 야단치셨다. 평소 같았으면 그냥 대충 지나갈 일이었지만 몸이 더 안 좋으셨는지 그날따라 짜증을 부리셨다. 그 모습을 본 먼저 일어나있던 오빠가 빵을 구워줘서 간단하게 먹고 나와서 시연이를 만났다. 시연이가 들릴 곳이 있다고 해서 같이 갔다가 방촌역에서 9시 40분쯤 지하철을 탔다.

"시연아, 우리 사람 별로 없는 3번째 칸으로 가서 탈까?"

"좋아."

그렇게 우리는 단지 사람들이 많은 곳을 되도록 피하기 위해서 지하철의 3번 칸으로 가서 기다리고 있었다.

바람과 소음을 동시에 데리고 다니는 지하철이 들어왔고 우리는 시간이 들뜬 마음만큼 바쁘게 발을 옮겼다.

"오늘 어떨 것 같아?"

"선생님이 우리한테 기대하라고 하셨긴 한데 뭘 준비하시고 계실지 전혀 예상이 안되서 재미있을지는 잘 모르겠어. 뭐 가 보면 알겠지?"

"그래도 집에 콕 박혀서 뒹굴뒹굴하는 것보단 낫지 않겠어?"

"맞아, 맞아."

"아, 빨리 도착했으면 좋겠다."

"눈 깜짝할 새에 도착해 있을 걸."

그렇게 기대감을 가지고 우리는 지하철을 가고 있었다. 가고 있던 중 문득 스토커 아저씨가 생각나서 시연이에게 말해주었다.

"시연아, 있잖아?"

"응."

"우리 왜 한동안 하교 같이 안 했었잖아."

"응."

"그 때 막 나 스토커 같은 사람 있었다?"

"엥 진짜?"

"응. 그래서 막 경찰한테 전화도 하고 막 그랬었어……. 너랑 집에 같이 가고 싶더라."

"아아, 나한테 말하지."

라고 하며 잠시 말을 멈추고 사색하는 모습을 보이더니 입을 열었다.
"근데, 사실 나도 그때쯤부터 어떤 아저씨가 따라다녔었어."
"헐, 넌 어떻게 했어?"
"모르겠어. 한 번은 엄청 용기내서 딱 대면했는데 알고 보니까 예전에 우연히 탔던 택시 기사 아저씨더라고. 그래서 좀 섬뜩했지."
"힉, 좀 무서운데?"
"맞아. 어떻게 알았는지 내 등하교 시간에 맞춰서 그 택시가 자주 보여서 스토커인거 알았거든. 그리고 방학 때도 빈번하게 봤고, 차라리 그때 용기를 안 냈으면 어떨까 하는 생각도 들기도 한다."
"그럼 자연스럽게 어느 순간부터 없어진 거야?"
"아니. 요즘도 따라다니는데 너무 무서워서 다른 사람에게 말을 못 하고 있었어. 오늘도 오는데 따라올까 봐 조마했는데 오늘은 학교 같은 정해진 곳에 가는 건 아니라 그런지 안 보이더라고."
"아아, 오늘부터 해서 계속 안 보이면 좋은 텐데."
"그러게 말이야."
그 말을 끝으로 별말을 안 하고 있다가 나는 지하철에서 잠들었다. 꾸벅꾸벅 졸던 나의 귀에는 동대구역임을 알리는 안내방송이 나왔다. 기차역과 연결된 지하철역이라 그런지 확실히 많은 사람들이 타고 내렸다. 계속 졸고 있었는데 동대구역을 조금 지나자 갑자기 시연이가 갑자기 벌떡 일어나는 바람에 꿈속 절벽에서 떨어지는 느낌과 함께 잠에서 깨어났다.
"강예인……."
시연이는 내 이름을 부른 후 중얼중얼거리며 알아들을 수 없는 작은 소리로 말을 조금 했다. 그때 잠이 약간 깬 내 눈에 졸고 있거나 책을 읽고 있는 사람들이 먼저 들어왔고 이내 지하철 문이 닫히는 소리가 내 귀에 꽂혔다. 그 후로 시연이는 힘이 빠진 기색을 보였다.

"……, 이번 역은 중앙로, 중앙로역입니다. 내리는 문은 오른쪽입니다……."

중앙로역에 다다랐음을 알리는 방송에 나는 잠시 잡생각을 하다가 번쩍 정신이 들었는데 시연이는 뭔가 겁에 질린 표정을 가지고 있었다. 중앙로역에서 정차하는 곳까지 거의 다 온 것 같았지만 지하철 안에서 내리는 방향으로 본 창밖의 모습은 칠흑의 어둠처럼 어두웠고 빛은 반대편에서 보였다. 이때 나는 이상하다는 생각 말고는 다른 생각은 할 수 없었다. 조금 시간이 지나자 잘은 모르겠지만 확실히 좋지는 않은 상황이라는 생각이 들었다. 지하철의 승 · 하차 문이 열리자 지하철을 둘러싼 검은 기운은 내부로 들어왔고, 나는 이때 무슨 일이 일어난 것인지 직감으로 알았다. 문이 열린지 얼마 되지도 않았는데 갑자기 지하철 문이 닫혔다. 원래 하차하려고 문 앞에 서 있다가 문이 열리자마자 나간 사람들의 기침 소리는 고막을 찔렀다. 그러고 바로 전철의 시동이 꺼졌다. 연기가 들어온 내부의 공기는 눈코 뜰 수 없이 매웠고 시연이 생각이 먼저 든 나는 시연이를 불렀다.

"시연아!"

나는 시연이를 불렀고 시연이는 반대편 지하철이 있는 창문 쪽을 바라보고 있었다. 뿌옇고 시커먼 연기 속에서도 어렴풋이 반대편의 지하철도 중앙로역으로 들어오는 형상이 보였는데 반대편의 많은 사람들이 메뚜기 떼처럼 우르르 움직이는 것이 보였다. 시동이 꺼진 지하철이 조금 있다가 다시 시동이 켜지더니 출발을 시도하는 듯 보였으나 불길 때문인지 이내 바로 다시 꺼졌다.

"으악!! 어, 저, 저, 저기!"

시연이는 갑자기 소스라치게 놀라며 창밖을 가리켰다. 나는 어영부영하다가 결국 보지는 못했지만 시연이가 본 뛰쳐나간 그 사람이 바로 시연이를 스토킹하던 택시기사 아저씨라고 했다. 그 순간 또다시 지하철의 시동이 켜져 출발을 했다. 정말 몇 센티미터나 움직였을까. 정말 미세하게 움직인 지하철의 시동은 다시 꺼졌고 곧 지하철 안내방송이 나왔다.

"아, 아, 승객 여러분, 저는 이 전동차의 기관사입니다. 잘 들리십니까? 반대편, 안심행 열차인 1079 열차에서 화재가 발생해 중앙로역이 마비 상태가 되었습니다. 현재 바깥 상황은 엉망이고 지하철의 승 · 하차 문을 열자 자욱하게 낀 까만 연기가 유입됨으로써 승객 여러분들을 위해 문을 강제로 제가 닫은 상태입니다. 그리고 이 상황을 신속하게 빠져나가기 위해 제가 꺼진 지하철의 시동을 바로 다시 켜 출발을 시도했지만 현재 지하철에 화재가 옮겨붙어 전동차의 전원이 끊기게 되었고 저는 다시 지하철의 출발을 시도했지만 실패하게 되는 이 상황이 반복되었습니다. 결국 화재 때문에 현재 지하철의 시동을 켤 수 없는 상황이 되어버렸고 저는 승객 여러분들께 상황을 알리기 위해 대기 전원을 잠시 켜 방송을 하고 있습니다. 이 방송을 들으시는 여러분들은 화재가 더 번지기 전에 자세를 낮추고 출입문을 수동모드로 전환해 개방하여서 침착하고 질서정연하게 빠져나가시길 바랍니다. 방금 역내에서 경찰과 119에 연락을 해놓은 상태라는 소식을 전달받았습니다. 모두들 행운을 빕니다. 호랑이 굴에 들어가도 정신만 바짝 차리면 살아남으실 수 있을 것입니다. 거듭 강조하겠습니다. 119에는 전화를 해놓은 상태이니 너무 무서워하시지 마시고 최대한 대피하십시오. 지하철에 계시더라도 곧 구조대가 올 테니 침착하게 행동해주십시오. 저는 우선 빨리 역내 사무실로 올라가서 역무원들을 데리고 구조를 도울 수 있도록 노력하겠습니다."

이 말을 들은 나의 머리는 하얘졌다. 당황한 나머지 아무것도 하지 못했다. 평정심을 잘 잃지 않는 나는 평소 이런 일이 일어나도 침착할 수 있을 줄로만 알았는데, 상상과 현실의 괴리는 예상할 수 없을 정도로 컸다. 먼저 호흡을 가다듬고 주위를 돌아봤다. 시연이를 포함한 다른 사람들도 전부 겁에 질려 우왕좌왕하고 있었다. 시연이를 보고 있자니 시연이에게 피현욱과 잘 되게 해준 것이 오래 지나지도 않았고 한창 재미보고 있을 때인데, 이런 일이 있어 조금은 미안한 마음도 들었다.

그런 생각을 하고 있을 무렵 나는 전화기에서 휴대폰을 꺼내 가족들에게 문자를 보냈다. 너무 무서웠다.

먼저 아빠에게

"아빠, 많이 바빠? 오늘도 열심히 일하고 와. 항상 고마워요. 사랑해. 난 지금 지하철 중앙로역이에요."

다음은 오빠에게

"오빠, 어디야? 평소에는 말 잘 못했어. 사랑해."

그리고 엄마에게

"엄마, 오늘 아침에 화낸 거 나한테 미안하게 생각하지 않아도 돼요. 내 기분은 오늘 최고야. 사랑해."

그렇게 문자를 보낼 때에 가족들 한명 한명의 생각이 났다. 아빠가 항상 오빠한테 하고 싶어 했던 말은 위로와 격려의 말이었고, 자주 꾸짖지만 사랑하는 마음은 변함이 없다고 미안하다고 그런 뻔한 말을, 평소에는 잘 하지 못하던 말이기에 수험생 시절에 힘들어하던 오빠에게 해주고 싶어 했다. 끝내 아빠는 오빠가 피해버려서 못하고 그렇게 오빠는 성인이 되어버렸지만 아빠는 여전히 그 말을 전해주고 싶을 것이다.

엄마 생각은 더 많이 났다. 직장 내 스트레스 때문에 직장도 그만두고 전업주부로 전향하고도 얼마까지는 계속 힘들어하던 엄마의 모습을 보고 있으면 나도 모르게 엄마의 모습이 아련해 보이기도 했었다. 여느 그냥 평범한, 남들이 보기에는 다를 바 없는 그런 엄마였지만 나와 오빠에게는 바쁜 와중에도 지극정성을 다하여 시간을 쏟아주고 관심을 가져주고 심지어는 나의 친구들에게까지 관심을 쏟아주던 엄마가 보고 싶은 마음이 들었다. 오늘 파티를 가기 위해 집에서 나오기 전에 예민해진 엄마가 나에게 화를 내시긴 했지만 여전히 엄마는 나를 사랑하고 있음을 알기에 가족들 생각이 또 났다.

오빠는 똑똑했고 나에게도 늘 친절했다. 스트레스로 인한 아빠와 불화가 조금 있다는 것 이외에는 가족들과 사이도 좋았고 무뚝뚝하긴 해도 항상 긍정적인 사람이었다는 것을 나는 안다. 이제 시간이 조금만 흐르면 올 오빠의 생일이 있어 생일선물을 부랴부랴 준비하고 축하할 3월이 되면, 오빠는 따뜻한 봄날의 부푼 마음으로 새로 부임할 학생들과 마주해 많은 것을 가르쳐주고 또 그러한 과정에서 자신도 느낀 것을 배우게 될 오빠인데 그 모습을 볼 수 없게 된다니 슬픈 생각이 들었다.

오빠 생각까지 나자 눈에서는 나도 모르게 눈물이 흘렀다. 슬퍼서 눈물이 흐른 것인지 지하철 안의 매운 연기 때문인지 나는 알 수 없었다. 눈을 뜨는 것조차 힘들었고 나는 시연이와 어서 나가야겠다는 생각이 들었다.

"시연아!!"

마음이 조금 진정되자 나는 우선 시연이를 불렀다. 그러나 대답이 없었다.

눈이 제대로 보이지 않는 터라 시연이가 어디로 간 것인지 알 수 없었다. 나는 자세를 숙이고 최대한 연기를 마시지 않도록 한 채로 시연이를 다시 한 번 불렀다.

"시연아!! 어디 있는 거야."

시연이의 대답이 바로 들리지 않자 나는 불안한 온갖 생각이 들고 상황이 상황인지라 최악의 경우까지도 생각을 했다. 찰나에 너무나 많은 시간이 지나가서 시연이의 대답이 돌아오는 것이 아주 길게 느껴졌다.

"예인아! 나 지금 여기 잘 있어!"

시연이의 목소리에서 콧소리가 들리는 것으로 보아 시연이가 울었던 것 같았다. 그리고 다른 사람들이 허둥지둥, 우왕좌왕 움직이는 소리와 소화기를 가지고 불을 최대한 꺼보려는 사람들의 소화기 소리에 묻혀 목소리가 잘 들리지는 않았지만 가까이에 있다는 것을 알 수 있었다.

"시연아! 나 지금 여기 2번째 칸이랑 이어지는 곳에서 젤 가까운 의자랑 의자 사이에, 내리는 곳 반대편 문 앞에 있는 기둥에 있어!"

"나도 얼마 멀리 있진 않아. 지금 그쪽으로 갈까?"

"응, 이쪽으로 올 수 있으면 지금 올래?"

"응!"

쿠궁, 쿵…….

"아니야 시연아! 잠깐, 이쪽으로 오지 마!"

"알겠어! 나도 소리 들었어. 얼마 멀지 않은 곳에서 나는 소리인 것 같으니까 조금만 있다가 거기로 갈게! 일단 어서 탈출할 방법부터 찾아보자!"

"응. 좀 이따 봐!"

"응."

나는 드르륵 소리와 함께 사람들이 마구 몰려드는 쪽을 보았는데, 정말 사람들이 사람들 사이에 끼여서 밀려나가는 모습을 보았다. 누군가 문을 수동으로 열어서 승강장 쪽이 아닌 반대편의 비상 대피로를 통해 나가는 것 같았다. 그러나 바깥은 불길에 휩싸여 나가는 것이 쉽지 않았고 나간 사람들의 비명소리가 들리며 지하철 안에서는 빨리 나가기 위해 사람들이 소리를 지르고 북적거렸다. 2번째 칸 지하철에 나가려고 발버둥 치는 사람들은 뒤에서 자꾸만 밀어대고 나가기 일보직전의 상황에 처한 사람들은 밖으로 나가려고 하니 사람들은 그렇지 않아도 복잡하고 두려움에 떨고 있는데 너무 혼잡해 보였다.

나와 같은 3번째 칸에 있던 사람들도 2번째 칸으로 가서 탈출을 시도하기도 했고 우리 칸의 출입문을 수동으로 열기도 했다. 그 와중에 수많은 사람들에 어쩔 수 없이 밀려 나가고 있던 시연이를 내가 확 낚아챘다.

"시연아 정신 차려! 어디가??"

"아아 예인아……. 나 몸에 힘이 너무 빠져"

시연이는 몸에 힘이 없고 눈도 조금 풀려 있었다.

"시연아! 정신 차려!"

"어, 응?"

"우리 파티 가기로 했잖아. 얼른 가야지. 히."

"헤헤."

"시연아, 일단 지금은 옷으로 코 가리고 더 기다렸다가 나가자."

"그럴까? 조금만 더 있으면 소방관이랑 구조대가 오겠지?"

"응."

그렇게 우리는 사람들이 분주하게 움직이는 가운데에서 불길에 휩싸인 지하철 안에서 최대한 차분하게 깊은 심호흡을 되풀이하며 구조를 기다렸다. 사람들이 아주 조금 빠져나가 그나마 지하철은 덜 혼잡했고 사람들도 구조대를 기다렸다. 시연이가 입을 열었다.

"예인아……."

"응?"

"힘내자……. 우리"

"그래야지. 조금만 더 버티면 될 거야."

그렇게 계속해서 위로하는 말과 격려하는 말로 서로를 감싸주고 있었다. 그러다가 눈물을 흘리며 시연이는 내게 말했다.

"예인아, 사실 조금 전에 내가 막 말을 더듬으면서 엄청 불안해하고 그랬었잖아."

"언제?"

"아까 지하철 중앙로역에 막 도착했을 때 연기가 점점 끼고 반대편 지하철에 사람들의 움직임이 어렴풋이 보였을 때쯤에 말이야."

"아아, 응. 근데 그때는 왜 그랬던 거야? 지금은 괜찮은 거지?"

"응. 그게 사실은……."

시연이는 입을 열지 못하고 굵은 모래알같이 눈물방울을 떨어뜨렸다.

"무슨 일인데? 조금 더 진정되면 말해줘."

"응."

그 말을 하고 조금 더 훌쩍거리다가 사색에 잠긴 것처럼 보였다. 얼마 지나지 않은 시간에 바로 시연이는 입을 열었다.

"그게 사실 아까 내가 반대편, 그러니까 안심 방면으로 가는 지하철 쪽을 봤는데, 그 택시 기사 아저씨 있잖아. 나 따라다녔다는 스토커."

"응……. 설마 그 사람이 반대편에 있었어?"

"맞아. 내가 본 건 그 사람이 막 지하철에서 비상탈출로 쪽으로 도망가고 있었는데 겁에 질리기는커녕 다급하지도 않은 표정으로 뛰쳐나가는 거야. 은근히 즐거워 보이기도 했어."

"뭐라고?? 정말이야?"

"응. 정확하게는 모르지만 아무래도 다른 사람들은 급박하게 뛰쳐나가거나 지하철에서 우왕좌왕하는데 그 아저씨만 다소 여유롭게? 뛰쳐나가는 모습이 이상하지 않아?"

"그러게. 많이 이상한데."

"혹시 그 사람이 방화범 아닐까?"

"에이 설마."

"나도 정확하게 아는 건 아니라서 뭐라고 단정 지을 순 없지만 확실히 이상했던 점이 한둘이 아니야. 아까는 겁에 질려서 아무말도 못했지만."

"그런 걸까. 확실히 이상하긴 하네."

"그리고 아까 지하철에서 졸다가 엄청 놀라면서 일어났을 때 있잖아."

"아아. 여기 도착하기 쪼금 전에?"

"응. 그러니까 내가 벌떡 일어났었잖아. 그 스토커 아저씨 보고."

"그랬지."
"나 벌떡 일어나기 전에는 너처럼 그냥 꾸벅꾸벅 졸고 있었거든."
"엥? 그럼 갑자기 왜 일어났던 거야?"
"사실, 이게 무슨 예지몽 그런 것 같기도 하고."
"뭔데?"
"그 아저씨 내 꿈에 갑자기 나와 버려서. 잠에서 살짝 깼었거든."
"아 정말? 확실히 진짜 이상하긴 하네."
"응. 그래서 확실하진 않지만 뭔가 이상한 일이 일어날 것 같다는 느낌이 들긴 했어."
"그 아저씨가 꿈에 나와서 뭐라고 했는데?"
"뭔가 나를 뚫어지게 쳐다보면서 무슨 말을 계속 하고는 기분 나쁘게 웃으면서 사라졌는데……."
"무슨 말인지는 기억 안 나?"
"응. 그게 기억이 잘 안 나네."
"아하……. 차라리 뭐 잘 됐어."

그렇게 그 스토커 아저씨가 범인이 아닐까 하는 이야기들을 하면서 시간을 보냈다. 이렇게 계속 어떤 한 주제에 대해 계속해서 이야기를 하고 서로 맞장구도 계속 쳐주니 몸에도 조금씩 생기가 돌고 좀 괜찮은 것 같았으나 우리의 말은 어느 순간 끊겼다. 이 지하철에 고립된 지 몇 분이나 지났을까. 시연이가 계속해서 그 아저씨가 범인이라는 의심을 품고 있는 동안 내 몸에는 점점 힘이 빠졌다.
"시연아. 조금만 더 힘내자."
정작 더 힘든 것은 나였던 것 같은데 나는 시연이에게 오히려 더 격려의 말을 했다. 그렇게 하면 내 마음도 좀 더 차분해지는 것 같았기에 그랬다.
"예인아. 우린 꼭 빠져나가서 여기 사람들 전부 다 탈출할 수 있게 도와주고 파티하러 얼른 선생님 집으로 가자. 알겠지? 선생님 지금 파티 준비 엄청 하고 계실걸."
"응. 당연하지."

라며 우리 둘은 서로 바라보며 씩 웃었다. 몸에 힘도 빠지고 웃기는 말을 한 것도 아니지만 왠지 모르게 웃음이 났다. 시연이는 해탈한 웃음을 지은 것일 수도 있지만 나는 그것은 아니었다. 분명한 것은 그것이 우리가 아직까지 희망이 있다는 생각을 조금이나마 품고 있었기에 지은 것이지 마지못해 지은 웃음이 아니라는 것이었다.

시간이 지날수록 많은 생각들이 들었다.

'분명 운전사 아저씨가 방송으로 구조 요청을 한 상태라고 하셨는데 구조대는 왜 오지 않을까.'

'살아서 나갈 수 있을까?'

'가족들은 지하철 화재 소식을 들었을까.'

'아빠는 출근하셨겠지.'

'시연이도 지금 힘들 텐데.'

'연기를 그냥 마시고 죽는 것이 불길에 휩싸여서 죽는 것보다 나을까.'

'파티 가기는 글렀겠구나.'

'여기는 이렇게 어두컴컴하고 무서운데 이 소식을 모르는 얼마 떨어지지 않은 곳은 지금도 너무나 환하고 기쁠 텐데…….'

이렇게 나는 점점 흐려진 의식 속에서 부정적으로 변하고 있었다. 시연이도 그랬는지 우리는 자꾸만 서로에게 희망을 넣어주기 위해

"괜찮아."

라는 말을 되풀이하고 있었다. 하지만 우리의 호흡은 점점 짧아졌고, 목은 타들어 갔다.

나의 마음은 너무나 불안했다. 계속해서 연기 속에서 호흡을 한 탓에 지하철 내부에 있는 사람들은 모두 실눈을 뜨고 주저앉아 있었다. 분명 코는 피로를 쉽게 느껴 금방 냄새에 적응한다고 했는데 참을 수 없이 힘들었다. 시연이는 얼마 전부터 이미 호흡 소리에 들리지 않는다. 아까는 혹시나 하는 마음에 흔들어 깨워보았더니 의식은 있었다. 매우 작은 양만큼, 정말 최소한으로 호흡하고 있는 것 같았다.

지하철 내부는 고요했다. 대피로를 통해 빠져나간 사람들이 꽤 있어서 지하철 내부가 혼잡하지는 않았다. 헐떡이고 기침하던 사람들은 모두 조용해졌다. 이따금씩 기침 소리가 나긴 했지만 그 간격은 아주 길었다. 사실 실제로는 그 간격이 30초 간격도 채 되지 않았지만, 체감상으로는 5분에 한 번씩 기침 소리가 나는 것처럼 느껴졌다.

그 후로 시간이 더 지났다. 이미 휴대폰도 꺼져버려 더이상 시간조차 확인할 수 없었다. 지하철 밖에서 웅성거리는 소리가 나는 것 같았다. 본능적으로 나는 문 쪽으로 다가가 주먹으로 문을 쾅쾅치며 소리쳤다.

"여기에요!"

지하철 내부에 있던 사람들이 수동으로 문을 열었고 자욱하게 낀 연기 속에서 겨우 보인 사람들은 소방관이었다. 그분들이 몰려 들어왔다. 손에서 놓친 희망의 끈을 다시 덥석 잡는 것 같은 느낌이 들었다.

"시연아!"

거의 의식을 잃기 직전이었던 시연이를 흔들어 깨웠다. 나보다 상태가 좋지 않았던 시연이를 먼저 보내야겠다는 생각이 들었고, 나의 마음에 분수가 샘솟는 것처럼 알 수 없는 상쾌한 감정이 들었고 곧 빠져나간다는 생각에 힘이 났다.

"시연아, 어서 너 먼저 가."

"응……? 같이 가자."

"아냐. 난 아직 괜찮아. 여기 계신 소방관분들이 우리를 다 데리고 가시기에는 사람이 너무 많아서 버거우실 거야."

"후……. 예인아 미안해."

"아니야 올라가서 구급차 타고 병원부터 가야지. 얼른 가."

"큰 도움이 되어주지 못해서 내가 너무 미안하다……."

"아니야. 여기까지 버틸 수 있게 같이 있어 준 네가 고맙지 뭐."

"아무튼, 정말 미안해……."

눈물과 기침을 참지 못하며 시연이는 구조대에 따라 위로 올라갔고 우리 지하철 칸에 타고 있던 사람은 나와 다른 사람 열 명 정도가 남았다. 소방관들을 따라 나가는 길에는 정말 많은 사람들이 북적거렸다. 그러나 아직 빠져나간 사람보다 남아있는 사람이 더 많은 것 같았다.

구조대원들이 쑥 밀려 들어와서 사람들을 데리고 훅 빠져나갔기 때문에 더더욱 고요해진 지하철 안에서 남아있는 사람들은 물 한 방울, 평소 같았으면 손 씻고 나서 그냥 털어버렸을 그 물 한 방울이 너무나 간절했다.

숨소리만 새근새근 내며 숨죽이고 있던 중, 지하철 같은 칸에 있었던 나의 또래로 보이던 여자애가 와서 말을 걸었다.

"안녕. 넌 어디 가던 길이었어?"

그 애는 말을 하면서도 계속해서 기침을 했다.

"학교 동아리 활동이 끝나서 선생님 집으로 쫑파티 하러 친구랑 가다가 이렇게 돼버렸지 뭐야."

"아아, 난 친구랑 놀러 가다가 이렇게 됐어. 근데 조금 전에 소방관분들 오셨을 때 같이 올라가고 나는 남았어."

속으로 나와 같은 처지에 있는 또래 친구를 만나서 반가운 마음도 들었지만, 워낙 상황이 좋지 못해서 마음 한편은 조금 씁쓸했다. 나 같은 애가 같은 장소에 또 있다는 것이.

나와 같이 있던 사람들이 다 빠져나가고 나만 있다는 생각이 들자, 심리적 압박감이 더욱 심화되었다. 참을 수 없는 답답함과 매캐한 그 공기에 조금은 적응이 되었다. 조금이라도 집중을 하지 못하면 정신력이 희미해져 갔다. 고요한 가운데였지만 귀에서는 시끄러운 소리가 맴돌았다. 마음의 불안정함이 소리로도 반영되어 내 머리속은 터질 것만 같았다.

정신이 아득해져 가다가 잠이 든 것인지 쓰러진 것인지 모르겠지만 나는 거의 눕다시피 주저앉아 있었다. 등만 벽에 기댄 채로. 정신이 잠깐 들었다. 손이 너무 불편해서 확인해보려고 눈을 비볐더니 눈이 너무 따가웠다. 의식이 있을 때에는 옷소매를 적셔서 코와 입을 가리고 있어서 망정이지 연기 속에 너무 오래 노출되어 있었더니 코 표면과 콧속을 갈고리로 긁는 것만 같은 느낌이 났다. 힘들게 눈을 떠 내 팔을 확인했는데, 피부가 거무스름한 빛을 띠었고 만져도 감각이 잘 느껴지지 않았다. 주변은 새까맣게 모두 탔고 불길은 아직까지도 꺼지지 않고 활활 타오르고 있었다. 불에 탈 만한 것들은 대부분이 타 주변의 물건들은 잿더미가 되어있었고 내 몸과 옷 위도 전부 시커멓게 물들었다. 아무것도 보이지 않았다. 주변에 있던 사람들은 전부 지쳐 쓰러져 있거나 잠에 든 것 같았다. 물론 이렇게 공기가 좋지 않은 곳에서 편안하게 잠이 들 것 같지는 않지만. 나는 그들이 시체만은 아니길 마음속으로 기도했다.

그러한 상황 가운데에 있다는 것이 나는 너무나 두려웠다. 그렇게 공포감이 밀려오고 있던 중에 갑자기 딱딱한 뭔가가 내 어깨에 쿵하며 부딪혔다.

"꺄아아아아아아아아아악!!"

너무 소스라치게 놀라서 나도 모르게 너무나 큰 비명을 질렀다. 그렇지만 나의 목소리만 울려 퍼질 뿐 불이 타는 소리 외에 다른 소리는 전혀 나지 않았다. 놀란 마음이 진정이 되지 않고 눈물이 뚝뚝 떨어졌다. 호흡도 불편하고 몸이 축 처져 있는 상태에서 갑자기 긴장되는 상황이 벌어져서인지 나의 온몸에서는 나도 모르게 경련이 일어났다. 몸이 덜덜 떨리고 머리는 너무나 아팠지만 구조대가 오기까지 필사적으로 버티기 위해 나는 몸이 조금 더 편한 자세를 취했다. 호흡을 천천히, 달팽이가 내 호흡을 주관하듯이 아주 천천히 가다듬었다.

"쓰으으으으읍……. 후우우우.……. 쓰으으으으으으으으으으읍……. 후우우우우우우우……."

조금 진정이 되자 나는 내 어깨에 쿵하고 떨어진 것이 무엇인지 확인했다. 팔을 땅바닥에 더듬으며 나를 놀라게 한 기둥 같은 것이 무엇인지를 찾았다. 내 손에 겉은 물렁하지만 세게 누르면 조금 딱딱한 것이 닿았다. 나는 이것을 처음 만졌을 때 또 놀라긴 했지만 침착하게 확인했다. 이것을 들어보고 또 한 번 놀랐다. 그것은 다름 아닌 나의 옆에 있던 내 또래 여자애의 팔인 것 같았다. 잘 보이지 않아서 확실한 것은 아니지만 아마 맞는 추측일 것이라고 생각했다. 그 팔이 내 어깨에 닿은 이유는 서서 정신을 잃은 그 친구가 결국 정신을 잃고 쓰러지면서 그 팔이 나를 친 것 같았다. 나는 그 친구를 흔들어 깨워 봤다.

"저기……. 애야!"

"……."

"정신 차려!"

"……."

마음이 심란했다. 공포감은 마치 나를 잡아먹으려는 한 마리의 맹수처럼 내 마음을 요동치게 만들었다. 남아있는 사람들도 이제는 살아 있다는 것을 확신할 수 없게 되자 호흡은 더 가빠지고 내 머릿속에는 너무나 많은 생각들이 뒤죽박죽 섞여 정리되지 않은 채로 주마등처럼 지나갔다.

먼저 가족들 생각과 함께 눈물이 났다. 오빠한테 조만간 꼭 해주고 싶었던 말이 있었는데 할 수 없을 것만 같아서 너무 서러웠다. 평소에도 생각한 바이지만 기회는 내가 아주 사소한 행동 하나를 하느냐 마느냐의 문제로 잡을 수 있는지 없는지가 결정되는 것 같다. 오빠에게 해주고 싶었던 말을, 아빠는 오빠가 아직까지 싫은 게 아니라는 말을, 표현하는 것이 아직도 서툴러서 그랬다는 것을 오빠에게 꼭 전해주고 싶었는데, 그 말을 해야겠다는 생각만 하고 미리 하지는 못한 것이 너무 아쉬웠다. 거기에 더해 오빠가 이제 교사라는 직업에 종사하게 되면서 학생들의 투정과 고민까지 받아주는 것에 있어서 느낄 심한 스트레스와 압박감, 다 지나가고 나면 괜찮을 거라고 힘들 때는 언제든지 가족들에게 말해도 된다고, 물론 부모님께서 이런 말은 더 잘 전달해주시겠지만 내가 꼭 직접 전해주고 싶었는데 하지 못해서 아쉽다.

아빠에게도 오빠의 마음을 제대로 이야기해주고 싶었다. 오빠가 아빠에게 마음을 돌린 것은 전적으로는 아니지만, 아빠에게 책임이 없는 것은 아니니까 더 타일러 주고, 그런 고민은 엄마에게 하나하나 털어놓고 같이 상의해보라고. 아빠는 충분히 좋은 사람인 것을 나도 엄마도 알기에 오빠에게도 그 사실을 한 번 더 증명해주라고.

그 외에도 시연이나 내 옆에 있었던, 같이 상황의 아픔을 나누던 또래 친구나 동아리 선생님께도 전해주고픈 말이 아직 많이 남아있지만, 나에게서는 나 자신마저도 더 이상 희망을 찾을 수가 없어서 원통한 마음도 들었다.

"내 인생만……. 왜 이렇지."

혼잣말로 그렇게 중얼거렸다.

시간은 흐르고 또 흐르고 또 흘러 족히 10분은 된 것 같았다. 물론 체감으로 그런 것이지만. 구조대가 오는 소리는 전혀 나지가 않는다. 지금 이곳에 나는 소리라곤 불이 타오르는 소리와 화재로 인해 전철과 지하철 내부에 남은 물건들이 툭툭 떨어지는 소리, 그리고 가끔씩 굉음과 함께 건물이 부서지는 것 같은, 그러한 소리가 들렸다.

나는 의식을 잃어가고 있었다. 눈앞은 희미해졌고 몽롱한 정신은 나를 점점 덜 고통스럽게 만들었다. 귀로는 어떤 소리도 들리지 않았다. 그러다가 여러 사람들이 이쪽으로 뛰어와서 서로에게 큰 목소리로 무슨 말을 하다가 흩어졌다. 나는 그들이 무슨 말을 한 것인지는 알 수 없었지만 정신없는 그 상황 속에서도 저들이 분명 구조대일 것이라는 추측을 했고 어떻게든 살기 위해 처절한 몸부림을 쳤다. 하지만 힘이 전부 빠진 내 몸은 움직이지 않았고 내가 할 수 있었던 것은 벽에 기대어 앉아 있던 내 상체를 바닥으로 쓰러뜨리는 것이 전부였다.

'쿵!'

내 머리가 땅에 부딪혀서 쿵 소리가 나자 구조대원들 중 한 명이 내 쪽으로 왔다. 그는 나에게 의식이 있는지 확인하기 위해 흔들었다. 나는 의식이 있었고 눈도 뜨고 있었지만 아무런 소리도 낼 수가 없었다. 그런 나를 보며 구조대원은 최대한 끌어서 밖으로 내보내려 했지만, 끝까지 몸에 힘을 주지 못했던 나를 의식이 없다고 판단했는지 낙담한 표정으로 고개를 저었고, 내 주위에 있던 사람들을 흔들어 깨우다가 모두 시체가 되어있는 것을 확인하고는 다른 구조대원들이 있는 곳으로 가버렸다. 억장이 무너졌다. 나는 아직 이렇게 생각도 할 수 있고 의식도 남아있는데 이것을 알아채지 못했다는 것이 너무나도 절망적이었다. 눈물조차 나지 않는 상황에서 나는

'이게 내 운명이구나.'

라는 생각을 하며 살아남기 위해 처절히 지키고 있던 에너지를 모두 놓아주었다. 정확히 말하자면 내 몸에 있던 힘이 모두 쫙 빠졌고 몸이 붕 뜨는 느낌이 났다. 내 머릿속에는 태어났을 때부터 지금까지 살아온 기쁜 일들, 슬픈 일들, 힘들었던 것, 무서웠던 것, 행복했던 것들이 주마등처럼 쭉 지나갔다. 숨을 쉴 수 없었다. 구조대원들이 가버리고 남은 자리는 불길이 더 크

게 치솟아 내부를 모두 태웠고 내 몸에도 불이 붙었다. 참을 수 없는 고통이 느껴지는 것 같았지만 나는 내 몸보다 마음을 지지는 느낌을 받았다. 나는 서서히 눈을 감았다. 지하철 내부의 어떠한 여느 것과 같이 한 줌의 잿더미가 되어가고 있었다. 내 귀에는 구조대원들이 다른 사람들을 데리고 나가는 발소리가 들렸지만 어떠한 사고를 하고, 행동을 취하는 것은 내게는 더 이상 할 수 없는 것이었다. 나는 아직도 파티에 가고 싶다.

요즘 따라 삶이 무기력하고 힘이 없다. 직장에서는 날이 갈수록 나를 찾는 일이 빈번해졌고, 맡아야 할 환자분들은 더더욱 늘어났다. 게다가, 직장 내에서 팀장님들끼리 싸움이 나서 그 여파가 그들의 밑에 있는 우리에게까지 미쳤다. 그런 환경 속에서 일을 하고 집안일까지 거의 도맡아서 하느라 몸이 괜찮지 않은 곳이 없다. 몸은 물론이고 마음도 그렇다. 그런데 오늘 아침, 예인이가 새벽에 나를 흔들어 깨웠다. 내 머리는 깨질 것 같았고 몸도 너무 무거워 쉽게 일어날 수가 없었다. 나는 잠이 오는 목소리로 말했다.

"방학인데 왜 이렇게 일어난 거야."

"응. 엄마 계속 잘 거야?"

"그래……. 엄마 너무 피곤하다."

"이제 일어나면 안 돼?"

"으응……. 너 어디 가는데?"

"나 동아리 선생님 집에 파티하러."

"그럼 너 혼자 준비해서 가면 되잖아! 왜 엄마 피곤한데 이렇게 깨우는 거야! 엄마도 피곤한데 잠 좀 자고 싶다고."

라며 비몽사몽인 채로 예인이에게 성질을 냈다. 그러자

"응……. 미안. 나 준비해서 나갈게."

라고 대답을 했고, 나도 그냥 잠결에

"그래……."

라고 말하고 나는 다시 누워 자던 잠을 계속 잤다.

"엄마, 나 다녀올게!"

"으응……."

명랑하게 나에게 말하는 예인이의 목소리를 들었지만 나도 예인이만큼 힘찬 목소리로 대답을 해줄 수는 없었다.

이후 잠에서 깬 것은 9시 30분경이었다. 아마 예인이가 집에서 나선 지 오래 지난 시간은 아니었다. 아침밥을 먹으려는데 민우가 빵을 미리 구워 놓아서 그걸 먹었다. 먹으면서 잠깐 생각에 잠겼다.

'아까 예인이한테 왜 그렇게 화를 낸 거지? 그게 그렇게 화낼 일은 아니었

던 것 같은데.'
라고 생각했다. 이렇게 예전보다 훨씬 예민해진 나를 보며 요즘 힘들긴 힘들다는 것을 체감했다. 별일 아닌 것 가지고 예인이를 좀 심하게 야단을 친 것에 대해 한편에서는 조금 미안했다.

밥을 먹고 집에서 누워서 잠깐 쉬고 있었다. 지금은 일을 하지 않고 있기 때문에 내가 얻는 순이익이 없어서 고민이었기에 그러한 일에 관한 문제나 가족 간의 관계, 자녀들과 관련된 문제 등 이것저것 여러 가지 생각을 하면서. 그때 내 휴대폰에서는 문자가 왔을 때의 진동음이 울렸다.

위잉. 위이잉.

이 시간에 나에게 딱히 문자를 보낼 사람이 없다고 생각해서 의아했다. 그래서 중요한 문자가 아니겠거니 하면서 계속 누워있었다. 몸이 많이 피곤했는지 금세 나는 잠이 들었다.

휴대폰을 진동으로 해놓고 잠이 들었는지 전화가 오는 진동 소리를 듣고 잠에서 깼다. 남편으로부터 걸려온 전화였다.

"여보세요?"

"여보세요. 당신 지금 집이지?"

"응."

"지금 예인이한테 갈 수 있어?"

"예인이가 어디에 있는데요?"

"아까 나한테 문자 온 걸 이제 봤는데, 조금 전에 중앙로역이라고 했으니까 아직 지하철 아닐까?"

"아아, 안 그래도 오늘 놀러간다고 나한테 얘기는 했었는데."

이때 남편은 숨을 몇 번 고르고 다급하게 이야기했다.

"예인이가 나한테 일 열심히 하라고, 고맙다고 사랑한다고 자기는 지금 중앙로역이라고 문자가 왔어."

"갑자기?"

"응. 이 시간에. 뭔가 이상하지 않아?"

"그러게요. 무슨 일 있으면 연락 줄게요."

"그래."
라고 하며 전화를 끊었는데, 우리 집 초인종이 울렸다.
"누구세요?"
"예인이 엄마. 저에요."
"아아 시연이 엄마?"
"네. 그 소식 들었어요?"
"무슨 소식이요?"
"지금 지하철에서 불난대요."
"네??"
"방금 시연이한테 문자 받았는데, 갑자기 중앙로역에서 불이 나서 지금 아직 지하철에 있다고 문자 받았어요."
"네??"
"바로 저부터 뛰어가려다가 오늘 시연이가 예인이랑 논다고 그래서 혹시 소식 있거나 연락 온 것 있는지 궁금해서 먼저 여기로 왔어요."
그때 내 머릿속에 아까 온 문자가 생각이 났다. 나는 주머니에서 바로 폰을 꺼내 확인했다. 예인이로부터 온 문자였다.
"엄마, 오늘 아침에 화낸 거 나한테 미안하게 생각하지 않아도 돼요. 내 기분은 오늘 최고야. 사랑해."
싸한 느낌이 내 주변에서 맴돌았다. 남편에게 들은 것을 시연이 엄마에게 말하고 함께 차를 타서 중앙로역 쪽으로 갔다. 나는 가면서 예인이에게 전화를 걸었지만 전화를 받지 않았고, 시연이도 마찬가지였다. 남편에게 전화를 걸었다.
"여보세요?"
"응, 뭐 더 들은 것 있어?"
"응. 그거 아까 예인이한테 문자로 중앙로역이라고 한 것 맞지?"
"응. 그런데 왜?"
"지금 중앙로역 화재 소식 들었어요?"
"뭐라고??"
"나도 정확하게 원인 같은 건 모르겠는데 지금 중앙로역에서 불났대요."

“하……. 어쩐지 문자 받고 찜찜하더라니.”
“저 지금 시연이 엄마 차로 중앙로역 쪽으로 가는 중이에요.”
“나도 지금 회사에 이야기하고 그쪽으로 갈게요.”
“그래요.”
코가 찡했다. 눈앞이 아른아른거렸다.
“후, 괜찮겠죠?”
“우리 시연이한테도 문자오고, 예인이한테서도 문자가 온 걸 보면 그렇게 급박한 상황은 아닌 것 같아요.”
그런 이야기를 나누며 10분 정도를 차로 가다 보니 저 멀리에서 검은 연기 기둥이 보였다. 불이 난 지 시간이 좀 되었을 때인지 연기가 멀리서 봐도 보일 정도로 넓은 범위에 까만 것이 하늘을 뒤덮으려고 하고 있었다.
도착했을 때에는 그 주변 사람들이 모두 콜록거리며 그 주변을 달아나고 있었다. 나는 역으로 들어가야 할지 말지 갈등의 기로에 서 있다가 그냥 119에 신고를 하기로 했다. 바로 그때, 소방차 서 너 대와 구급차 몇 대가 화재 현장으로 왔다. 소방관들은 우리를 화재 현장으로부터 떨어지도록 저지했고, 다른 소방관들이 방화복을 입고 사고 현장으로 몰려 들어갔다. 우리는 두려움과 걱정에 떨며 우리의 아이들이 무사히 나오기를 간절히 기도하고 있었다.
약 5분 정도 후에 남편도 현장에 도착했다.
“예인이는?”
“나도 잘 모르겠어요. 구급대원들이 도착한 지 얼마 안 됐거든요.”
“아아. 근데, 혹시 물 있어?”
“생수요?”
“아무거나 너무 따뜻한 물만 아니면 괜찮을 것 같은데.”
“생수 있는데 이거면 되려나.”
“충분하겠네.”
라고 말하더니 외투를 벗고 물을 조금 마시더니 미필적 고의로 물을 소매에 적셨다.
“어머, 옷이 다 젖었는데 괜찮아요?”

"으응. 이 정도는 뭐."

이렇게 말하고서는 뭔가 고민하더니

"하……."

라며 큰 한숨을 짓고서는 화재 현장으로 무작정 뛰어들어갔다.

"여보!!"

나에게는 그를 말리거나 저지할 틈이 없었다. 그는 눈 깜짝할 사이에 지하철역 연기가 나는 곳으로 무작정 뛰어들어가더니 보이지 않았다. 현장에 있던 소방관들이 진화와 사상자 구조에 정신이 팔려 있었기에 현장으로 들어가려는 그를 막는 사람이 없었다. 아예 없었던 것은 아니지만 그를 막지 못했다. 그렇게 그는 연기 속으로 들어갔고, 5분도 채 되지 않는 시간 내에 구조대원들과 함께 나왔다. 몹시 지쳐 보이는 모습이었다.

"예인이……. 봤어요?"

"후우, 봤으면 내가 데리고 나왔겠지."

"그랬겠죠?"

"그리고 들어갔을 때 너무 어둡고 연기가 매워서 눈을 제대로 뜨기도 힘들었어."

또 한숨을 땅이 꺼지도록 내쉬며 말했다.

"예인이가 이 지하철을 탄 건 맞겠지? 난 아직도 그게 진짜인지 조차 믿을 수가 없어. 하필 이 시간에."

"나도 그러네요."

시간이 조금 더 흐르고 난 후, 구조대원들이 지하철역에서 엄청나게 많은 사람들을 데리고 나왔다. 거의 구조대원 한 명당 한 명 이상의 사람들을 데리고 나왔다. 혹시나 예인이가 있나 하는 마음에, 혹시나 시연이가 있나 하는 마음에, 나와 시연이 엄마는 목이 빠지도록 구조대원들을 바라봤다. 사상자들을 구급차에 태우기 위해 막 옮기고 있을 때, 시연이 엄마가 놀라며 뛰어갔다. 나는 발견하지 못했지만 시연이를 찾은 기색이었다. 시연이를 보자마자 시연이의 엄마는 눈물을 쏟으며 괜찮냐는 말과 미안하다는 말을 했는데, 시연이는 거의 몽롱한 지경에 빠져 의식은 있지만 정신줄을 놓은 사람처럼 보였다. 그 이후로도 두 번 정도 구조대원들이 지하철역 안으로 들어가 사상자들을 데리고 나왔지만, 예인이는 끝까지 나오지 못했다. 문자를 받고 소식을 전해 들은 민우도 와서 예인이를 걱정했지만 우리가 예인이를 만난 것은 불이 완전히 꺼진 후 지하철에서 죽어버린, 시체가 된 사람들을 모두 밖으로 꺼낼 때였다. 혹시나 하는 마음에 몇 번이고 깨워 봤고, 수도 없이 얼굴을 손으로 문질러 닦아도, 예인이는 일어나지 않았다. 사지의 피부는 모두 타버려 형태가 이상하게 바뀌어버렸고, 온몸에는 재가 쌓여 그 한 생명체 하나가 잿더미가 된 것처럼 느껴졌다. 이미 눈물을 흘리고 있었지만 예인이의 죽음을 확인한 그때에는 내 몸에 있는 모든 물이 눈과 코를 통해 나오는 것 같은 느낌이 들었다.

며칠이 지나고, 우리 가족의 몸과 마음은 여전히 덜 회복되었지만 나는 시연이의 병문안을 가기로 했다. 무슨 일이 있었는지, 왜 시연이는 나왔음에도 불구하고 예인이는 못 나왔는지 같은 하소연 아닌 하소연을 하며 이야기를 자세히 듣고 싶었기 때문이다. 너무 원망스럽기도 했고, 한탄스러웠다.

그렇게 나는 혼자 차를 몰고 시연이가 입원해 있는 병원을 향해 나섰다. 시연이는 병원 내에서 독방을 쓰고 있었는데, 그 이유가 그 사건으로 인한 상실감과 두려움 때문이라고 했다. 병실에 도착하자마자 먼저 안부 인사와 함께 문병을 위해 사 온 선물을 시연이 엄마에게 건네고, 시연이가 자지 않고 깨어있는 모습을 본 후 바로 침대 옆에 있는 의자에 앉았다. 마음의 준비를 잠시 하고, 시연이에게 먼저 무슨 일이 있었는지를 먼저 물었다. 뉴스로 접하긴 했지만 경험자에게 듣는 편이 더 자세하고 파악하기 쉬울 것 같았기 때문이다. 시연이가 처음에는 침착하게 지하철 중앙로역에 들어서자 반대편 지하철에서 이미 화재가 발생해 연기가 자욱했고, 이로 인해 열차가 멈추고, 많은 사람들이 탈출을 시도했고, 성공한 사람도 있었고, 구조대원들이 와 시연이를 구출해낸 것까지 이야기를 잘 해줬다. 그리고 얼핏 시연이가 추측한 범인에 대한 언급이 있었기에 지하철 화재 사건을 다룬 신문 기사를 보여줬더니, 신문에 나온 그 사람이 자신이 생각한 사람이 맞다고 했다. 시연이는 자신이 짚이는 곳이 있다고 하며 경악을 금치 못했다. 그렇게 시연이에게 여러 이야기를 듣고 나는 너무도 궁금했던 것에 대해 물었다. 왜 예인이는 잿더미가 된 채로 지상으로 나와야 했는지에 대해 말이다.

"시연아, 그런데 왜 예인이는 네가 나올 때 같이 나오지 않았니?"

"아, 저 그게요……. 그 방금 말씀드린 것처럼 저희가 엄청 허덕이고 있을 때 구조대원들이 왔다고 했잖아요. 거의 극적인 타이밍에."

"응. 그랬지."

"그때 소방대원들이 우르르 와서 저희를 데리고 올라갔는데, 저희 칸에 있는 몇 명은 조금 더 기다려야 한다고 했어요. 저는 그때 너무 정신도 없었고 힘도 없었지만 꼭 예인이와 같이 올라오고 싶었어요."

시연이는 잠시 말을 멈췄다가 다시 입을 열었다.

"예인이가, 자기는 괜찮다며, 조금 더 버틸 수 있을 것 같다며 저보고 일단 먼저 올라가라고 했어요. 제가 더 힘들어 보이니까 일단 저를 보내고 자기는 그 다음에 올 생각이었겠죠. 그래서……. 그래서 저만 올라오고 예인이는 결국 그렇게 된 거예요."

시연이와 나는 얼굴을 눈물로 흠뻑 적시고 있었다. 애가 그 상황에서조차 마음이 착해서, 그 숱한 배려 때문에 결국에는 그렇게 되었다는 사실이 너무나도 믿기가 어려웠다. 시연이도 감출 수 없는 유감을 표했고 우리는 함께 흐느껴 울었다. 병실 안이 우리의 울음바다가 되도록.

그리고 나는 시연이에게 고맙다며 힘내라는 말을 몇 번이나 말했는지 모를 만큼 많이 전해주고 집에 돌아왔다. 집에 오고 나서 여느 때와는 다르지만 늘 그래왔던 것 같이 몸이 무기력해졌다.

또 그렇게 우울한 며칠이 지나고, 지하철 참사로 인한 사망자들의 장례식을 한꺼번에 한다는 소식을 통보받았다. 날짜는 6월 22일. 꼭 내 생일이 일주일 남은 날짜이다. 그렇게 생각하자니 또 여러 생각이 오갔다. 정해진 날짜가 다 되어서 장례식을 치렀다. 부모가 된 나로서 딸의 장례를 치르는 기분은 정말 이질적이었다. 물론 예인이 한 명을 기리는 장례식이 아니었기 때문에 정말로 많은 사람들이 오고 갔다. 그에 따라 나의 감정도 온갖 감정이 다 오고 갔다. 장례식을 찾아온 사람들 중에는 당연하게 우리 온 식구들이 와주었고, 예인이의 학교 선생님들과 친구들도 많이 와주었고, 생판 관련이 없는 사람임에도 불구하고 이번 사건을 추모해주기 위해 장례식에 와주신 분들도 계셨다. 장례식을 지내는 가운데에서 나는 또 많은 것들을 배울 수 있었다. 평소엔 잘 느끼지 못했던 감정들, 하지 못했던 생각들, 앞으로 내가 할 일들에 대한 대답들까지도.

장례식이 모두 마치고, 다른 이들의 생각 속에서, 그 참사일의 기념일이 돌아오지 않는다면, 까맣게 잊어버리고 자신들의 삶을 살고 있을, 어쩌면 나도 종종 그렇게 되는, 5년이라는 시간이 지났다. 나는 그동안 삶의 허전함을 채우기 위해 운동, 음악, 미술 등 회의감이 드는 때마다 많은 것들을 해봤지만, 예인이를 위해서 편지 한편을 이따금씩 손수 쓰는 것이 큰 위로가 되었다. 처음에는 A4 용지로 시작해서, 지금은 예쁜 편지지를 우연히 보면 사서 거기다가 쓴다. 안 하던 것을 하려니 무엇인가 마음을 꾹 누르는 것처럼 답답하기만 했는데, 이제는 주는 사람도 받는 사람도 이렇게 좋은 것을 예인이가 살아 있을 때 경험할 수 있게 해 주지 못해서 미안한 마음이 많이 든다. 하늘에서라도 예인이는 내가 쓴 편지를 눈물과 함께, 혹은 미소를 지으며 잘 읽어주고 있을까.

내가 바꾼다

내가 바꾼다

이 태 기

1. 첫 번 째 죽음

썩은 눈. 언제부터인가 대구 사람들의 고유 특징이 되어가고 있는 단어이다. 대구 사람들의 무뚝뚝함을 단편적으로 보여주는 저 단어를 보게 되면 자동으로 한숨만 나오게 된다. 왜냐하면 지금 나 역시 그러한 썩은 눈을 하고 있기 때문이다.

매일매일 같은 삶을 반복하고 있는 나에게는 어쩌면 가장 잘 어울리는 눈일지도 모르지만 아이러니하게도 나는 이런 내 눈이 너무나도 싫다.

"현성아, 주유소 알바 안 가나?"

엄마의 갑작스러운 작은 물음에 몸을 가늘게 떨면서도 나는 엄마에게 한마디도 할 수 없다. 언제부터일까? 엄마와 대화를 하지 않게 된 것이. 1년? 2년? 생각도 잘 나지 않는 그때부터 나와 엄마의 사이에는 보이지 않는 벽이 생기기 시작했다. 서로서로 말을 나누지 않게 된 것은 내가 엄마와의 거리를 벌리려 하였기 때문일지도 모른다. 하지만 어느 순간부터 벌려진 거리는 이미 좁힐 수 없게 되었고 나와 엄마는 어느새 대화를 잘 나누지 않게 되었다.

"오늘도 일 열심히 해래이."

나갈 때 들려오는 엄마의 당부 아닌 당부 같은 한마디. 하지만 나는 그 말을 무시하고 걷기 시작한다. 트레이닝복을 입고 삼선 슬리퍼를 질질 끌며 무표정으로 걷는 나의 모습은 언뜻 보기에도 그리 좋은 모습이 아니었다. 하지만 주위 사람들도 나에 대해서 신경 쓰지 않는 모습으로 지나갔고 나 또한 주위 사람들을 신경 쓰지 않고 썩은 눈을 하고 걷기 시작했다. 허공을 응시하며 걷자 어느새 지하철역에 도착하게 되었다. 다른 사람들도 나와 입은 옷만 다르지 같은 썩은 눈을 하고 있는 모습이 영 보기 좋은 모습은 아니었다. 하지만 나와 아무 관계 없고 나도 같은 눈을 하고 있었기에 그저 무시하고 지나갔다.

지하철에 나는 그 순간까지도 나는 무표정과 침묵을 유지하며 걸었다. 하지만 지하철에 타는 순간.

펑!

무슨 소리가 들렸다. 그러나 나와 관계없는 일이었기에 나는 그 일에 신경 쓰지 않았다. 이것이 나의 첫 번째 인생의 마지막 기억이었다.

"으악!"

'헉헉 바, 방금… 진짜 죽었어.'

자리에서 발작하며 일어난다. 식은땀을 흘리며 내 몸 구석구석을 만져 보았다.

'멀쩡해? 분명 온몸이 다 타들어 갔는데……?'

나는 다 공포에 질린 눈으로 진정되지 않는 손을 보았다.

'살아 있어? 하지만 방금 분명 죽었는데?'

뭔가 이상하다. 방금 그 폐가 잠기는 감각은 꿈이 아니었다. 나는 직감적으로 느끼고 있었다. 내가 이상한 상황에 처했다는 것을.

"현성아, 뭔 일이고?"

나의 비명소리에 엄마가 달려온다. 방금 전에 본 엄마의 모습이다. 나와 몇 년간 말을 하지 않은 엄마의 모습이었다. 하지만 지금 나에게 있어서는 가장 소중한 얼굴이었다.

왈칵

갑자기 눈물이 차오르기 시작했다. 방금 죽었기 때문인가? 아니면 죽은 뒤에도 엄마의 얼굴을 볼 수 있어서? 아니. 이런 핑계는 아무 소용이 없다. 나는 그저 의식의 흐름대로 몸을 맡겨 엄마를 껴안았다.

엄마는 9살 때 이후로 처음 보는 아들의 모습에 당황하면서도 나를 부드럽게 안아주었다.

"아들 뭔 일 있나?"

"아니……, 그냥 조금만 안아주라."

엄마에게 이렇게 어리광을 부리는 것은 오랜만인 것 같다. 나는 어리광을 부리는 내가 신기하면서도 엄마의 따뜻함을 느낄 수 있어서 안도감을 느꼈다. 지금은 그저 아무 생각 없이 이 따뜻함을 유지하고 싶다.

엄마와 몇 분 동안 힘껏 껴안고 난 이후로부터는 엄마와의 벽이 사라진 것 같다. 하지만 나는 밖으로 나갈 수 없다. 아직 해결하지 못한 일도 있을 뿐 아니라 지금 밖에서는 불들이 날뛰고 있기 때문이다. 그 때문에 주유소 알바까지 째고 집에 앉아 노트를 펴고 휴식을 취하고 있다. 엄마도 나의 상태를 보고 심상치 않다는 것을 눈치채고 오늘은 집에 있는 것을 허락해 주었다.

내가 정신을 차리고 처음으로 느낀 감정은 안도였다. 다른 사람들의 죽음을 막을 생각은 일절 하지 않고 나 자신이 살았기에 안도감을 느끼고 있었다. 이런 내가 쓰레기처럼 느껴지면서도 죽음에 대한 무서움이 너무 큰 탓인지 아직까지 손발이 떨리고 있다. 오늘이라고 불러야 할지 모르는 시기에 내가 겪은 일은 꿈같은 일이었지만, 나의 고통은 꿈이 아니었다고 말하고 있다. 나는 이 이중적인 감정에 갈등하면서도 단순히 꿈으로 치부해 버렸다.

'그래. 꿈이 확실해. 그런 일이 일어날 리가 없잖아.'

하루 만에 너무 많은 일을 겪은 탓인가? 갑자기 몸이 피로해지기 시작했다.

시계를 보니 시계바늘은 11시 59분을 가리키고 있었다. 나는 피곤함을 이기지 못하고 몸을 침대에 맡겨 수마의 유혹에 빠져들었다.

2. 회귀?

“현성아, 주유소 알바 안 가나?”

잠에서 일어나서 엄마가 나에게 말한 첫마디다. 오늘은 알바를 안 가는 날인데 엄마가 착각한 것 같다.

“오늘 주유소 가는 날 아이다!”

엄마는 나의 대답에 뭔가 이상하다는 듯의 갸우뚱한 표정으로 나를 바라보며 말을 이어갔다.

“오늘 화요일인데? 주유소 알바 화요일에 가는 거 아이가?”

?!

오늘은 분명 수요일이다. 어제가 화요일이며 내가 알바를 가는 날이며 처음으로 죽은 날이다.

“오늘 수요일 아니야?”

엄마는 내 눈치를 보는 듯한 모습으로 나를 쳐다보면서 말을 이어했다.

“야가 지금 뭐라카노? 오늘 화요일이다.”

나는 애써 마음을 가다듬고 방으로 들어갔다. 방으로 들어가자마자 달력, 인터넷, 전자시계 등을 체크하며 나는 느꼈다. 오늘도 2월 18일이라는 것을.

‘하루가 반복되고 있다.’

아직 상황이 잘 받아들여지지 않고 있다.

‘어째서 나에게 이런 일이……? 아냐 그럴 리가 없어!’

나는 애써 사실을 무시했다. 나는 지금 미치지도 정신이 나가지도 않았다. 이것은 지금 제정신인 내가 겪고 있는 현실이다.

‘아냐, 꿈일 거야. 분명 자고 일어나면 괜찮아질 거야’

하지만 나의 생각은 희망에 불과했다.

오전 9시. 늘 내가 반복되는 시간이다.

벌써 18일째 하루가 반복되고 있다. 사람이 18일째 같은 하루를 반복하면 얼마나 힘든지 지금 뼈저리게 느끼고 있다. 하지만 나는 그 어떤 행동도 할 수 없다. 밖에서는 이미 대구 지하철 참사로 인해서 혼잡해서 나가는 것 자체가 힘들고 내가 죽은 광경이 보이기 때문이다.

띠리리리링. 띠리리리리링

9시가 되었다는 것을 알리는 알림이 울리자 나는 습관처럼 뉴스에 들어갔다. 이제는 뉴스를 달달 외울 정도로 보았지만 그래도 자연스레 눈이 갈 수밖에 없다. 내가 처음으로 죽음을 경험한 계기가 저 사건이기 때문이다.

[안녕하십니까? KBC 저녁 9시 뉴스입니다.]

[오늘 오전 10시경 대구 지하철 중앙로역에 어느 한 심신미약자가 불을 질렀습니다.]

[현재 사망으로 확인된 사상자만 해도 51명이며…….]

피해자들의 모습이 나온다. 만약 2월 18일이 반복되지 않는다면 내가 될 수도 있었던 모습이었다.

탁탁탁

나도 모르게 손을 물어뜯기 시작했다. 손발이 점점 떨리기 시작했다. 저 사건은 분명 나에게 앞으로 일어나지 않을 사건이지만. 나는 아직까지 두렵다.

분명 나는 2월 18일의 정보로 저들을 모두 구할 수 있을 것이다. 불을 붙이는 아저씨를 제압하면 끝날 일이다. 하지만…….

'무서워.'

내가 다시 지하철역으로 가는 것은 상상도 못 할 일이다. 나는 아직까지 그때의 감정이 생생하였으며 두렵다.

벌써 회귀한 지 34일차다. 아직까지 줄곧 반복되고 있다. 심심해서 미칠 것 같다. 벌써 한 달 넘게 먹고 있는 김치찌개는 보기만 해도 구역질이 난다. 똑같은 하루에 똑같은 밥에 똑같은 TV채널, TV를 돌려보아도 어디에나 대구지하철참사에 관련된 이야기밖에 나오지 않는다. 하지만 인간은 적응의 동물이라 했던가. 34일이 지나자 이제 뉴스를 보아도 별 감흥이 없다. 너무 거듭되는 심심함에 내가 미치기라도 한 것인가?

지금 내 모습을 다른 사람이 보게 된다면. 분명 폐인 아니면 정신병자로 생각할 것이다. 하루가 반복될수록 몸은 계속 원래대로 돌아왔지만 나의 눈은 그렇지 않았다. 나의 눈은 점점 썩어가고 있다.

3. 나가고 싶다.

이제는 얼마나 되었는지 기억이 나지 않는다. 그런 의미 없는 생각 따위는 버린 지 오래 되었기에. 지금 내가 생각하고 있는 것은 단 한 가지.

“나가고 싶다. 나가고 싶다. 나가고 싶다. 나가고 싶다. 나가고 싶다. 나가고 싶다. 나가고 싶다. 나가고 싶다. 나가고 싶다. 나가고 싶다. 나가고 싶다. 나가고 싶다. 나가고 싶다. 나가고 싶다. 나가고 싶다. 나가고 싶다. 나가고 싶다. 나가고 싶다.”

집 밖으로 나가고 싶다. 하지만 벌써 몇백 번째 현관 앞에서 망설이고 있다. 눈은 피곤하지도 않은데 퀭한 상태였고 손톱은 다물어 뜯어서 피밖에 남지 않았다. 하지만 나는 나갈 수 없다. 만약 나간다면 그때의 그 끔찍한 상황을 내 눈으로 보기 때문에. 지금까지 그 두려움 때문에 밖으로 나가지 못했다. 하지만 지금은 나가야 한다. 나간다면 그때의 트라우마가 나를 괴롭힐 것이지만 지금 그런 것 따위는 중요하지 않다. 만약 오늘도 나가지 않는다면 나는 정말로 미쳐버릴지도 모른다.

덜컥. 띠리링

자동문을 돌리고 나간 밖은 혼잡 그 자체였다. 사람들은 조금이라도 빨리 지하철역에 있는 가족을 위해 달리고 있었다. 서로 앞다투어 빨리 가려는 모습은 애처롭게 느껴지기까지 한다.

이 사람들은 모두 자신의 가족을 구하러 가고 있다. 그렇지만 그들은 알고 있을까? 실제로 빠져나오는 사람의 수는 그리 많지 않다는 것을. 어제까지 함께 밥을 먹고 어제까지 함께 웃던 가족들이 죽는다면 과연 어떤 기분일까? 저들은 얼마나 많은 눈물을 흘리게 될까?

털썩

나도 모르게 주저앉게 되었다. 이 사람들은 지금 최선을 다해서 자기 가족을 보기 위해 뛰어가기 시작했다. 하지만 나는 단지 두렵다는 이유로 이 사람들의 가족을 구할 수 있는 기회를 저버렸다. 그런 나 자신이 너무 한심하게 느껴졌다.

나는 모두를 구할 수 있는데 그들을 무시했다.

'아, 아니야. 나도 죽었어. 누구라도 같은 선택을 할 거야…….'

그들을 구하라는 자아와 계속 회피하라는 자아가 서로 충돌한다. 내 머릿속에서 불꽃 튀는 싸움이 펼쳐지고 있다.

하지만.

'그래. 가만히 있는다고 바뀌는 건 없어!'

물론 움직인다고 바뀌는 것도 없을지도 모르지만…….

'가만히 있는 것보다는 훨씬 나아!'

이때 나는 한 가지 결심을 하게 되었다.

"반드시 그 사이코 녀석을 막고 말 거야."

4. 작전을 잘못 짰다.

오전 9시가 되었다. 벌써 몇 번째 반복하고 있는지 모르는 하루가 되었다. 나는 몸을 잽싸게 일으켜 짐을 싸기 시작했다.

"현성아, 주유소 가나?"

"어 짐 주유소 간데이."

"와 오늘은 지하철 안 타노?"

"오늘은 전차 안 타고 버스 타고 갈게"

"어, 알겠다."

혹여나 엄마가 걱정할지 모르니 엄마에게는 버스를 타고 간다고 말하였다. 나는 집을 나오자마자 급하게 달렸다. 사건이 일어나는 시간은 9시 55분. 지금 시각은 9시 7분. 우리 집에서

중앙로역까지 꽤나 거리가 있기에 사건을 미리 방지하기 위해서는 뛰어야만 했다. 지금 시각은 출근 시간이었기에 택시를 타게 된다면 오히려 더 늦을 가능성이 있다. 때문에 지금 내가 해야 하는 것은

'최대한 빨리 뛴다.'

"헉헉"

중앙로역에 도착하자 시간은 9시 42분.

"충분히 막을 수 있어!"

나는 점점 달리기 시작했다. 그 남자가 폭발을 일으킨 그 장소는 몇백일이 지난 지금도 아직까지 기억하고 있다.

"중앙로역 1호선 5번째 칸."

나는 그 장소로 달렸다. 그리고 나는 소다수 한 병을 준비했다. 그리고 지하철이 오기를 하염없이 기다렸다.

마침내 지하철이 도착하고 내가 지하철에 타게 되자 그 남자는 왼손에는 페트병을 오른손에는 라이터를 들고 갈등하고 있다. 이미 바닥에 휘발유는 뿌려져 있으며 역한 기름 냄새에 숨을 쉬기 힘들 정도였다.

나는 그 아저씨를 향해 다짜고짜 페트병 안에 있는 물을 뿌렸다. 아저씨의 라이터의 불은 내가 뿌린 물로 이미 꺼졌고 나는 아저씨에게로 뛰어가 라이터를 빼앗았다.

"성공했다!"

성공했다는 감격에 아무 소리도 듣지 않고 내 손에 있는 라이터를 바라보고 있었다.

"너, 너 뭐, 뭐야……? 너, 너도 나, 날 방, 방해하는 거야……? 왜, 왜, 왜!!! 왜 다들 나, 나만 가지고 그래!!!"

사이코의 분노의 목소리가 들렸다. 하지만 정작 나는 저 사이코의 말 따위는 듣고 있지 않았다. 지금은 미치광이 방화범보다 이 많은 인원을 구했다는 것이 더 중요했기에 신경 쓸 겨를이 없었다.

"왜, 왜 날 무, 무시해? 너, 너도 똑, 똑같은 새끼야. 주, 주, 죽어!!!"

그 말이 끝남과 동시에 아저씨는 주머니에서 라이터를 바닥에 던져 버렸다.

'아 X발 큰일 났다.'

콰앙

이것이 나의 두 번째 죽음이었다.

"으아아아아악."

나는 또다시 비명과 함께 깨어났다.

'아 X발. ㅈ나 식겁했네.'

다시 2월 18일 오전 9시로 돌아왔다. 만약 다시 죽는다고 해도 또다시 2월 18일이 반복될지는 미지수였으나 다행히 돌아올 수 있었다.

사실 조금 모험적인 행동을 하기는 했다. 만약 죽었다가 안 깨어나면 어떡하지? 라는 생각을 가지기도 했다. 하지만 나에게 그런 두려움은 그리 크지 않았다. 죽는 것보다 지금 반복되고 있는 하루가 더 무서웠기에…….

나는 눈을 뜨고 난 후에 바로 일어나서 옷을 입기 시작했다. 이번에는 내가 계획을 너무 허술하게 준비한 것 같다. 몇백일이나 화제의 두려움으로부터 갇혀 있어서 그런 것 때문인지 제대로 된 사고를 하기 힘들었다. 그래서 이번에는…….

"제대로 한다."

나는 곧장 지하철역으로 달리기 시작했다. 이번에는 물이 아닌 소화기를 준비한 채로.

중앙로역에 도착하자 나는 다시 1호선 5번째 칸에서 그 미친놈을 기다리기 시작했다

[열차가 도착했습니다.]

지하철 문이 열리기 무섭게 들어가서 그 미친놈에게 소화기를 발사하기 시작한다. 다른 사람들은 모두 눈이 동그랗게 되어 나를 보기 시작했지만 지금 나에게는 그런 것은 전혀 관계 없었다. 지금은 다른 사람의 시선보다 이 망할 놈을 죽이는 것이 더 중요했다.

'내가 시X 이새X 때문에 2번이나 죽었어.'

그는 소화기를 쏘자 당황한 것인지 나에게 도망치기 시작했다. 그리고 나 역시 뒤쫓아 가기 시작했다. 하지만 그 미친놈은 갑자기 옷을 벗기 시작하더니 나에게 충격적인 것을 보여주었다.

"아니 시X"

그 미친놈의 몸에는 라이터가 족히 20개는 넘어 보였고 조금만 몸을 움직이면 불이 붙도록 돼 있었다. 그때 나는 이것은 내가 막을 양이 아니라고 깨달았다.

"나, 날 괴, 괴, 괴롭히지 마!!!"

그는 자신의 몸에 있는 라이터 중 하나를 빼서 바닥에 던졌다.

"하……. 시X 다음에 보자……."

콰앙

이것이 나의 빌어먹을 3번째 죽음이다.

5. 제발 좀 죽어라.

눈을 뜬다. 지금까지 몇 번 보았는지 세기조차 힘든 천장이 나를 맞이한다. 이 천장을 보면서 멍을 때리니 참기 힘든 분노가 치밀어 올랐다.

“하……. 그 빌어먹을 놈.”

그놈은 단단히 자살할 준비를 하고 왔다. 나 또한 그를 막기 위해 단단히 준비를 해야겠다고 느낄 정도로. 그 빌어먹을 놈의 몸에는 여러 라이터가 족히 30개 이상은 되어 보였다. 만약 잘못해서 그 라이터가 켜지게 된다면 여러모로 골치 아프게 되고 나 역시 한 번 더 뒤지게 된다. 그런 경험은 3번으로 충분하다.

나는 애써 마음을 가다듬고 생각하기 시작했다.

‘어떻게 하면 그 자식을 막을 수 있지?’

그 새끼를 막을 방법이 도무지 떠오르지 않는다. 애당초 작정하고 죽으려는 놈을 어떻게 막겠는가.

‘차라리 보자마자 칼로 찔러 버릴까?’

그가 불을 지르기 전에 죽게 된다면 그가 불을 내는 일 또한 없어진다.

잠깐만 이거 생각해보니 될 거 같은데? 그가 불을 지르기 전에 그를 죽이자. 이거 생각보다 괜찮은 것 같다.

‘그래. 한 번 가보자.’

벌써 3번의 죽음을 경험하고 내가 가장 많이 잃은 것은 다름이 아닌 죽음에 대한 두려움이다. 이미 3번이나 죽은 탓인지 나에게 있어서 죽음은 그리 큰 비중을 차지하고 있지 않다.

나는 집을 나와 슈퍼에 들어가서 식칼을 한 자루 구입했다. 집에 있는 식칼을 가져와 쓸까도 생각해보았지만, 다짜고짜 백수 아들이 나와서 식칼을 가져가는 상황은 엄마에게 있어서 좋게 받아들여지지 않을 것이라 생각했기 때문이다. 혹여라도 긴 백수 생활로 내가 자살할 것이라고 비춰지면 큰일이기 때문이다.

식칼을 구입하고 나는 다시 중앙로역으로 달리기 시작했다. 그리고 그 전과 마찬가지로 중앙로역 1호선 5번째 칸 앞에서 그 녀석을 기다렸다. 식칼을 손에 꽉 쥐고 굳은 표정을 한 채로.

우우우우웅

요란한 소리와 함께 그 새X가 타고 있는 지하철이 도착했다. 나는 내리는 사람들을 다 밀친 채 지하철 안에 들어갔다. 역시나 그 놈이 라이터를 들고 망설이고 있었다.

막상 찌르려니 긴장된다. 사람을 해하는 것이 마음 한편으로는 두렵기는 하지만 지금 그런 것은 중요하지 않았다. 어서 빨리 저놈을 막아야 한다.

[문이 열립니다.]

문이 열리는 동시에 나는 들어가서 그놈에게 달려갔다. 그리고 광기에 찬 눈빛으로 그놈을 찔렀다.

푹푹푹

찌르는 내 모습은 광기에 휩싸인 광인 그 자체였다.

"죽어. 죽어."

이미 동공에 힘을 풀려 마치 죽은 생선을 연상하게 한다. 소름 끼치는 말을 계속 입 밖으로 내면서도 나는 칼질을 계속한다.

"꺄아아아아악!"

사람들은 나의 미친 모습에 소리를 지르며 도망치기 시작한다.

그리고 이 미친 상황 속에서 몇 번이나 그 녀석을 찌르고 나는 깨달았다. 이 새끼 온몸에 라이터가 있다. 방금 전 삶에서 본 20개는 약과였다. 못해도 30개 아니 40개는 있었다. 그리고 나는 그 빌어먹을 놈이 죽기 전에 아주 쉽게 불을 켤 수 있는 사실을 간과하고 있었다.

"이런 사이코 새끼가!!"

화르륵

미친놈의 손에 있던 라이터가 페트병에 닿았다. 그리고……,

콰앙

"씨X."

나의 4번째 삶이 지나갔다.

6. 역겹다.

나는 또다시 눈을 뜬다. 이제는 구역질이 나오는 천장이 나를 맞이한다.

'내가 너무 안일했어.'

그 새X만 재끼면 된다고 생각하다니 너무 안일했던 것 같다. 아니 애당초 이 사건을 근본적으로 막는 것은 불가능에 가깝지 않으리라고 생각한다.

'그 망할 놈 보기와는 다르게 준비를 너무 철저하게 하고 왔어.'

몸에는 라이터가 30개 정도 있어 보였고 이미 휘발유를 담은 페트병도 몇 병 준비했다. 언제든지 뒤질 수 있게. 단순 자살이라고 하기에는 너무 철저한 준비를 했다.

'아니 근데 사람들은 어째서 그 미친놈이 기름을 뿌리는 동안 말리는 사람 하나 없는 거야.'

이건 너무 심하다. 다른 지역보다 대구 사람들이 무관심하다는 면이 있기는 하지만……. 자신들이 조금만 신경 쓰고 조금만 관심을 기울였다면 그런 비극으로까지는 가지 않았을 터인데.

쓸데없는 고민 너무 길었다. 지금 나에게 있어서 가장 중요한 것은 저런 잡생각이 아니라 어떻게 하면 사람들을 구할 수 있는지에 대한 고민이다.

일단 이 사건을 근본적으로 막는 것은 불가능하다. 그렇다면

'최대한 많은 사람들을 데리고 간다.'

나는 그리 생각하고 몸을 바삐 움직였다. 곧 그 새X가 사건을 터뜨리는 9시 53분이 되어가고 있다. 혹시 몰라 집에서 망치 하나를 챙겨 가방에 넣어 밖으로 나간다.

이번에는 중앙로역 1호선 5번째 칸에서 기다리는 것보다 반대쪽 지하철 앞에서 기다리고 있었다.

뉴스의 보도에 따르면 사람들은 기관사가 기다리라고 한 안내 방송 때문에 몇 분이고 불이 커질 때까지 지하철에서 기다렸다고 한다. 때문에, 나는 기관사의 기다리라는 개소리를 막고 사람들을 밖으로 빼낼 것이다.

[열차가 도착했습니다.]

열차가 도착했다는 알림과 동시에

쾅

내가 기다리던 칸이 아닌 반대편 칸에서 소리가 들렸다.

웅성웅성

아직까지 사람들은 반대편 열차에 불이 났다는 소식을 모른다. 그런 채로 열차에 몇 초, 몇 분 동안 기다리다가 열차의 문이 닫히는 바람에 탈출하지 못하고 질식사하는 사람들이 꽤 생긴다. 나는 그 참사를 막아야 한다.

"불이야!"

나는 젖 먹던 힘까지 끌어올려 지금 낼 수 있는 가장 큰 목소리로 외쳤다.

"불이야"

다시 외쳤다. 하지만

"……."

사람들은 관심을 주지 않았다. 아니 정확히는 나를 쳐다볼 뿐 나의 말을 무시하였다. 누군가는 이어폰으로 누군가는 헤드셋으로 또 누군가는 책으로 나의 목소리를 차단하였다. 내 목소리가 들리는 사람들조차 나의 목소리에 귀 기울이지 않고 무시하였다.

제발…….

지금 빨리 여기서 나가면 당신들이 살 수 있다고……,

빨리 여기서 나가라고…….

"아니 시바 제발 좀 나가라고오오오오오오오오!!!"

나의 광기에 휩싸인 외침에도 사람들은 나를 바라만 볼 뿐 움직일 기미조차 보이지 않았다. 내가 상상하던 그림과 다르다 나는 적어도 몇 명쯤은 내 말을 듣고 밖으로 나갈 줄 알았다. 하지만 사람들은 야속하게도 전혀 내 상상대로 움직여주지 않았다.

그때였다.

[열차 운행에 잠시 문제가 생겨 출발이 지연되었습니다.]

[잠시 기다려주신다면 곧 출발하겠습니다.]

사람들은 방금 안내를 듣고 '그럼 그렇지'하는 눈빛으로 나를 쳐다보았다.

"아니라고."
"지금 반대편 열차 불나서 지금 안 나가마 다 디진다꼬!!!"
나의 절규에 가까운 목소리에도 사람들은 내 말을 듣지 않는다. 그저 나를 무시한 채 열차가 출발하기를 기다린다.
"아니 열차 출발 안한다꼬!"
나는 이제 소리 지르는 것이 아니라 온몸을 사용해서 사람들의 관심을 끌기 시작했다. 하지만 그들은 마치 더러운 오물을 보는 것마냥 나를 쳐다보았다.
그때 나는 깨달았다.
'아……. 이 사람들에게 나는 그저 정신에 이상이 있는 사람에 불과하구나…….'
그들은 타인에 불과한 나의 말을 신경 쓰지 않았으며 믿지 않았고 관심을 가지지도 않았다.
어리석게도, 조금만 주위에 귀를 기울이고 조금만 주변 환경을 바라본다면 살 수 있을 텐데 그들은 그러지 않았다.
도대체 언제부터일까? 사람들이 이렇게 변하게 된 것이 아니 오히려 이곳이 대구여서 그런 것일 수도 있다. 대구는 늘 분지 지역이라서 폐쇄적이었으니까. 이런 지형적 요건이 사람들을 저렇게 무관심하게 만든 것일 수도 있다.
[문이 닫힙니다.]
문이 닫힌다.
이때까지 만해도 사람들은 아무 걱정 없이 열차가 출발하기를 기다리고 있었다. 하지만 열차는 몇 초, 몇십 초가 기다려도 움직이지 않았다.
당연히 움직이지 않을 수밖에 없다. 이미 불은 반대편에서 옮겨붙기 시작했다. 옮겨붙은 불이 아마 열차를 건드렸기에 문이 닫힌 것이겠지.
반대편에서 열차의 한 편에서 불이 보이기 시작한다. 사람들은 불이 보이기 시작하자 그때가 되어서야 모두들 상황을 파악하기 시작한다.
"뭐야?"
"지금 무슨 일이에요?"

“살려주세요!”

사람들은 마치 개떼 마냥 작금에서야 상황을 파악하고 우르르 문 앞에 몰려들기 시작했다. 하지만 문이 열릴 리 없다. 나는 그때 준비해둔 망치를 꺼내서 그대로 유리에 내려찍었다. 몇 번이나 유리에 망치질을 하니 유리는 망치를 이기지 못하고 그대로 깨졌다.

쨍그랑

“저거 뭐야?!”

“유리가 깨진 것 같은데?!”

“그럼 우리 살 수 있는 거야?!”

사람들은 내가 깬 유리에 관심을 가지며 다가와서 유리를 통해 밖으로 나가려고 한다.

그들은 유리를 통해 누가 먼저 나가는지로 몸싸움을 펼치며 나가고 있다.

쨍그랑 쨍그랑

나는 사람들이 더 나가기 쉽도록 여기저기 유리를 다 깨부수기 시작한다. 유리를 더 박살내자 사람들은 유리를 통해서 더욱 빨리 나가기 시작한다. 나는 조금이라도 더 많은 사람들이 나갈 수 있도록 더 많은 유리를 깨려 한다.

“빨리 나가세요.”

눈치 빠르고 착한 몇몇 사람은 다른 사람이 대피하는 것을 돕기도 하였지만, 모두가 그런 것은 아니었다. 대부분 자기 목숨 챙기기 바빴고 그들을 대피시키려는 소수의 인원의 모습은 애달프게까지 느껴졌다.

그때 저 안쪽에 앉아 있는 사람의 모습이 보이기 시작한다. 그들은 마치 아무렇지 않은 일이 생긴 것처럼 앉아 있었다.

‘뭐지? 저 사람들은 왜 도망치러 안 가는 거지?’

사람들의 상태가 이상해 보이기에 난 그들에게 달려갔다. 그들은 내가 달려가는 그 순간까지도 그 어떤 미동도 보이지 않았다.

“저기요! 지금 안 나가마 디집니다! 빨리…….”

그 사람들에게 가까이 접근해서야 나는 깨달았다.

‘이 사람들 죽어있어…….’

그들은 아마도 화재에 나오는 기체에 의해서 질식사한 것으로 보인다. 그것도 앉아 있는 자세 그대로.

그들의 모습에 안타까움을 느끼면서도 나는 깨달았다. 이들이 여기서 움직이지도 못하고 죽었다는 것은 나 역시 여기서 죽게 될 거라고.

“콜록콜록”

눈이 감긴다.

‘나는 또 지키지 못했다.’

나는 5번째 죽음을 맞이하면서도 또다시 지키지 못했다는 생각이 들어 마음이 착잡하다. 하지만 나는 전혀 후회하지 않았다.

‘다시 구하면 돼.’

나는 불사신이었기에…….

7. 갈등

눈을 뜬다. 퀭한 눈으로 또다시 천장을 바라본다. 나는 습관처럼 몸을 세우고 생각을 한다.

‘사람들이 생각보다 너무 내 말을 따라주지 않았어.’

몇몇을 제외하고는 그들은 자신의 앞에 놓인 처지를 미리 알려줌에도 방관하고 비관하고 무시했다. 이쯤 되니 나는 다시 한번 생각하게 된다.

‘내가 그들을 구하는 게 맞는 일일까.’

그들은 목숨을 구해주려는 나를 무시했고 만들어준 탈출구에서 이기적인 모습으로 서로 자신만 챙기기 바빴다.

내가 구하려던 모습은 그것이 아니었다. 그들의 가족들이 보여준 사랑. 그들의 친구들이 보여주던 우정. 나는 이것들을 지키기 위해 몇 번이나 죽음을 맞이하면서도 그들을 구하려 한 것이다. 하지만 사람들은 내가 구하려던 모습이 아니었다.

내가 본 그들의 모습은 오로지 자신만 생각하는 자신 이외에 다른 것은 아무것도 모르는 자들이었다. 구역질이 나올 것 같다. 자신만 생각하는 그들의 모습에.

그들이 자신만 생각하는 것은 어쩌면 아주 옛날부터 그래왔었다. 항상 대구 사람들은 늘 자신에게 따뜻한 눈으로 타인에게는 차가운 눈으로.

역겹다.

다른 사람의 말을 신경도 쓰지 않는 그들의 모습이. 조금의 양보도 존재하지 않는 그들의 이기심이. 인정 따위는 베풀지 않는 그들의 성격이.

모두 다 역겹다.

벌써 4일 차. 내가 5번째 죽음을 맞이하고 난 후 집에서 머무른 날짜다. 역시나 어김없이 하루는 계속 반복되고 있다. 그들의 역겨운 모습을 보고 난 뒤로는 도통 집 밖으로 나갈 기분이 들지 않는다. 그 생선 눈처럼 썩은 그들의 눈은 구할 마음이 싹 사라지게 하였다.

계속 반복되는 시간과 일상들은 나를 나태하게 만들기 충분했다. 이미 잃어버린 목적은 나에게 그 어떤 것도 하고 싶지 않게 만들었다.

하지만 내가 지금 쉬고 있는 이 시간에도 지하철 안의 사람들은 화재로 죽어가고 있을 것이다.

사실 내가 그들을 구하지 않기로 마음먹었지만 아직도 내 마음 한편에는 아직도 그 사건이 신경이 쓰인다. 나는 그들의 울음을 외면했기에. 하지만 나는 그것을 무시한다. 그들은 그럴 가치조차 없다고 생각하기 때문이다.

여긴 어디지? 아무것도 보이지 않는다. 알 수 없는 공포와 두려움에 나는 뒷걸음친다.

그때

"제발 살려줘……."

"넌 우리들을 버렸어……."

"우리를 구할 수 있었잖아……."

그들의 모습이 나에게 다가온다. 내가 구하지 않은 모습들. 그들의 원망이 한데 모여 괴물이 되어 내 앞에 나타난다. 그 괴물은 나를 원망하고 자신을 절규하며 나에게 다가온다.

모든 것이 검게 물든 흑색의 배경 속 나는 겁에 질려있다.

"넌 우리를 버렸어."

"비겁자."

"도망자."

괴물의 말 하나하나에 나는 식은땀을 질질 흘린다. 어느새 괴물이 내 코앞까지 다가왔다. 나는 그것을 보고만 있을 수밖에 없었다. 잠깐의 정적 동안 나와 그들은 서로 쳐다보았다.

그 괴물의 원망이 강해지면 강해질수록 나는 괴로워 간다. 너무 힘들다.

"넌 우리를 구하지 않았어."

"아, 아냐 나, 나는 너, 너희를 구, 구하려고 했어……."

"아니 넌 우리를 구하지 않았어. 결국 너도 우리랑 똑같은 방관자일 뿐이야."

괴물의 말에 나는 눈물을 흘리면서도 무릎을 꿇었다.

"넌 실패자야."

말이 끝남과 동시에 괴물은 사라진다.

8. 나는 회귀자다.

“헉헉. 뭐, 뭐야 꿈, 꿈인가?”

위를 보니 천장이 있었다. 방금 그 일은 꿈이 확실했다. 하지만 꿈에서 깬 나의 표정은 좋지만은 않았다.

“씨X.”

괜스레 이불을 걷어차면서 나는 일어난다. 재수 없는 꿈을 꾼 탓인지 몸에 힘이 잘 들어가지 않는다.

‘하……, 언제까지 반복되냐? 이 망할 하루는.’

며칠째일지도 모르는 나날들에 대해 새삼스럽게 회의감을 느낀 나는 거실로 나간다.

‘계란 프라이, 밥, 김치찌개, 오징어 젓갈, 멸치…….’

스스로 느끼기에 몇백 번은 본 반찬들을 뒤로하고 나는 엄마를 쳐다본다. 엄마는 아들의 얼굴을 한 번 쓰윽 보고는 말을 한다.

“와? 머 할 말 있나??”

몇 달 만에 아들이 거는 말 때문인지 엄마의 눈빛은 초롱초롱 빛나고 있었다.

“아이다. 걍 거 앉아 있는 게 좋아서.”

“야가 지금 머라카노?”

엄마는 아들의 말도 안 되는 말을 나름 해석하기 위해 열심히 생각하고 있지만, 생각한다고 해서 나올 답이 아니었다.

“하이튼 즈그 아바이 닮아 가지고 무뚝뚝 한기라. 누가 니 대구사람 아이랄까 봐 일부로 그라는 기제?”

오랜만에 아들과의 대화가 반가워서인지 엄마는 잘 하지도 않던 농담까지 날린다. 하지만 나는 그 농담에 답장할 여력이 없다는 듯 식탁에 털썩 앉는다.

“어, 밥 맛있게 무라……. 일부로 현성이 니 좋아하는 김치찌개 해놨다이.”

엄마의 말이 전혀 반갑지가 않다. 아무리 좋아하는 것이라도 이미 며칠째 먹고 있는 건지 모르겠다.

아무리 좋아하는 음식이라도 이리 오래 먹는다면 질리는 법. 하지만 나는 괜히 맛있는 척하며 먹기 시작한다.

'안 그래도 요새 엄마와 말수가 점점 줄어들고 있는데 이런 사소한 걸로 더 나빠지면 안 되지.'

어차피 다시 하루가 되면 기억을 잃어버릴 엄마지만 나는 엄마와의 관계가 나빠지고 싶지 않다. 비록 엄마는 기억하지 못한다고 해도 내가 용납할 수 없다.

그러나 맛있게 먹는 척을 하면서도 절대 엄마에게 말을 걸지 않는다. 대구사람이라서 무뚝뚝한 것인지 아니면 진짜 엄마 말대로 아빠와 닮아서 그런 것인지. 나의 말수는 점차 늘어나지 않았다. 하지만 나만 그런 것이 아니다. 이미 대구사람들은 대부분 무뚝뚝하고 자신의 일만 관심을 가진다. 아까 지하철에서도 그랬듯이 그 누구도 남의 말에 귀를 기울이지 않았다.

여거운 밥을 밥풀 하나 남기지 않고 먹은 나는 방으로 들어와 고민했다.

'과연 그들을 돕는 것이 맞을까?'

'그들의 이기적인 모습은 나를 진저리치게 해.'

'하지만 지금도 사람들은 죽어가고 있어.'

'그 가족들은 아직도 지하철 앞에서 울고 있을 거야.'

여러 가지 생각이 교차하고 있다. 하지만 나는 여전히 결정을 내리지 못했다.

나는 그들을 구하러 가는 것이 아니었다. 이기적이고 무관심한 그들이 아닌…….

'그들의 가족을 구하러 가는 거야!'

가족들 걱정에 지금쯤 믿지도 않는 신에게 기도를 하고 있을 사람들.

밥 한 톨 넘기지 못하고 하염없이 지하철 입구만 바라보고 있을 그들.

나는 그 사람들을 위해서 가는 것이다. 그리고 나는 얼마든지 그 사람들을 구할 수 있다. 나는…….

회귀자다.

9. 조력자

'어떻게 막을 수 있을까?'

온몸에 라이터를 무장하고 있고 여차하면 불을 붙일 수 있는 휘발유가 들어간 페트병도 소지하고 있는 미친놈을 어떻게 막는 방법이 필요하다. 근데 이거 완전…….

'무리잖아…….'

'만약 되돌리는 시간을 조금 더 앞으로 당길 수 있다면 그 자식이 지하철에 타기도 전에 죽여 버릴 수 있을 텐데…….'

이뤄지지 않는 희망사항을 생각하면서 기발한 아이디어를 찾던 도중 새로운 아이디어가 생각이 났다.

'그냥 경찰에 신고 한 번 해볼까?'

생각에 다다른 나는 한 번 이 아이디어를 실현해보기로 했다.

다음 날 아침 9시 나는 일어나자마자 경찰에 신고했다.

[네. 중구경찰서입니다.]

"저기여. 지금 여기서 어떤 미친놈이 라이터를 들고 위협하고 있습니다."

[거기 위치가 어떻게 됩니까?]

"대구 지하철 중앙로역입니다."

[지하철의 일은 지하철 담당자에게 여쭤보세요]

달칵

그 경찰관은 그 말만 하고는 아무런 망설임도 없이 전화를 끊었다. 처음이다. 이렇게 어이없는 상황은.

나는 다시 경찰서로 전화를 걸었다.

따르릉 따르릉

[네. 중구경찰서입니다.]

"아니 시바 무슨 경찰이라는 사람이 자기 일 아니라고 그렇게 빠지십니까?! 최소한 와보기라도 해야 하는 것 아닙니까?"

달칵

내 말을 듣자마자 전화는 매몰차게 끊겼다. 이건 좀 심각하다. 이 정도로 다른 사람을 배려하지 않고 무관심한 것은 이미 대구사람이라는 것으로 표현할 수 없다. 정도가 있지. 모든 대구사람들이 저 경찰관처럼 싸가지 없지 않다.

"하……. 결국 나 혼자서 처리해야 되나……?"

하지만 나는 지푸라기 같은 작은 희망을 가지고 중앙로역 지하철 담당자를 찾아가서 말해보았다.

"저기 지금 중앙로역으로 오는 지하철에 어떤 미친놈이 라이터랑 휘발유가 들어간 페트병을 들고 불을 지르려고 하고 있어요."

"저기 그건 어떻게 아십니까?"

"……."

예상치 못한 질문에 나는 그만 당황해버려서 대답을 못하고 어버버거렸다.

"역시나 이럴 줄 알았지. 지금 오는 기사에 당신이 타고 있는 것도 아닌데 그거를 어떻게 아십니까?!"

"아니 저 그게……."

"됐고 장난치지 말고 빨리 가요. 보니까 멀쩡하게 생긴 청년이 여기서 이러지 말고."

졸지에 지하철을 상대로 장난친 사람이 되어버린 나는 그대로 중앙로 열차 앞으로 걸어갔다.

나는 내가 신고하면 최소한의 인원이라도 나와서 같이 막는 것을 도와줄 것이라고 믿었다. 하지만 경찰은 나의 말을 듣고 매몰차게 끊어버렸고 지하철 담당자는 나의 말을 역으로 의심하였다.

이쯤 되니 이제는 대구에 대해 원망이 서리기 시작한다.

'대구 사람들이 조금만 더 친절했다면 이 결과가 바뀌지 않았을까?'

깊은 분노와 함께 중앙로 지하철역 앞에 서 있는 나는 늘 하던 고민을 했다.

'오늘은 뒤질 때 어떤 욕을 먹일까?'

지하철을 타기 전 마음의 준비를 하며 내가 생각하는 것이다. 만반의 준비를 해왔을 때도 그놈의 미친 짓을 못 막았는데 이렇게 아무 준비 없이 들어간다면 죽는 것은 거의 확정적이었다. 찌질하지만 내가 죽기 전에 할 수 있는 마지막 발악이기 때문에 나는 죽기 전에 이 새X에게 하는 욕은 늘 멈추지 않았다.

시답잖은 생각이 끝나자 나는 결심을 굳혔다.

'그래 오늘은 죽지 말자.'

[문이 열립니다.]

결단을 내림과 동시에 나는 그놈이 타고 있는 열차가 아닌 반대편 열차로 달려가기 시작했다. 그리고는 주위를 두리번두리번거리며 내가 원하는 인물을 찾던 도중 지금 막 열차에 타서 자리에 앉으려는 여성이 눈에 띄었다.

'찾았다. 저 여자야!'

생각과 함께 나는 앞에 앉아 있는 여성을 안고 납치해서 지하철 밖으로 뛰어나갔다.

"아니. 지금 뭐하는 거예요???!!!!"

나에게 안겨서 나가는 여성은 몸부림을 치면서도 당황과 분노가 담긴 목소리로 나를 불렀다.

"아니 지금 노라고 하는 거 안들리나?!!!"

여성이 소리치자 사람들이 신기한 눈으로 우리를 쳐다볼 뿐 절대 여성을 구해주려 하지 않는다. 그 때

콰앙

폭발소리와 함께 매스꺼운 연기가 나오기 시작했다.

나에게 끌려오던 여성은 당황스러운 눈치로 뒤를 돌아보며 불과 잿더미를 무서운 눈빛으로 바라보더니 나에게 말했다.

"지, 지금 저, 저, 저를 구, 구하신 거예요?"

정녕 저것이 방금까지 쌍욕을 날리던 여성의 모습이던가. 방금전 모습과는 대조되는 그녀의 공손한 모습에 당황하면서도 그녀를 가까운 벤치에 내려주었다.

"그, 근데 저 사람이 불을 지를 것은 어떻게 아셨나요??"

나를 올려다보며 말하는 그녀의 모습에 나는 작게 속삭이듯이 대답을 해

주었다.
"봤으니까요……."
"네?"
"봤으니까 알아요. 이미 몇 번이나……."
이것이 앞으로 몇 번이나 더 있을 지하철 화재를 막는데 도움을 주는 조력자 혜선이와 첫 만남이었다.

10. 그녀가 해야 하는 일?

지금까지 5번이나 그 새X에게 죽음을 당하면서 나는 느꼈다.

'이거 망할 나 혼자서는 무리겠는데??'

이미 혼자서 여러 번 그 녀석에게 X랄을 떨어본 결과 그 녀석을 막기에는 많이 역부족이었다. 하다못해 그 녀석이 태우려고 시도했던 지하철의 반대편 사람들조차 전부 구하지 못하였다.

어째서 나의 시도가 이렇게 처참하게 실패했는지 고민해본 결과 나는 간단한 결론을 내게 되었다.

'혼자라서 그래.'

적어도 3명 아니 1명만 나의 계획을 도와주었다면 나는 이렇게 많이 죽지는 않았을 것이다. 때문에 나는 조력자를 구하기로 했다.

조력자라고 해서 아무나 구하지는 않았다. 만약 타인의 일에 관심을 가지지 않는 무신경한 대구사람의 표본 같은 놈을 조력자로 설정한다면 그놈은 혼자서 도망치기 바쁠 것이다. 때문에 내가 조력자로 고른 인물은 4회 차에서 내가 다른 사람들을 피난시키기 바쁠 때 혼자서 다른 사람을 구하려고 바삐 움직이고 목청이 터져라 소리지르던 그 여자.

'그 여자의 도움이 필요해.'

생각을 마침과 동시에 벤치에 앉아서 안절부절 못하며 나를 올려다보고 있는 모습의 여자가 보인다. 그녀는 조금 망설이는 듯한 모습을 보이더니 결심을 굳혔다는 눈빛으로 나에게 말을 걸어왔다.

"저기…. 아까 전에 보셨다고 하는 게 먼 소린지 알 수 있을 까여?"

방금 전까지만 해도 구수한 대구 사투리를 쓰던 그녀가 잘 어울리지도 않는 표준어를 흉내 내면서 나에게 말을 거는 모습에 나는 쓴웃음을 지으며 그녀의 말에 대답을 해주었다.

"이 사건을 저는 처음 겪는 게 아니니까요?"

"네……?"

아마 저 여자 입장에서는 내가 그냥 헛소리하는 미친놈으로 보이겠지만 방금 화재 사건에서 그녀를 구한 것 때문인지 나를 그런 눈빛으로 바라보지는 않았다.

나는 약간의 고민 후 의지가 굳은 눈빛으로 그녀에게 말을 했다.

“제가 하는 모든 말이 개소리처럼 들리실 수 있겠지만 함만 들어주세요.”

“네……?”

“풉.”

아까부터 계속 동그래진 눈동자로 같은 말만 반복하는 그녀의 모습이 웃겨 나도 모르게 웃음이 튀어나왔다. 2월 18일이 계속 반복되고 나서부터는 그놈에게 욕을 날리는 것만이 유일한 즐거움이었던 나에게 있어서는 이렇게 상대방과 대화하는 것에서 웃는다는 게 꽤나 희귀한 상황이었다.

“뭐에요……? 왜 웃으시는 거죠?”

그녀가 다시 묻는 모습에 한 번 놀려볼까 고민하던 나는 이만 관두고 그녀에게 말을 했다.

“아, 아닙니다. 그리고 아까 물으신 말. 제가 ‘봤다고’ 했는 것이 궁금하신 거죠?”

“아……. 네.”

“다 설명드리겠습니다. 제가 무엇을 봤는지 무엇을 겪었는지 또 저 새X와의 악연과…….”

마지막 말을 하면서 나도 모르게 입고리가 씨익 올라간다.

“당신이 해야 하는 일에 대해서요.”

“네……?”

11. 자신을 설득하는 방법?

약 20분 후 그녀에게 설명을 끝마친 후 그녀는 돌연 눈물을 흘리기 시작했다.

"훌쩍훌쩍 그러면……, 현성 씨는 지금까지 계속 죽거나 하루가 반복되는 상황에 놓여 있는 거네요?"

"네. 간단히 말하자면 지금 그런 상황에 있죠."

"훌쩍훌쩍 너무 불쌍해요오오오오."

진짜 저 울고 있는 혜선이는 아까 나에게 마구잡이로 욕을 날리던 그 혜선이가 맞는 것일까? 정녕 저런 감수성이 풍부한 사람이 우리 대구사람이라고?

지금까지 내가 본 대구사람들은 누군가를 위해서 눈물을 흘리지도 않고 자신만 생각하던 이기적인 사람들뿐이었는데. 작은 의문점을 계속하고 나는 새로운 의문점을 가지게 되었다.

'근데 왜 쟤 이걸 믿는 거지?'

솔직히 믿지 말지는 반반이라고 생각했다. 아무리 내가 그녀를 화재 직전에 구해주었다고 해도 내가 혜선이에게 해준 이야기는 이것들을 다 상쇄시키고도 남을 정도로 허무맹랑한 말이었다.

나는 이 의문점을 해결하고자 그녀에게 솔직하게 물어보았다.

"근데 내 이야기를 왜 믿는 거야?"

"네……? 그야 제 목숨을 구해주셨으니까요."

당연한 것을 묻느냐는 그녀의 표정에 나는 당황스러우면서도 그녀에게 다시 질문을 하였다.

"그렇다기에는 내 말이 너무 이상하지 않아? 만약 누가 너를 교통사고에서 구해주고 미래에서 왔다고 하면 잘 믿음이 안 가지 않나?"

"네……."

"그럼 왜 내 말을 믿는 긴데?"

"그럼 현성 씨는 그짓말을 하셨나요?"
"어……? 아니 그런 거는 아닌데……."
"그럼 된 거 아입니까?"
순진한 건지 멍청한 건지 모를 그녀의 너무나도 당당한 모습에 나는 할 말을 잃고 그녀를 쳐다보았다.
"그래…. 그거면 된 거지."
그녀의 너무나도 발랄한 대답이 나를 벙찌게 하였다.
"아무튼! 그럼 현성 씨가 저를 이쪽으로 탈출하도록 하신 이유가 멉니까?"
"어……. 아! 그래! 사실 니가 날 조금 도와줘야 될 것 같으."
"그럼 어떤 식으로 도와줘요? 어차피 오늘 12시 되면 돌아간다고 했다 아이에요?"
"그래. 분명 12시가 되면 니 기억은 사라지지. 하지만 내 기억은 그대로지 않나?"
"아……."
"그러미 내가 니를 설득할 수 있도록 니가 말을 지어 줘야지."
사실 내가 조력자를 구하기로 마음을 먹은 후부터 나는 계속 한 가지 고민에 휩싸여 있었다.
'어떻게 하면 조력자가 나에게 협력하게 하지?'
내가 사건을 막기 위해서는 사건이 일어나기 전 시간으로 돌아갈 필요성이 있다. 하지만 사건이 일어나기 전 시간으로 가면 내가 기껏 설득한 조력자의 기억은 사라질 터 그렇다고 사건이 벌어지기 전에 조력자에게 설득을 하려 하면 미친놈으로밖에 보이지 않을 것이다. 그래서 내가 이것들을 해결하기 위해 생각한 방법이…….
'조력자가 어떻게 하면 믿을지를 조력자에게 직접 물어보면 되지.'
자신의 속마음을 가장 잘 아는 사람이 누구라고 생각하는가? 가족? 친구? 둘 다 틀렸다. 자기의 속마음을 가장 잘 아는 사람은 바로 자기 자신이다. 때문에 나는 이 조력자의 자기 자신에게 물어봄으로서 조력자에게 설득 방법을 구하려고 했다. 원래 계획대로 라면…….
"모르겠어요……. 제가 그때 무슨 말을 해야지 이 말을 믿을지……."

"네? 과거의 혜선 씨도 지금의 혜선 씨와 같은 사람이자너?"

"그래도 함 생각해봐요. 갑자기 어떤 사람이 지하철에 폭발이 일어난다고 그것을 막는 것을 도와달라는 말을 아무리 자기 자신이라고 하더라도 도대체 어떻게 말해야 하는 것이죠?"

"아……."

"자기 자신을 설득하는 게 가장 쉽다고 하더라도 이런 상황이라면 설득이 불가능할 것 같아요."

그녀의 논리적인 말에 나는 할 말을 잃고 그녀의 얼굴만 멍하니 쳐다보았다. 크고 똘망똘망한 눈에 오똑한 코 그리고 앵두같은 붉은 입술을 계속 보고 있자니,

"현성 씨!"

"아. 응?"

"지금 뭐하시는 겁니까? 지금 멍때릴 시간 없습니다."

"아……, 응……."

그녀의 말에 정신을 차리면서도 다시 멍때리기 시작한다. 새로운 방법이라고 생각해 야심차게 시도하려 했는데 이미 시작하기 전부터 좌절당한 충격에 아무 생각을 하기 싫다.

'칫. 미래를 안다고 우째. 잘 써먹을 수도 없는 것…….'

잠깐 미래를 안다고?

나에게 새로운 아이디어가 생각이 났다. 이거 잘만 하면 잘 써먹을 수 있을 것 같다.

"저기요 혜선 씨 저에게 방법이 하나 생각이 났어요."

"어? 혹시 그 방법이란 게 멉니까?"

"그게 뭐냐면요……."

12. 뜻밖의 복병

이제는 밝게 느껴지기도 하는 천장을 보면서 나는 새로운 곧바로 휴대폰을 손에 든다.

'010-1234-XXXX'

띠리리리리릭. 띠리리리릭.

[여보세요?]

몇 번의 전화벨이 울린 후 그녀가 전화를 받는다.

"전혜선 씨?"

[네?]

"이름 전혜선 나이 23세 직업은 지금 한국 대학교를 재학중인 대학생 몸무게는 51키로 키는 168센티 그리고 쓰리사이즈는 밑에서부터……."

이것이 내가 생각한 방법이다. 자기를 설득하기 힘들다면 설득 될 수밖에 없는 사실들을 사용해서 설득하면 되는 것이다.

[아니! 잠깐 지금 뭐하시는 거에요오오오!!!!!]

"전혜선 씨 믿기 힘들겠지만 저는 미래에서 왔습니다. 미래의 전혜선 씨에게 이미 동의를 구했습니다. 저를 도와주지 않겠습니까?"

[웃기지마! 이 미친 스토커 새X야 어디서 개수작이야!]

그래 저게 정상적인 반응이다. 자기 정보를 조금 알고 있는 것만으로 어떻게 미래에서 왔다고 생각하겠는가? 때문에 나는 한 가지 방법을 더 생각해냈다.

"이것만으로는 안 믿을 거라고 생각했습니다. 그래서 지금 가방 속을 보십……."

뚝.

이야. 이렇게 카리스마 있게 끊을 줄은 몰랐다. 그냥 바로 그녀에게 더 확실한 정보를 말할 것을 그랬나.

띠리리리릭. 띠리리리릭. 띠리리리릭

[고객님께서 전화를 받지 않아 삐소리 이후 소리샹으로 연결되오며 통화료가 부과됩니....]

혜선이 이 새X 이거 너무 쿨하다.

일단 이번 생은 틀렸다. 나는 급하게 밖으로 나가서 편의점에서 식칼을 구입한 후 신속하게 내 목을 찔렀다. 부엌에서 식칼을 꺼내 내 목을 찔러도 되었지만 굳이 나와서 찌른 것은…….

'엄마가 잠깐이라도 놀래시는 모습은 보고 싶지 않으니까…….'

이렇게 나의 6번째 죽음이 다가온다.

세상이 느려지고 나의 시야가 흐려진다.

천장이 보인다. 나는 다시 바로 일어나서 전화를 건다.

띠리리리리릭. 띠리리리리릭.

딸칵

[여보세요?]

"아 저기 전혜선 씨."

[네?]

"지금부터 제가 하는 얘기 잘 들어 주시기를 바랍니다."

[네?]

"일단 지금 혜선 씨 가방에는 립스틱, 휴대폰, 지갑 등이 들어 있고 지갑 안에는 돈이 24300원 들어 있을 것입니다. 그리고……."

[아니! 그걸 어떻게 아는 긴데?]

아까와는 다르게 그녀가 그리 과민하게 반응하지 않는다. 역시 쓰리 사이즈가 문제였던 것인가. 그녀가 나에게 가르쳐줄 때도 살짝 얼굴을 붉히며 망설이더니 역시!

"그리고 지금 혜선 씨 혹시 핸드폰을 무슨 손으로 잡고 계신지 알려줄 수 있습니까?"

[어? 지금 오른소…….]

혜선이의 말이 채 끝나기도 전에 나는 신속하게 전화를 내려놓고 밖으로 나가서 다시 구입한 식칼로 자살한다.

나의 7번째 죽음과 동시에 또다시 세상이 흐려진다.

이제는 천장 따위는 신경 쓰이지도 않는다. 나는 썩은 눈으로 일어나서 다시 한 번 그녀에게 전화를 건다.

띠리리리리릭. 띠리리리리릭.

전화 벨소리가 중독적이라고 느낄 무렵 그녀가 나의 전화를 받았다.

[여보세요?]

"저 혜선 씨 혹시 믿을지 모르겠지만 저 미래에서 온 사람입니다."

[네?]

그녀의 당황한 목소리가 전화기를 통해 들린다.

"그럼 그 증거를 한 번 들어볼까요? 지금 혜선 씨는 전화기를 오른손으로 잡고 있습니다. 안 그렇습니까?"

[아… 네… 그럼 혹시 제가 지금 주머니에 넣고 있는 손이 무슨 모양을 하고 있는지 알고 있어요?]

이ㅣ ㅣ ㅂㅅ 여사가! 그걸 내가 어떻게 알아!

"지금은 무슨 모양을 하시고 계신데요?"

[봐봐요. 역시 모르시죠? 이래놓고 무슨 미래를 갔다 왔다고….]

뚝

이거 큰일이다. 혜선이 이 녀석 생각 다 훨씬 더 미친 여자다.

"후……."

피지도 않는 담배가 끌린다.

나는 다시 집 밖을 터벅터벅 걸어서 편의점으로 들어가 식칼을 구입한다.

몇 번이나 느끼고 있지만, 이 다시 태어나는 감각 참으로 ㅈ같다.

이제는 천장의 얼룩 위치까지 외우기 시작하였다. 아무튼 천장의 얼룩 따위는 무시하고 나는 다시 그 망할 여자의 번호로 전화를 걸기 시작한다.

띠리리리리릭. 띠리리리리릭.

이제는 중독적인 전화 벨소리에 나도 모르게 리듬을 탈 것만 같다.

[여보세요?]

“저는 지금 미래에서 왔습니다. 그 증거로 지금 혜선 씨는 전화기를 오른손으로 잡고 있는 것을 알고 있구요.”

[그렇다면 지금 제 손이 주머니에…….]

“가위 모양이요.”

[네? 아닌데요. 지금은 따봉 모양을…….]

9번째 인생에게 작별을 고한다.

나의 반려자같은 천장을 마주하며 다시 그 X에게 전화를 건다.

띠리리리리리릭. 띠리리리리리릭.

음, 몇 번을 들어도 참 듣기 좋은 소리가 아닌가 싶다.

[여보세요?]

“저는 지금 미래에서 왔습니다. 그 증거로 혜선 씨는 전화기를 오른손으로 들고 있구요.”

[네? 어? 그러면 지금…….]

“따봉 모양입니다.”

[네? 어 그걸 어떻…….]

“말했잖아요. 미래에서 왔다고. 또 다른 증거를 대볼까요? 지금 전혜선 씨는 나이 23세 직업은 지금 한국 대학교를 재학 중인 대학생 몸무게는 51키로 키는 168센티 그리고 쓰리사이즈는 밑에서부터 3…….”

[그마아아아아아아아아아안]

“이제 믿겠습니까? 저는 미래에서 왔습니다.”

[네! 네! 알겠으니까……, 제발 그만 말해요.]

혜선이 얘 생각보다 되게 무서운 아이다.

“이제 믿음이 가십니까?”

[네..]

“그럼 전혜선 씨 당신에게 부탁드릴 것이 있습니다.”

[네?]

이제부터 내가 전전전생부터 구상해 왔던 작전이 시작되었다.

13. 전혜선 그녀는 아군인가 적군인가?

띠리릭.

가벼운 마음으로 집을 나온다. 이전 회차까지는 벌벌 떨면서 나오겠지만 지금의 나는 그때와 다르다. 바로 나의 조력자가 일을 해결해놨을 것이라는 굳은 믿음이 있기 때문!

지하철역이 가까워지더라도 더 이상 가슴 졸여하지 않는다. 나는 오늘 처음으로 이 정신 나간 사건을 해결할 것이다.

라고………, 나는 지하철 타기 전까지 생각하고 있었다. 기대에 부푼 마음을 가지고 탄 지하철은 내 바람과는 다르게…

"소, 손들어!! 화, 화르륵 하……한다!!"

"아니 저기. 쫌만 진정하고……."

시X.

이건 또 무슨 상황인가? 분명 저기 저 아리따우신 조력자를 믿고 웃으면서 들어왔건만 안의 상황은 절대 웃을 수 없는 상황이다.

저 정신이상자는 바닥에 뿌려져 있는 기름에 라이터를 가져다 데기 직전까지 갔고 그거를 혜선이는 양손을 들고 말리고 있다. 살면서 많이 볼 수 없는 광경에 잠시 어처구니없어하면서도 나는 혜선이를 보았다. 이렇게 살벌한 눈빛은 다시없을 정도로.

하지만 저 X은 나를 보고 내가 현성이라는 것을 알아보자 활짝 웃음꽃이 피더니 나에게 외쳤다.

"현성 씨……, 오래 기다렸자나여!!!!!"

하!

지금 내가 처리해야 할 인물은 저 방화자 새X가 아니라 활짝 웃고 계시는 저 천진난만한 여자가 아닐까?

"너……, 너희들! 뭐야!! 지, 지금 자, 장난 같애?"

아니나 다를까. 이미 저 범인은 우리를 노려보더니 떨리는 입으로 말을 한다. 나는 이 상황이 되어서야 느끼고 말았다. 1회 차를 거쳐 지금 이 삶이 이어질 때까지 내가 모든 삶에서 공통적으로 느꼈던 감정.

망했다.

마음속으로는 벌써 부처가 되어버린 나는 혜선이 쪽으로 느긋하게 걸어간다.

“가, 가까이 오, 오, 오지마!!!!!!”

옆에서 파리가 왱왱거리는 소리가 들렸지만, 신경도 쓰지 않고 계속해서 걸어간다.

그리고 혜선이 옆에 서자마자 나는 혜선이에게 작게 속삭였다.

“이게 어떻게 된 일입니까?”

그녀는 내 말을 듣더니 지금까지 기다려 왔다는 듯이 대답했다.

“아니… 원래는 현성 씨가 말씀하신대로 빠르게 다가가서 대화로 진정시키고 화재가 안 나는 쪽으로 할라고 했는디여…”

잘 아는군. 근데 그걸 잘 아시는 분께서 도대체 왜 이런 일을 벌이신건가.

“근데 왜 이래 된 겁니까?”

“그래가꼬 처음에는 말 쫌 잘 했는디 듣다보니 너무 화나가꼬…….”

하…….

그 다음은 왜인지 대충 예상이 간다. 분명 빡친 혜선이가 저 싸이코의 말을 반박했을 것이고 그 결과 화나신 저 분이 이런 일을 저질렀다…….

이런 상황에 처하니 나는 또 다른 깨달음을 얻었다. 이런 속도로 깨달음을 얻는다면 곧 있으면 부처님이 될 수도 있을 것만 같다.

아무래도 내가……,

조력자를……,

쫌 심하게 잘못 고른 것 같았다.

“니, 니들 뭘, 뭘 그래 속닥속닥 해!!!”

아이고 우리 왕자님께서 또 화나셨다.

저대로 놔둔다면 다시 이곳에서 불파티가 열릴 것이다.

“아닙니다. 아무 얘기 안했습니다.”

“거, 거짓말!!! 바, 방금 속닥속닥 하는 거 봤어!!!”

와 저걸 보네.

"하하. 그거 잘못 보신 거 아입니까?"

"아냐! 나, 나 다, 다 봤어!!"

짜식 이걸 다 보네.

원래 같으면 지금쯤 저 녀석의 비위를 맞춰주기 위해 별 행동과 말을 다 했겠지만, 지금은 왜인지 그럴 마음이 들지 않는다.

"뭐 우짜라고?"

"머, 뭐……?"

이미 이번 생은 글러 먹었다. 이미 망한 인생. 그동안 이 녀석에게 해주지 못한 덕담이라도 하고 가야겠다.

"아니 지금 내가 뭐 속닥속닥한 게 우쨌는데? 내가 내 맘대로 공공장소에서 속닥거리겠다는데 다른 사람 피해 안 가게 또 살살 얘기했잖아. 근데 너는 뭐야 지금 들고 있는 라이터에, 밑에 뿌려져 있는 기름은 또 뭐꼬? 짐 니 땜에 저 사람들 다 무서워하는 거 안보이나? 이 자식이 진짜 먼지 나는 날 신명나게 힘 지랄이봐야 정신 차리제? 어!?"

랩 쪽으로 진로를 바꿔야겠다는 생각이 들 정도로 빠르게 말을 쏘아낸 나는 내 말을 듣고 멍하니 서 있는 녀석을 한참 동안 응시했다.

그리고 미국에서 랩 활동을 할지 한국에서 랩 활동을 할지 고민하던 중 그 녀석에게서 소리가 들려왔다.

"시, 시끄러!!! 왜, 왜 나, 나만 가지고!!!!!"

마치 어린아이가 빼액 거리는 소리에 인상을 찌푸리면서도 그를 계속 째려보았다. 이미 돌이킬 수 없는 지경까지 오고 말았다.

그때

"현성 씨 지금 미쳤어여?"

혜선이의 말에 나는 예상했다는 듯이 대답했다.

"어."

"……."

솔직히 지금의 내 모습은 내가 생각해도 정상적이지 않았다. 지하철 테러범에게 비위를 맞추는 것이 아니라 오히려 훈계하고 있는 노릇이니.

"흐아아아앙. 어, 엄마!!!"

라이터가 떨어진다. 그리고……,

콰앙.

안녕 내 10번째 삶아! 짧지만 되게 희망적인 삶이었다.

14. 각성

“저기 내가 발견하지 못했던 곰팡이가 있었구나.”

천연덕스럽게 일어난 나는 기분이 그리 좋지 못하다. 방금전 삶에서 처음으로 희망이란 것을 강하게 가져 보았건만 이루어지지 않았다.

‘방법을 다시 강구해야 해.’

설마 혜선이가 조력자 일을 하지 않고 방해자 일을 그렇게 열심히 할 줄 몰랐다.

때문에 나는 방금전 삶에서 쓰던 그 방법이 아닌 다른 방법을 찾아야 했다.

그러나 마땅한 수가 떠오르지 않았다.

‘그냥 고전적으로 다시 가서 한 판 싸우는 거는…….’

기각.

그 방법으로 인해 내가 얼마나 많은 죽음을 경험했던가. 저 방법은 좀 아니다.

‘아니면 혜선이 도움 없이 나 혼자서 말로 설득을 해보는 거는…….’

저 방법은 나름 가능성이 있어 보인다. 애당초 물리적으로 그 사람을 막는 것은 불가능에 가깝다. 그 자식은 죽음에 미친 녀석이다. 그것도 혼자 조용히 죽는 참된(?) 죽음이 아닌 다른 사람과 같이 파멸하는 나쁜(?) 죽음을 원하는 놈이다.

지금까지 저 녀석에게 당한 몇 번의 개죽음으로 깨달은 바로는 육체적으로 막는 것보다는 이 녀석 자체를 설득하는 것이 오히려 더 잘 먹힐 수 있겠다는 것이다. 그리고 내가 이 녀석을 설득할 때 필요한 것은 다름 아닌.

‘혜선이의 도움’

혜선이에게 아까의 삶에서 했듯이 사건 전에 전화를 걸어서 관객으로서의 역할을 시키려고 한다.

내가 말을 하는 동안 내 말에 동조해주며 이 방화 테러리스트 녀석의 어린애같은 마음을 돌리는데 큰 기여를 할 역할이다.

'좋았어. 그럼 바로 혜선이에게 연락을…….'

띠리리리릭 띠리리리릭

딸칵

"여보세요?"

"전혜선 씨? 저는……."

15. MISSION COMPLETE

띠리릭.

잠금장치가 풀리는 소리와 함께 집을 나온다. 지금까지 몇십 번 아니 몇백 번을 지나다닌 문이지만 오늘만큼 발걸음이 가벼운 날은 없었다.

썩은 눈으로 나가던 첫 번째 삶. 밖에 나가기 힘들었던 두 번째 삶. 죽음을 각오한 나머지 삶들. 그 삶들을 겪었기 때문인가? 더이상 두렵지 않았다. 나는 태어나 본 이래로 가장 성큼성큼 걸었다고 자부할 수 있는 걸음으로 지하철역을 향했다.

더이상 사람들의 눈이 썩어 보이지 않았다. 어째서일까? 사람들의 눈은 그대로였으나 지금은 생선 눈이 아니다. 어쩌면…….

'내가 지금까지 썩은 눈으로 사람들을 바라본 것이 아닐까?'

나 역시 썩은 눈이었다. 하지만 이 썩은 눈을 대구라는 지역을 탓하며 물러선 첫 번째 내가 후회된다. 더이상 나는…….

'핑계대지 않겠어.'

자신의 일을 비관하지 않겠다.

대구를 탓하며 나를 바꾸려는 노력도 하지 않는 삶을 버리겠다.

나는…….

[문이 열립니다.]

문이 열림과 동시에 내가 생각한 상황이 펼쳐져 있다.

라이터를 들고 갈등하고 있는 그

나는 그의 모습을 보고는 그의 앞에 가서 그에게 말을 건다. 지금껏 내가 하고 있는 썩은 눈이 아닌 나만의 빛나는 눈으로.

"김대한 씨……?"

"뭐……, 뭐야? 너, 너 내, 내, 내 이름을 왜!"

당연히 알지 않겠는가? 너 때문에 지금까지 몇 번을 죽었는데.

"하하! 제가 원래 좀 사람 이름을 잘 압니다."
"그, 그래?"
말도 안되는 핑계를 대고 있는 나와 이 핑계를 믿고 있는 김대한씨. 나도 어떤 핑계를 대야 할지 고민했는데 설마 이런 핑계가 통할지는 전생에도 몰랐다.
나는 김대한 씨에게 다가간다.
"오, 오지마!!"
내가 오자 발작을 일으킬 것만 같은 그.
하지만…….
털썩.
나는 그에게 어깨동무를 한다. 지금까지 그에게 아픔만을 입어본 나지만. 그를 해칠 생각뿐이었던 나였으나 지금은 그의 아픔을 십분 이해하기 위해 노력한다.
"흑흑. 김대한 씨. 다 압니다……."
"니, 니가 아, 알긴 뭘 알아!!"
나의 미친 연기에 당황하면서도 나를 밀어내려 하는 김대한.
"힘든 것 다 압니다. 당신이라꼬 안 힘들겠습니까? 하지만 이대로 우리 힘듦을 조금만 버텨 봅시다. 곧 좋은 날이 올지 압니까?"
"하, 하지만"
통한다. 설마 통할 줄은 기대 안했지만 이거 생각보다 통한다.
나는 마치 부모 잃은 강아지의 눈빛으로 이 말을 읊조리면서도 혜선이를 바라본다.
찡긋
혜선이가 내 윙크의 의미를 알았는지 벌떡 일어난다.
"마, 맞아요! 힘들다고 포기해버리면 더 힘들어져요!"
"그, 그래도……."
좋아. 좋아. 이 녀석 혜선이의 말에 동조를 하기 시작한다. 나는 다른 승객들을 나의 의지를 내포하고 쏘아봤다.
'지금 빨리 일어나서 동조해!!'

“마, 맞아요!”
“포기하지 마요! 제가 도와드릴게요.”
여러 눈치 빠른 승객이 일어나서 내 말에 동조를 하기 시작한다.
옆에 보이는 김대한의 흔들리는 눈빛. 그 역시 갈등하고 있을 것이다. 그의 그런 감정을 담은 눈동자를 본 순간 나는 깨달았다.
‘지금이 기회야! 이 짓거리 좀만 더하면 이제는 죽지 않아도 돼!’
“대한 씨. 힘든 것을 알겠지만. 우리 같이 서로 의지하며 이겨내 봅시다.”
“흑흑. 끄윽끄윽. 응…….”
아저씨 같은 얼굴로 애기 소리를 내는 것은 나에게 괴리감으로 다가오지만 나는 아무 문제없다. 왜냐면…….
“막아냈어!!”
[문이 열립니다.]
다음 역에 그를 추스르고 내리게 한 나는 알 수 없는 성취감을 느꼈다. 지금까지 느껴보지 못한. 나를 바꾸게 해줄 이 기분. 지금의 나는 무엇이든 할 수 있을 것만 같았다.
만약 미션 임파서블의 톰 크루X가 나를 만나면 이렇게 말할 것 같았다
MISSION COMPLETE라고…….
그때!
[으음? 생각보다 잘 처리하네?]
??
어디서 들린 소리지? 나는 알 수 없는 소리에 두리번두리번 고개를 돌린다. 그때.
나의 몸이 사라졌다.

16. 원수 같은 신령.

[야! 야! 일어나…….]

뭘까? 너무 졸리다. 어떤 녀석이 내 잠을 방해하는 거야?

"좀만. 조금만……."

[조금만 같은 소리하고 앉았네. 확 쥐뿔라마.]

그때

머리에 있을 수 없는 고통이 온다.

"으아아아아아아악!"

너무나도 끔찍한 고통에 나도 모르게 눈이 뜨이면서 앞의 존재를 바라보게 된다.

마치 옛날 선인을 보는 듯한 흰색 옷에 배꼽까지 자란 그의 턱수염. 그리고 왼손에 들고 있는 머털도X가 들고 있을 법한 나무 막대기는 내 눈을 커지게 하기에 충분하였다.

[야 인자 인나냐?]

"저, 저기 지금 이게 무슨…?"

[음? 별 거 아냐.]

별 거 아니라니……. 누가 봐도 상식을 초월한 모습을 하고 있는 주제에……,

"저기. 여기는 어딥니까?"

[여기? 그냥 평범한 팔공산 위?]

"네? 거짓말하지 마세요?"

[음? 너는 인생도 몇 번 살아본 짜식이 거짓말인지 아닌지도 구분 못하냐?]

"아니 그건 내가 원해서 한 게!!!!"

???

'이 아이씨가 짐 머라카노?'

"저기 어떻게 그걸……?"
[일단 밑에부터……]
밑을 보자 산이 보인다.
허허 이것 참 요새 기술이 발달해서 투명 비행기를 만들었나?
"으아아아아아악!!!"
"떠, 떨어져! 떨어져!"
[참 몇 번이나 화형 당한 새X가 겁은 또 많아요!]
"이게 무슨 일이에요? 저 빨리 되돌려 보내주세요!!"
[어차피 돌아가도 같은 하루 살 건데?]
"……."
맞네. 이 사람 생각보다 똑똑하다.
[짜식아, 난 대구 누구보다 똑똑해 임마!]
아얏.
말로하면 되지 왜 굳이 주먹으로…….
??
잠깐 방금 그 말 속으로 말했는데……? 나도 모르게 입 밖으로 냈나?
[NO NO 그게 아니고 마음을 읽는 거야. 짜식아.]
이 사람 알면 알수록 더욱 모르겠는 사람이다.

몇십 분 후
"음……? 그러니까. 당신은 대구를 맡고 있는 신령이며 많은 대구 사람들이 한 사람의 과오로 인해 죽는 것이 안타까워 그들을 구하기 위해 누구를 살려냈다고요?"
[음음. 생각보다 이해력이 빠른 녀석이군. 그리고 당신이 아니라 신령님이다.]
아얏!
머리를 또 맞았다. 이거 생각보다 좀 아프다
"근디 왜 하필 냅니까?"
[응……? 그건 니가 처음으로 죽었으니까.]

하…….
시X.
왜 하필 처음으로 죽어서 그만 미친 짓을……? 짜증난다.
“근데 신령님은 제가 사람들을 안 구하면 어떡할라 했습니까?”
[물론 다 구할 때까지 같은 삶을 살게 하려고 했지!]
저 해맑은 웃음에 주먹을 날리고 싶다. 그러나 애석하게도 주먹을 받은 자는 신령님이 아니라 내 얼굴이다.
아얏!
이거 생각도 조심하며 해야겠다. 저 막대기 내 생각보다 훨씬 아프다.
“저……, 신령님?”
[음. 앞에 미사여구를 붙이라.]
“네……?”
저건 또 무슨 개소리일까? 저 양반 대구 신령이라고 했으면서 너무 대구 사람 같지 않게 행동한다.
“저……, 존경하는 신령님?”
[그래 미천한 대구 시민아.]
하. 시X 이렇게 또 사회생활을 해보네.
“저는 이제 그만 반복하는 것입니까?”
[음. 여러모로 고생했응까 이제는 평범하게 살끄다.]
“네! 감사합니다.”
울 것 같다. 내가 그 망할 회귀 때문에 얼마나 고생했던가. 불에 몇 번이나 타올랐고 자살도 여러 번 했다.
후.
[짜식. 나한테 고마워 미치겠지?]
忍忍忍
약 60번의 참을 인을 그린 결과 살인 충동 아니 살신령 충동을 참을 수 있었다. 그래도 이제 평범한 삶을 살 수 있다는 것이 너무나도 행복하다.
이제는 다음 날 아침을 두려워하지 않아도 된다. 더이상 죽어가는 가족에게 뛰어가는 사람들의 얼굴을 보지 않아도 된다. 더는…….

'죽지 않아도 돼!'

톡

손에 물이 느껴진다. 비가 오나 싶어 위를 바라보는데 내 눈에서 떨어지는 물이었다.

'지금까지 아닌 척 했지만 많이 피곤했구나.'

나는 진짜 세상에서 가장 행복한 얼굴로 신령에게 말했다.

"저 이제 집으로 보내주세요!"

[음. 그럴까?]

"네!"

[음. 일처리 잘하는 거 보니까 막 내 조수로 삼고 싶은데 혹시 생각 없는가?]

쫘아악

온몸에 소름이 돋았다. 조금전까지의 삶도 충분히 죽을만 했는데 여기서 조수까지 하면 난 죽는다.

어, 어서 빨리 핑계를 생각해내야 한다.

"아, 아뇨. 물론 멋지신 신령님 옆에서 일하고 싶지만 집에 기다리는 가족이 있어서요."

[그래……? 그것 참 아쉽구마이……, 음. 그럼 지금 보내 줄게 가서 몸조리 잘하고.]

"네!"

이렇게 나의 11번째 삶이자 마지막 삶을 시작할 때가 되었다.

천장이 보인다. 하지만 더이상 분노, 슬픔, 짜증 등의 감정은 없다. 오히려 그 감정들이 사라진 빈자리를 기쁨이라는 감정이 채우고 있다.

밖에서는 엄마는 언제나 같은 모습으로 앉아 나를 신경 쓰며 TV를 보고 있다. 하지만 더이상 엄마가 나의 눈치를 보는 일은 없을 것이다. 나는 엄마 앞에 걸어가 엄마의 눈을 직시하며 말했다.

"다녀왔습니다."

일제에 굴복하지 않은
또 한 명의 독립지사 – 장진홍

일제에 굴복하지 않은 또 한 명의 독립지사 – 장진홍

권 대 현

"1910년, 일본이 우리나라를 점령하고 우리나라를 자기네 땅으로 만들려고 했지. 그러기 위해 일본은 무력을 사용하여 우리의 것을 빼앗아가고 후에는 사람들까지 빼앗아갔지."

"그럼 그때 할아버지는 어디에 계셨어요?"

"할아버지는 우리가 빼앗긴 것들을 되찾아오기 위해 일제에 맞서 싸웠었지. 그때는 이완용, 이지용, 박제순같이 일제에 들러붙어 친일행동을 하는 사람들이 많았지만, 할아버지처럼 일제에 맞서 싸우던 사람들도 많았어."

나는 1903년 대구 옆 칠곡에서 태어났고 내가 태어나고 7년 후인 1910년 일제강점기를 겪었다. 나는 우리나라의 국권을 회복하기 위해 나의 아버지를 따라 군사교육과 학문 지식을 배우고 있었다.

내가 군사교육을 받고 있던 어느 날, 한 아저씨가 우리 학교에 찾아오셨다. 내가 그 아저씨가 누구인지 궁금해하던 참에 선생님은 그 아저씨도 우리처럼 일제에 맞서 저항하시는 분이라고 하셨다. 나는 나의 친구와 그 아저씨에게 다가가 말을 걸었고 아저씨와 한참 동안 인사를 하고 이야기를 나눴다. 그 아저씨의 성함은 '장진홍'이었고 나와 같은 동네에서 태어난 분이셨다.

그날 밤, 나는 집에 돌아와 아버지와 이야기를 나누며 장진홍 아저씨에 대하여 여쭤보았다. 아버지께서도 장진홍 아저씨를 아셨고 장진홍 아저씨도 나의 지금 선생님이신 장지필 선생님의 제자라고 하셨다. 장지필 선생님은 나를 비롯한 많은 학생들에게 민족의식을 깨우쳐 항일투쟁의식을 심어 주는데 심혈을 기울이신 사람이셨는데 장진홍 아저씨도 이러한 장지필 선생의 가르침을 받아 일제에 맞서는 독립운동을 하게 되었다고 하셨다.

나는 아버지와 많은 이야기를 나누고 장진홍 아저씨에 대한 이야기를 많이 전해 들었다. 그 후, 장진홍 아저씨는 다른 날에도 나의 학교를 자주 방문하셨다. 나는 아저씨와 많은 이야기를 나눴고, 아저씨와 계속해서 이야기를 나누다 보니 나도 독립운동이라는 것의 중요성에 대하여 깨달았고 일제에 대한 나의 적개심이 불타올랐다.

5년이 지난 1918년, 나는 학교를 졸업하고 장진홍 선생님을 찾아뵈었다. 선생님께서는 나를 반갑게 맞이해 주셨고 나와 선생님은 선생님과 만나지 못한 시간 동안 있었던 일, 내가 독립운동을 하기로 결심했다는 등의 이야기를 나눴다.

선생님은 원래 일제 치하에 있는 조선보병대에 입교하여 군사지식과 학문을 배운 후 상등병까지 승진했지만 일제 치하에 있는 군대에서 더 이상 복무는 것이 양심적으로 용납되지 않아 1916년에 제대를 하셨다. 그리고 그 해 12월에 서울로 이사하여 독립운동단체인 '광복단'에 가입하여 활동하셨지만, 국내에서 일경의 감시가 점점 심해져 활동이 더이상 어렵게 되었고 이번에는 만주의 봉천으로 건너가실 계획이라 하셨다.

나와 선생님은 많은 이야기를 나눴고 이번 대화를 통해 선생님의 강인한 독립투쟁 의식을 한 번 더 느낄 수 있었다. 그렇게 나는 선생님과 많은 이야기를 나누고 집에 돌아와 아버지께 말했다.

"아버지 어머니, 저도 장진홍 선생님을 따라다니며 독립운동을 하고 싶습니다."

아버지는 아무 말 없이 한참을 생각하셨다. 아마 독립운동이 나라를 위해 공헌을 하는 일이기는 하지만 아직 어린 나이인 내가 험난한 길을 가는 것에 대해 걱정을 하셨던 것 같다. 한참을 고민하신 뒤 아버지께서 말씀하셨다.

"그래 아들아, 독립운동을 위해 하는 일이니 내가 너의 뜻을 꺾을 수도 없구나. 장진호 선생님을 따라 많은 것을 배워오고 많이 성장했으면 좋겠구나."

"네, 아부지."

나는 아버지의 동의를 얻은 후 짐을 싸기 위해 나의 방으로 들어갔다. 짐을 싸고 있는데 밖에서 아버지의 울음소리가 들렸다. 나는 문을 살짝 열어 아버지를 바라보았다. 아버지께서 눈물을 흘리고 계셨다. 아버지는 나에게 가장 든든한 분이셨고 내 앞에서 눈물을 보이신 적이 없던 분이셨다. 그런 아버지께서 눈물을 보이셨고 나도 아버지의 모습을 보고 덩달아 울음을 터뜨렸다.

다음날, 나는 집을 떠나 장진홍 선생님께서 계시는 곳을 찾아갔다. 선생님은 나를 반갑게 반겨주셨고 나는 선생님과 함께 그곳에서 머물기로 하였다.

그곳에 있은 지 1년이 지나고 몇 달 후, 전국적으로 3.1독립만세운동이 평화적이고 민주적으로 일어났다. 장진홍 선생님과 나 또한 만세운동에 참여하여 시위를 하였다.

우리가 자주독립 의지를 세계만방에 외치자 이에 당황한 일제는 무력을 동원하여 비인간적이고 악랄한 방법으로 시위를 진압하였다. 일제는 무고한 주민들을 교회 안에 가둔 채 불을 지르고 총격을 가한 대참사인 제암리 학살사건을 일으켰다. 이 사건으로 인해 제암리 주민 23명과 고주리에서 6명이 사망하는 인명 피해와 재산의 피해가 발생하였다.

제암리 학살사건이 일어나고 며칠 후에도 선생님과 나는 이 사건에 대해 알지 못했고 우리의 다음 독립운동 궁리를 하고 있던 중이었다. 그때 갑자기 한 독립운동지사 분이 우리가 있는 곳으로 뛰어들어 오셨다.

“진홍아!! 일본 이 나쁜 새끼들이 우리가 항일 운동을 했다고 경기도에 있는 제암리에서 주민들을 학살했대!!”

그 순간 우리가 있는 공간에는 정적이 흘렀고 들리는 소리는 독립운동지사 분의 거친 숨소리뿐이었다.

“이 나쁜 새끼들…….”

선생님의 얼굴과 눈은 빨갛게 충혈되었고 나 또한 일제가 한 일에 대해 화가 치밀어 올랐다. 나와 선생님은 하루 동안 아무 말도 하지 않았고 우리 모두는 슬픔에 잠겨 있었다.

다음날, 선생님은 나에게 찾아오셔서 어딘가 갈 곳이 있다고 하셨다. 나는 영문을 모른 채 선생님을 따라나섰다. 한참을 걸은 후 도착한 곳은 선생님의 동생인 '장진환' 선생님의 댁이었다. 장진환 선생님은 우리를 반갑게 맞이해 주셨고 방 안으로 우리를 데리고 가 앉혔다. 선생님은 차를 3잔 들고 들어오시면서 무슨 일로 찾아왔는지 물었다. 이에 장진홍 선생님은 대답하셨다.

"얼마 전에 일어난 제암리 학살사건에 대해 알고 있나."

"알고 있습니다, 형님."

"우리가 이를 알고도 가만히 앉아 있을 수만은 없지 않겠나? 그래서 내가 직접 다른 나라에 가서 이 일제의 만행을 알리고자 하는데 이를 실행할 자금이 부족하네. 혹시 자네가 자금을 보태어 줄 수 있겠나?"

선생님의 어려운 부탁에도 장진환 선생님은 흔쾌히 이에 동감하고 자신의 집 앞에 있는 전답 5두락(약 1000평)을 모두 팔아 선생님께 전해주셨다.

그날 오후, 나와 선생님 그리고 다른 독립운동 지사 분들은 일제의 만행을 조사하여 이 사실을 세계만방에 알려 일제의 국제적 위신을 실추시킴은 물론 한국인의 독립열망을 열강국들에게 호소하기로 결심하였다.
선생님과 나는 서적 행상으로 가장하여 전국 각지를 돌아다니면서 일제가 자행한 학살, 방화, 고문 등의 사실을 자세히 조사하기로 하였다. 우리는 전국 각지를 돌아다녔지만 일제가 이 사건의 진상을 감추기 위해 통제를 하여 우리는 몇 달이 지나서야 진상을 확인할 수 있었다.

그 사실의 내용은 참담했다. 아리다 일본 육군 중위가 이끄는 한 무리의 일본 군경은 앞서 만세운동이 일어났던 제암리에 와서 기독교도 · 천도교도 약 30명을 교회당 안으로 몰아넣은 후 문을 모두 잠그고 집중사격을 퍼부었다. 이때 한 부인이 어린 아기를 창밖으로 내놓으며 아기만은 살려달라고 애원했으나 일본 군경은 아기마저 잔혹하게 찔러죽이고 말았다. 또한, 일제는 이 같은 만행의 증거를 없애기 위해 교회당에 불을 질렀으며, 바깥으로 나오려고 아우성치는 사람들까지 모두 불에 타죽게 만들어 무고한 양민 28명을 학살하였다. 그리곤 다시 부근의 제암리에 가서 민가를 방화, 31호를 불태우고 39명을 학살했다.

나는 어떻게 이런 만행을 저지를 수 있는지를 보고도 믿을 수가 없었고 나의 화는 더 치밀어 올랐다.

우리가 조사를 모두 끝내고 때마침 동년 7월에 미국 군함이 인천항에 입항하는 것을 알아내었고 이를 기회를 통해 동 함대 내에 근무하고 있는 경북 출신 승무원 하사관인 '김상철'을 만나 조사서를 전달하고 그 내용을 영문으로 번역하여 세계 각국에 배포해 줄 것을 요청하였고, 하사관 '김상철'은 우리의 요청을 흔쾌히 허락하였고 우리의 계획이 성공하기를 빌어주었다.

하지만 우리의 노력에도 독립운동이 뜻대로 되지 않았고 선생님과 나는 우리 민족의 독립운동에 대한 의지와 열정에 대해 한탄하였다.

"하……. 우리 민족의 의지가 이 정도밖에 되지 않았던가!"

선생님은 이 말을 하며 깊은 한숨을 내쉬셨다. 하지만 우리까지 현재의 상황을 보고 포기할 수는 없었다. 그날 밤, 나는 바닥에 누워 독립운동가로서 우리가 할 수 있을 일에 대해 깊이 생각하며 잠이 들었다.

다음날 나는 선생님이 계신 곳으로 찾아갔다. 우리가 앞으로 할 수 있을 운동에 대해 논의하기 위해서였다. 내가 선생님의 방에 들어서고 선생님은 마침 잘 왔다는 표정으로 나에게 말씀하셨다.

"마침 잘 왔구나, 이리 와서 앉아 보거라."

선생님은 나를 옆에 앉히시더니 말씀하셨다.

“우리가 지금까지 이렇게 노력을 해도 뜻대로 잘되지 않는구나. 하지만 우리까지 집에서 마냥 기다릴 수는 없을 터, 우리가 직접 조선일보의 지국을 경영해보는 것은 어떻겠나?”

아주 좋은 생각이었다. 나는 선생님의 생각에 감탄하였고 내가 감탄하고 있는 동안 선생님께서는 선생님의 서랍에서 한 종이를 꺼내오셨다.

선생님께서 꺼내오신 것은 계획서였다. 선생님께서는 나에게 계획서를 건네주셨고 나는 내용들을 읽었다.

[조선일보 지국 계획서]

– 목적 –

적극적인 소식을 부산으로 전달하고, 보급망을 넓히고자 함

– 장소 –

부산광역시 동래구

– 활동 –

지국장과 취재 기자 이외에 총무와 고문을 둠

부산에서 개최되는 행사 각종 후원 및 주최

영화, 연극, 음악, 서화 관람회, 관광, 무도, 야담 등

다양한 분야의 행사를 후원하거나 주최

기자를 두어 취재 활동을 벌이고

동래 인근 지역의 소식을 전함

.

.

.

.

나는 선생님과 그리고 다른 독립운동 지사분들과 함께 선생님이 세우신 계획을 수없이 검토하고 수정하며 완성된 계획을 세우게 되었다. 그 후 우리는 취재 활동을 위한 몇 명의 기자와 정보원, 지국장 등의 직원들을 역임하는 데에 주력했다.

"선생님, 이제 모든 준비가 끝났으니 이제 지국을 설립하기만 하면 될 것 같습니다!"

이러한 우리의 노력으로 1923년 조선일보 동래지국이 세워졌고 우리는 장진홍 선생님께서 세우신 계획대로 여러 소식들을 전하고 독립운동에 필요한 물품을 조달해줄 보급망을 넓히기 위해 노력하였다. 또한, 우리는 조선일보 부산지국 통신부로 바꾸며 우리의 노력으로 지국의 내부 조직을 확대개편해 가면서 영역을 넓혀 나갈 수 있었다.

이로부터 4년이 지나고 1927년, 우리의 조선일보 동래지국은 우리의 계획대로 진행되었고, 우리는 독립운동을 멈추지 않고 하나의 계획을 더 세웠다.

그 계획은 바로 매약상을 이름의 빌려 각지를 전전하며 일제에 큰 타격을 주기 위한 시기를 기다리는 것이었다. 선생님, 나 그리고 몇 명의 독립운동 지사분들은 매약상의 이름을 빌린 후 경상 경산시장 매약상에서 종사하였다.

우리는 여느 때와 다름없이 매약상에서 종사하고 있었다. 그런데 그때, 선생님과 나이가 비슷해 보이는 한 남성과 우리나라 사람처럼 보이지 않는 남성이 선생님 앞으로 다가오더니 나이가 비슷해 보이는 남성과 선생님이 포옹을 하고 외국 남자처럼 보이는 남성과는 악수를 하며 서로 안부를 나누기 시작했다.

나는 갑작스럽게 다가온 그 사람들이 누군지는 몰랐지만 '선생님과 서로 아는 사이라면 독립운동가일거야'라고 생각하며 선생님이 계신 곳으로 다가갔다.

"안녕하십니까? 저는 장진홍 선생님과 함께 다니며 독립운동을 하고 있는 OOO이라고 합니다."

나는 선생님 옆으로 가 그 남자들에게 일단 인사를 하였다.

"안녕하세요, 저는 독립운동가이고 지금은 광복군에서 활동하고 있는 이내성이라 합니다."

나의 예상대로 이분은 독립운동가셨다. 나는 인사를 짧게 나눈 후 옆에 계신 분과도 인사를 나눴다.

"안녕하세요, 저는 폭탄 전문가 굴절무삼랑이라고 합니다."

옆에 있는 남자를 가까이서 보니 얼굴도 한국 사람 같지 않았고 말투가 조금 어색하였다. 그리고 갑자기 폭탄 전문가라니……. 나는 무슨 일인지 의아했다.

내가 의아해하는 표정을 짓자 그분은 나에게 자신은 한국 사람이 아니고 일본에서 온 사람이라고 말을 해주셨다.

나는 그분이 일본인이라는 말을 듣는 순간 흠칫하였지만 나는 '선생님이 아시는 분이라면 괜찮을 거야'라고 생각하며 나의 긴장감을 풀었다.

인사를 나눈 우리는 근처의 실내로 들어가 이야기를 더 나누었다.

대화를 나누며 나는 이내성이라는 독립운동가 분이 선생님께 굴절무삼랑이라는 독립운동 지사분을 소개해주기 위해 선생님을 찾아왔다는 것을 알게 되었다. 굴절무삼랑이라는 분은 한국 사람은 아니고 일본 사람이지만 한국의 독립을 염원하고 한국의 독립에 조금이라도 도움이 되기 위해 선생님을 찾아온 분이셨다.

선생님과 이내성, 굴절 선생님은 대화를 나누기 시작하였고 나는 선생님의 옆에서 세분의 대화를 듣고 있었다.

그때, 선생님은 갑자기 나를 부르시더니 잠깐 밖에 나가있으라고 말씀하셨다. 나는 영문도 모른 채 밖에 나가게 되었고 가만히 있을 수 없던 나는 작게 들리는 대화의 내용을 엿들었다.

"내가 지금 일제의 관공서와 은행을 폭파시킬 계획을 세우고 있다네. 그래서 말인데 혹시 자네가 폭탄을 구입해 나에게 가져다줄 수 있겠나?"

"그거야 가능하기는 하지만……."

선생님이 굴절 선생님께 폭탄을 요구하는 소리가 밖에서 들렸고 굴절 선생님도 그것을 수락하기는 하셨지만 무언가를 걱정하는 것 같은 것처럼 들렸다. 하지만 굴절 선생님의 말투가 어색했을 뿐만 아니라 목소리가 작아 더이상 들을 수가 없었다.

내가 밖으로 나온 지 20분 후, 굴절 선생님과 이내성 선생님께서 밖으로 나오셨고 장진홍 선생님께서도 뒤따라 나와 두 선생님을 배웅하셨다.

두 선생님을 배웅하신 선생님은 내가 있는 곳으로 다시 걸어오셨고 나는 선생님께 무슨 얘기를 나누셨는지 조심스럽게 여쭤보았지만, 선생님은 나를 지나쳐 우리가 원래 있던 자리로 돌아가셨다.

선생님이 나의 말을 무시한 것은 이번이 처음이었기에 나는 당황스러운 표정을 숨기지 못했다. 당황스러운 감정을 가라앉힌 나는 대화 내용이 무엇이었는지 매우 궁금해졌다. 하지만 선생님께 다시 여쭤보면 무시당할 것이 분명했기에 섣불리 여쭤보지 않았다.

그 후, 나는 선생님께서 나를 바깥으로 내보내고 대화를 할 정도로 중요한 그것에 대해서 알아내기 위해서 선생님의 행동을 감시하기로 하였다.

다음날, 선생님과 나는 여느 때와 다름없이 매약상으로 종사하고 있었다. 하지만 나에게는 선생님을 관찰하는 임무가 있었기에 나는 다른 날들에 비해 선생님과 더욱 가까이서 생활하게 되었다.

하지만 선생님은 다른 날과 똑같이 매약상으로만 종사할 뿐 다른 특별한 행동을 보이시지 않았다.

내가 선생님을 관찰한 지 3일 후, 선생님과 나는 하루의 일과를 모두 끝낸 후 집으로 돌아가 휴식을 취하고 있었다. 그때, 밖에서 선생님과 다른 독립운동 지사 선생님의 대화 소리가 작게 들렸다. 나는 휴식을 취하다 말고 방문 앞으로 가 문에 귀를 대고 대화 내용을 엿듣기 시작했다.

"내가 폭탄전문가를 통해서 폭탄을 받아 조선은행을 폭파시키는 계획을 세우고 있다네. 나 혼자서는 버거울 듯하여서 자네가 혹시 도움을……."

나는 굴절 선생님과의 대화에서 선생님이 폭탄으로 조선은행을 폭파시킨다는 것에 놀라기도 했지만 나에게 이런 중대한 계획을 해주시지 않은 선생님께 실망감을 느꼈다.

내가 선생님의 얘기 소리를 엿들은 지 몇 분이 지나지 않아 문밖에서 선생님의 목소리가 들리지 않았다. 나는 재빨리 밖으로 나가 선생님이 계신 곳으로 찾아갔다.

나는 선생님의 방 앞에 서서 긴장된 마음을 가지고 문을 두드리고 방 안으로 들어섰다.

나는 선생님께 내가 엿들은 얘기들에 대해 선생님께 다짜고짜 물었다.

“선생님, 왜 제게는 그 사실들에 대해서 말해주지 않으신 거죠?”

나의 질문에 선생님은 당황한 듯 보였지만 나에게 무슨 소리냐며 모르는 척을 하셨다.

나는 선생님과 생활하면서 한 번도 선생님께 화를 내거나 소리를 친 적이 없지만 나에게 그 사실들에 대해서 말해주지 않은 것에 화가 난 나는 선생님께 처음으로 화를 내며 말하였다.

“왜 제게는 조선은행을 폭파한다는 사실들에 대해 말해주지 않으신 거냐고요!”

선생님께서 처음에는 모르는 척을 하셨지만 내가 이 사실들에 대해 알았다는 것을 알고는 화난 나를 진정시키셨다.

선생님께서 나를 선생님 방에 앉히고는 나에게 말씀하셨다.

“그래, 네가 알게 된 이상 이제는 말해주어야겠구나. 지금 나는 여기 계신 독립운동 지사들과 조선은행과 일제의 관공서를 파괴시킬 계획을 세우고 있다."

"하지만 이 일이 이전에 우리가 해오던 일보다 훨씬 힘들고 목숨까지 잃을 수 있는 위험한 일이기 때문에 너에게 이 사실들에 대해 말해주지 않은 것이란다."

이 말을 한 이후에도 선생님께서는 이런 위험한 작전을 함께 하기에는 아직 내가 어리고 위험하기 때문에 나에게 이 작전에 대해 말해주지 않은 것이라고, 화가 나고 배신감을 느낀 나를 진정시키셨고, 나는 선생님과 대화를 한 지 10여 분이 지나서야 진정을 할 수 있었다.

"죄송합니다. 선생님! 저는 선생님께서 그런 생각을 가지고 계신 줄도 모르고……."

선생님께 죄송하다는 말을 드리던 나의 볼에서 화가 나서 나는 눈물이 아닌 선생님께 대한 죄송함 때문에 눈물이 흘러내렸다.

선생님께는 우는 나를 달래며 말씀하셨다.

"원래는 무슨 일이 있어도 이번 작전에는 너와 함께 하지 않으려 했지만 네가 이렇게까지 화를 내고 슬퍼하는 모습에 너와 함께하지 않을 수가 없구나. 너만 괜찮다면 이번 작전도 함께 수행하면 좋겠구나."

그 후로 한 달이 지나, 선생님과 나는 만주에서 오신 굴절 선생님을 다시 만날 수 있었다. 하지만 굴절 선생님은 대량의 폭탄 대신 소량의 폭탄 몇 개 밖에 가지고 있으셨다.

"도대체 무슨 일이오?"

"미안하오……."

굴절 선생님은 미안하다는 말과 함께 소량의 폭탄 밖에 가지고 오지 못한 이유에 대해서 말씀하셨다.

"내가 원래 가지고 있던 폭탄들은 모두 기성폭탄들인데, 이 폭탄들이 성능이 너무 약하고 만주에서 이곳까지 그 많은 폭탄들을 가지고 오기에는 일제의 경비가 너무 심하였소."

이 말과 함께 굴절 선생님은 자신이 가지고 온 소량의 폭탄들을 꺼내셨다. 그 안에는 나의 손바닥 2배 정도 되어 보이는 폭탄 5개와 긴 줄이 3개 정도가 들어있었다.

굴절 선생님은 이 폭탄들이 크기는 작지만, 성능이 다른 폭탄들에 비해 뛰어나다며 이 폭탄을 만드는 방법에 대해서 알려주셨다.

굴절 선생님에게 제조법에 대해 배운 나와 선생님은 집으로 돌아와 다른 독립운동 지사들을 불러 모았다.

모든 사람들이 모인 후 선생님은 선생님의 책상 서랍에서 서약서 한 장을 꺼내시고 근엄한 말투로 말씀하셨다.

"여기 내용들을 모두 읽어 보시오."

〈서약서〉

첫 번째, 폭탄투척을 속히 실행할 것.

두 번째, 도로 공사장 또는 광산 등의 노동자를 매수하여 입수할 것.

세 번째, 만일 검거되면 동지들과의 관계를 자백하지 아니할 것.

네 번째, 한 사람이 전 책임을 질 것.

.

.

서약서를 모두 읽은 독립운동 지사들은 이에 대해 동의한 후 헤어졌다.

이로부터 며칠이 지나서도 선생님과 나는 계획을 실행하기 위해 준비를 하는 데 모든 신경을 쏟아부었고 우리는 영천으로 가 박문선 선생님을 찾아 뵈었다.

우리가 박문선 선생님을 찾아뵌 이유는 폭탄을 제작하기 위한 재료들을 구입하는 것이었다. 박문선 선생님은 우리가 폭탄 재료들을 구입할 수 있도록 매약 행상인인 소림봉치로부터 도움을 주었다.

이렇게 우리는 소림봉치로부터 총 3회에 걸쳐 다이너마이트, 뇌관 각 30개, 도화선 25척을 넘겨받았고 그에 대한 대가로 대금 15원을 지불하였다.

우리는 폭탄을 투거하기 위한 모든 준비를 끝냈고 마지막으로 함께 하기로 한 다른 독립운동 지사들을 불러 모았다.

"우리가 계획을 수행하기 위해 서약을 한 지 2달이 지났소. 우리가 폭탄을 투척해야 할 장소는 경찰부, 조선은행, 식산은행, 법원, 형무소, 동척 대구지점, 지서, 대구부호 모씨 댁으로 총 9곳이오."

선생님이 작전에 대해 말을 하고 있는 도중 황진박 선생님이 갑자기 말을 꺼내셨다.

“나도 원래 이 작전에 참여하려 하였지만, 일신상의 이유로 참여하기가 힘들 것 같소. 미안하오.”

황진박 선생님 외에 2명의 독립운동 지사들은 이 작전에 참여하기로 했지만, 선생님께서는 이 계획을 나와 함께 단독으로 추진하기로 결심을 하셨다.

폭탄제조법을 전수받은 지 2달 정도가 지나 선생님과 나는 마지막으로 폭탄을 제조하고 실험하기 위해 우리의 고향인 칠곡의 산중 협곡 중 휘안고개로 갔다.

우리가 산중 협곡으로 간 날짜는 1927년 10월 1일으로 그날에는 우리가 폭탄 실험을 할 수 있도록 하늘이 도왔는지 천둥 번개가 치고 폭우가 쏟아져 내렸다.

선생님은 이날이 폭탄 실험을 하기 위해 적합하다고 판단하여 재빨리 폭탄을 제작하기 시작하셨다. 나는 선생님을 보조하기 위해 선생님의 옆에서 선생님의 심부름을 기다리고 있었다.

그때 선생님께서 나에게 말씀하셨다.

“OO아, 새 가마솥을 좀 가지고 오너라.”

“네, 선생님…….”

선생님의 심부름에 나는 일단 대답을 하였지만 나는 선생님께서 갑자기 가마솥을 가지고 오라는 말에 당황하였다.

나는 새 가마솥을 가지고 선생님께 가져다드렸다. 선생님은 가마솥을 살펴보더니 갑자기 가마솥을 망치로 작게 부수기 시작하셨다. 나는 선생님의 갑작스러운 돌발 행동에 당황하여 선생님께 여쭈어보았다.

"선생님, 이 가마솥은 왜 부수시는 거죠?"

"아 이걸 폭탄 파편으로 쓰려는 거란다."

내가 선생님과 잠깐 대화를 하는 동안 가마솥은 산산조각이 나 있었고 선생님께서는 이 조각들을 모아 폭탄의 본체에다 넣기 시작하셨다.

"우리가 폭탄 성능을 실험할 수 있도록 하늘이 돕는구나, OO아, 폭탄 가까이 있으면 위험하니 안전한 곳을 찾아 그 뒤로 숨자."

폭탄 제작을 모두 완성한 선생님은 나에게 우리가 몸을 숨길만 한 장소를 찾아보라고 말씀하셨고, 나는 숨기 마땅한 곳을 찾아 그 뒤로 몸을 숨겼다.

나를 멀리 보낸 선생님께서는 폭탄의 심지에 불을 붙이시고 협곡의 사이에다 폭탄을 놓고는 재빨리 내가 숨어있는 곳으로 뛰어오셨다.

선생님이 뛰어오신 지 2분 정도가 지나고 폭탄은 엄청난 굉음과 함께 폭파하였고 협곡의 양 벽이 무너졌다.

폭탄의 엄청난 위력에 놀라신 선생님이 말씀하셨다.

"이 정도로 폭탄의 위력이 강할 줄은 몰랐구나, 이 정도면 충분할 것 같다. OO아, 그럼 나머지 폭탄도 모두 제작하자!"

나와 선생님은 경찰부, 조선은행, 식산은행 등 9개의 장소를 폭파하기 위한 폭탄 9개를 제작하였고, 이로 거사를 위한 모든 준비가 완료되었다.

그 뒤로 우리는 자동차를 이용해 폭탄을 투척하기 위한 계획을 세우고 이를 실행하려 하였지만, 운전사를 매수하는데 문제가 생기게 되었고 우리는 투척 장소를 변경하여 경북도청, 경북경찰부, 조선은행 대구지점, 식산은행 대구지점, 대구 부호집 등의 5개의 장소로 정하였다.

1927년 10월 17일 거사를 실행하기 위해 단 하루가 남아있었다. 장진홍 선생님께서는 제작한 9개의 폭탄 중 6개만의 폭탄을 사용하기로 하셨는데, 6개의 폭탄 중 1개는 우리의 자택에 놔두고 1개는 자살용으로 1개를 품속에 지니고 계셨다.

오후가 되고 선생님은 나머지 폭탄 4개를 챙겨 나와 함께 자전거를 타고 집을 떠났다. 우리가 자전거를 타고 몇 시간이 지나 우리는 대구 달성정 매서 김상한 독립운동 지사의 집에 도착할 수 있었다.

김상한 독립운동 지사는 우리를 반갑게 맞이하였고 우리는 하루를 그의 집에서 머물 수 있도록 허락을 받았고, 그날 밤 나는 선생님과 같은 방에서 자게 되었다. 나는 눈을 뜨고 다음 날 우리의 계획을 실행한다는 사실에 잠이 오지 않아 눈을 뜬 채 천장만을 바라보고 있었다.

그때 선생님께서 내가 잠을 자지 못하고 뒤척이고 있었던 탓인지 나에게 말을 거셨다.

“OO아, 우리 계획은 성공할 테니 너무 겁먹지도 긴장하지도 말거라…….”

나는 나의 긴장을 풀어주는 선생님의 말씀에 조금 안심하고 그날 밤을 무사히 보낼 수 있었다.

다음 날 오전 8시 눈을 뜨고 계획을 실행할 준비를 하였다. 1시간이 지나고 나와 선생님은 모든 준비를 마치고 포장용 신문 및 마뉴, 폭탄 4개를 자전거 하대에 싣고 그의 집에서 그리 멀지 않은 덕흥여관으로 향했다. 우리는 여관에 도착해 그곳의 점원에게 말했다.

"우리는 부내 남산정 길전상점의 점원인데, 전날 밤에 2층 청소 중 추락하여 부상을 당해 4, 5일간 쉬기 위해 이 여관에 왔으니 묵게 해 주십시오."

그러자 여관 사환인 박노선이 우리를 여관의 2호실로 안내하였다.

우리는 가져온 폭탄 4개를 각각 신문지로 포장하여 박노선에게 전해주며 우리가 둘 다 지금 다친 터라 걷기가 힘들기 때문에 이 선물을 조선은행, 도청, 식산은행의 순서로 신속하게 배달을 해달라고 요청을 하였고 박노선은 항상 친절했던 장진홍 선생님께 고마운 마음을 가지고 있어 4개의 폭탄을 의심 없이 받아들고 여관을 떠났다.

우리는 박노선을 떠나보내고 옷을 갈아입은 후 박노선 뒤를 쫓았다.

그는 조선은행 앞에 도착한 후 은행원에게 포장된 선물을 건네었다. 우리는 그가 선물을 무사히 건네는 것을 보고는 다음 장소로 떠나려고 하는데 나는 선물을 받은 은행원이 포장지를 뜯더니 선물 박스를 열려고 하는 것을 보았다.

나는 다급하게 선생님을 불러 세웠고 우리는 그 은행원이 선물 박스를 열고 2초 동안 가만히 있더니 깜짝 놀라며 얼굴이 창백해지는 것을 보았고 그 은행원은 크게 소리쳤다.

"폭탄이다!!"

그 은행원은 폭탄을 밖에다 놔둔 채 은행 안으로 들어가 가위를 가져와 불타고 있는 도화선을 잘라버렸다. 그 후 박노선의 자전거에 있는 나머지 폭탄 3개를 들고는 은행의 자전거 주차장으로 다급히 옮겼고 그는 재빨리 도망쳤다.

나는 그때 폭탄을 들고 은행 안으로 들어가 폭탄을 던지고 싶은 마음이 굴뚝같았으나 내가 그 행동을 하면 선생님도 위험에 처해질 것이 분명하였기에 섣불리 행동하지 못했다.

은행원이 폭탄을 주차장으로 옮긴 지 2분 정도가 지나고 주차장에서 요란한 굉음과 함께 폭탄 3개가 연달아 터졌다. 은행에서 저 멀리 벽 뒤에 숨어 있던 우리는 굉음과 함께 그곳에 있던 은행원과 경찰관 5명이 폭탄의 파편에 맞으며 쓰러지는 것을 보았다. 또한 폭탄으로 인해 은행의 유리창들이 박살 나 주차장을 날았고 그 유리 조각들이 선생님과 나의 옆을 아슬아슬하게 지나쳐가는 것 또한 보았다.

폭탄의 폭발과 유리조각에 다리에 힘이 풀린 나는 바닥에 털썩 주저앉았고 선생님께서도 사람들이 도망치고 그 주위에 있던 경찰관들이 다급하게 움직이는 그 광경을 바라보고만 계셨다.

안정을 되찾은 우리는 그 장소를 벗어나 다시 김상헌 독립운동 지사의 집을 찾아가 놔두고 온 짐들을 모두 챙겨 옷을 갈아입은 후 선산군 해평면으로 피신하였다.

우리가 그곳에 도착하자 그곳에는 황진박, 박관영 독립운동 지사들이 우리를 맞이하였다.

"축하하네, 장진홍 선생."

그들은 우리가 성공할 것을 알고 있었다는 듯이 우리를 축하해주었고 그날 밤 우리는 축제를 열어 성공의 축배를 나누었다.

다음날 우리는 폭탄으로 인해 은행원, 경찰관 5명과 주위에 있던 많은 시민들이 부상을 당하였고, 일제는 일경들에게 비상근무 령을 내려 범인을 수색하는데 혈안이 되어 있다는 소식을 들었다. 또한, 지인들을 통해 우리의 폭탄을 배달해준 박노선은 일경들에게 잡혀 폭탄 운반 경위를 심문당하고 있다는 것을 들을 수 있었다.

나는 우리의 폭탄 때문에 아무것도 모르는 박노선 선생이 심문을 당하고 있다는 것에 죄책감과 미안함을 느끼며 하루를 우울하게 보내고 있었지만 장진홍 선생님께서는 내가 우울한 것을 보고 내가 죄책감을 느끼고 있다는 것을 알아차리셨는지 나에게 다가와 나의 등을 토닥이며 말씀하셨다.

"너무 그럴 필요도 없다 OO아!"

"네……. 선생님."

나는 선생님의 위로에 대답을 하기는 하였지만 나의 마음속에는 여전히 죄책감이 남아있었다.

또한, 우리는 대구의 독립운동 지사로부터 일제가 이 사건의 범인이 밝혀지지 않자 일제는 수사본부를 대구에 두어 전국적으로 비상경계망을 펴 범인을 수색하고 있다는 소식을 들을 수 있었다. 일제는 현장에서 확보한 자료를 검색하는 동시에 여관에 남겨 놓고 간 물품 및 폭탄제조와 그 포장에 쓴 물건 등을 근거로 하여 경북의 경찰, 헌병, 관공서 직원 등을 총동원하여 과거에 조금이라도 의심이 있던 사람들을 모두 수색, 검거하고 있었지만 단서조차 발견할 수도 없었다.

이렇게 되자 일제는 전에 독립운동에 종사한 적이 있는 이정기 외 8명의 독립운동 지사들을 검거하여 악독한 고문으로 자백을 받아 진범으로 꾸며 대구지방법원 검사국에 송치하여 공판에까지 회부하는 사건이 발생하였다.

"이런, 일이 뜻대로 풀리지 않았구먼."

이 소식을 들은 그날 밤, 선생님께서는 일이 뜻대로 풀리지 않았음을 매우 억울해 하셨고, 나도 우리로 인해 다른 독립운동 지사들이 큰 피해를 본 것에 대해 우울해졌다.

다음날, 선생님께서 나를 선생님의 방으로 부르셨다.

"OO아, 우리의 계획이 뜻대로 풀리지 않은 것은 사실이지만 우리가 이렇게 우울해하며 가만히 있어서는 안 될 것 같구나."

"그럼 혹시 ?"

"그래, 다시 한번 시도해 보자꾸나."

"네, 선생님!!"

나는 이번에는 꼭 완벽하게 성공하리라는 마음으로 선생님의 제안을 수락하며 선생님과 계획을 세웠다.

우리의 두 번째 계획은 폭탄을 안동경찰서와 은행에 투척하는 것이었다. 우리는 선생님의 친족인 장용희 선생님이 있는 안동으로 향했다. 그를 만나 이번 계획에 동참하도록 설득을 하였고 그가 폭탄을 투척할 수 있도록 계획을 세웠다.

11월이 되어 우리는 폭탄 3개를 만들어 거사를 실행에 옮기기 위해 다시 장용희 선생님을 찾아갔다. 그의 집 앞에 도착하여 문을 두드렸다. 원래 같았더라면 그는 바로 나와 우리를 반갑게 맞이하였겠지만 그는 반응이 없었다.

우리가 그의 집으로 들어가려던 찰나 뒤에서 누군가 우리에게 말을 걸어왔다.

“거 누구를 찾소?”

우리 뒤에서 말을 걸어온 사람은 그의 동네 주민으로 보이는 한 노인이었다.

“아 네. 이 집 주인이 없는 것 같아 찾고 있습니다.”

“그 집 주인 지금 병에 걸린 것 모르오? 자기가 무당이 된다나 뭐라나. 아무튼 그거 때문에 뭔 이상한 병에 걸려 지금은 무당에 있을 거여. 꼭 만나야 되면 거기로 가 보든가…….”

우리는 노인에게 그가 병에 걸렸다는 사실을 듣고 집으로 발길을 돌렸다.

우리의 계획의 적임자였던 장용희 선생님의 부재로 인해 우리의 계획은 뒤로 미루어졌고 선생님께서는 또 다른 적임자로 생각되는 김사실 선생님을 찾아가셨다.

선생님께서는 집을 떠난 지 하루가 지나 그의 동의를 얻고 돌아오셨고 집에 오자마자 바로 폭탄제조 과정에 들어가셨다.

그렇게 거사를 위해 준비를 하던 어느 날, 누군가가 우리 집으로 찾아와 문을 두드렸다.

"시쯔레이마스…….(실례합니다)"

문을 두드린 사람은 일본 사람이었고 나는 문 앞에 서서 물었다.

"누구십니까?"

"니혼준사다(일본 순사다)."

일본 순사의 갑작스러운 방문에 흠칫 놀란 나는 조심스레 문을 열었다. 문 앞에는 일본 순사 2명이 서 있었고 나는 그들에게 물었다.

"무슨 일입니까?"

"초오사스루 타메니 키타(조사를 하기 위해 왔다)."

"무슨 조사 말입니까?"

"이젠 앗타 초오센긴코오바쿠하지켄노 초오사노 타메니 키타(전에 있었던 조선은행 폭파 사건을 조사하기 위해 왔다)."

조선은행 폭파 사건이라는 순경의 말에 나는 바짝 긴장을 한 채로 태연한 척 말하였다.

"아, 그렇습니까? 그렇담 협조하도록 하지요."

나는 조사에 협조하는 척하며 그 사건에 대해 잘 모르겠다며 순경을 속였고 조사를 한 지 10분 정도가 지나 그들은 집을 떠났다.

그날 밤, 나는 낮에 있었던 일을 선생님께 말씀드렸고 선생님은 알았다며 나에게 말씀하시고는 선생님의 방으로 들어가셨다.

다음 날, 나는 아침을 먹기 위해 아침상을 차리고 있었고 선생님께서도 방에서 나와 식탁에 앉으셨다. 그때 선생님께서는 아침을 차리고 있는 나를 불러 식탁에 앉혔다.

“OO아, 이리 와 앉아 보거라.”

“어제 네가 말했듯이 일제가 수사망을 점차 좁히고 있는 터라 또 다른 계획을 실행하기에는 힘들 것 같구나. 하지만 이대로 주저앉을 수는 없으니 이번에는 여기서가 아니라 일본으로 넘어가 다시 한번 시도해 보자꾸나.”

“네? 일본이요?”

“그래, 여기에 더 있다가는 일제에게 발각될 것 같으니 차라리 일본으로 넘어가 계획을 실행하는 것이 더 좋을 것 같구나.”

1928년 2월 중순쯤, 우리는 결국 일본으로 넘어가게 되었다. 우리는 자성, 복도, 기옥, 청삼 등지를 돌아다니며 몇 달 뒤에 실시할 거사를 위해 계획을 세웠고 마지막으로는 대판으로 가 안경점을 운영하고 있는 동생 장의환을 찾아갔다.

장의환 선생님께서는 우리를 반갑게 맞이한 후 자신의 집 안으로 우리를 들였다. 선생님과 나는 장의환 선생님께서 안내하는 길을 따라 들어갔고 그곳에는 우리 말고도 2명의 성인 남자와 선생님의 자식으로 보이는 아이 두 명이 앉아 휴식을 취하고 있던 중이었다.

“안녕하십니까, 장진홍이라고 합니다.”

"안녕하세요, 선생님의 보조원으로 선생님과 함께 생활하고 있는 OOO이라고 합니다."

"네, 어서 오세요."

우리가 만난 사람들은 직공과 이춘득이라는 사람과 여성 한 명이었는데 직공은 노동을 하기 위해 일본으로 건너온 조선인 노동자였고 이춘득은 안경을 팔기 위해 일본으로 넘어온 안경도매상이었다. 그리고 여성 한 명은 일본인처럼 보였는데 한국말을 못하는 탓이었는지 소개를 하지 않았다.

우리는 이들과 인사를 나눈 후 각자의 휴식을 취하고 있었다. 우리가 그의 집에 도착하고 몇 시간이 지나 장의환 선생님께서 우리 모두를 식탁으로 불러 모아 앉히고는 술병과 술잔을 부엌에서 내오셨다.
그렇게 우리는 술을 함께 마시고 서로 대화를 하며 유쾌한 분위기가 무르익고 있었다.

그때, 장의환 선생님께서 집 문을 벌컥 열며 소리를 지르셨다.

"순사다!!"

선생님의 외침에 우리는 모두 놀라며 자리에 앉아 있었지만, 선생님께서는 벌떡 일어나서 나의 팔을 잡으시더니 식탁 위의 전등을 깨고는 옆에 있는 창문으로 몸을 돌리셨다. 선생님께서는 창문으로 뛰어내리시며 나에게 소리치셨다.

"OO아, 도망치거라!!"

나는 선생님의 외침에 선생님을 따라 집 밖으로 뛰쳐나갔고 집 옆에 있던 큰 풀숲에 몸을 숨기었다.

풀숲에 몸을 숨긴 나는 선생님께서 창문 밑에서 대기하고 있던 일경 5명에게 체포당하고 계신 것을 보았고 그때, 장의환 선생님의 집에서 우리와 함께 있었던 안경도매상 이춘득과 말이 없던 여성이 웃으며 나오고 있는 것을 보았다.

"아……, 우리가 속셈에 꾀어 넘어갔구나."

그들은 일제의 지시에 따라 행동하던 사람들이었고 우리를 가둬두기 위해 선생님의 댁에서 함께 있었던 것이다.

그때 여성 순사가 갑자기 소리쳤다.

"남자아이, 이자와 같이 있던 남자아이가 사라졌다!!"

그러자 일경들은 흩어져서 나를 찾기 시작하였지만, 저녁이었던 탓에 나를 찾지 못하고 결국엔 선생님만 체포한 뒤 차를 타고 떠났다.

선생님을 잃은 나는 그 자리에서 주저앉았고 눈물을 흘리기 시작했다.

"죄송합니다, 선생님……."

내가 좌절하여 주저앉아 있던 그때 장의환 선생님께서 나에게 다가와 나를 일으킨 뒤 선생님의 집으로 데리고 갔고 좌절에 빠져 선생님의 방에 누워있던 나는 눈물을 흘리다 지쳐 잠이 들었다.

다음 날, 나는 장의환 선생님께 장진홍 선생님의 소식을 전해 들었고 3일 뒤 재판이 있을 것이라는 소식도 전해 들었다.

그렇게 나는 선생님이 3일 뒤까지 무사하기를 바라며 재판 날이 오기까지 기다렸고 3일이 지난 재판 날 장의환 선생님과 나는 기자로 위장을 한 채 선생님의 재판장으로 찾아갔고 재판장의 뒤에 앉아 선생님이 나오기까지 기다리고 있었다.

몇 분 뒤 재판장에는 일본 순사들과 판사, 검사, 변호사가 들어왔고 마지막으로 선생님께서도 뒤따라 나오셨다.

선생님을 본 나는 선생님께 내가 여기 있다며 소리를 지르고 싶었지만 바라볼 수밖에 없었다.

그렇게 재판이 시작되고 일본인 검사는 자리에서 일어나 선생님께 질문하였다.

"나제 초오센긴코오오 바쿠하시타노카(왜 조선은행을 폭파한 것이냐?"

조선은행 폭파범이 우리라는 사실까지 알아챈 검사의 질문에 선생님께서는 일경의 심문에 단호하게 대답하셨다.

"일제가 한국을 독립시켜 주지 않는다면 일본이 멸망할 날도 그리 멀지 않을 것이며 이번 거사는 야만 일본을 타도하기 위하여 정의의 폭탄을 던진 것인데 성공하지 못하고 너희들의 손에 붙들린 것이 천추의 한이다."

"한국의 피를 받은 자로서 일제 경찰의 주구가 되어 동족의 광복 운동을 이다지도 방해하는 악질 조선인 경관의 죄상이야말로 나의 죽은 혼이라도 용서할 수 없다."

선생님께서는 일제의 판사 검사에게 호통치시고는 주머니에 있던 돌을 꺼내 판사를 향해 던지며 외치셨다.

"대한민국 만세!!"

선생님의 꾸짖음과 호통에 재판장이 술렁였지만 일제의 검사는 꿋꿋이 질문을 계속하였고 검사의 심문이 모두 끝나자 판사는 선생님께 사형 선고를 내렸다.

나는 사형이라는 결과를 이미 알고 있었지만, 선생님의 사형이 확정됐다는 생각에 다시 눈시울이 붉어졌다.

그렇게 재판이 끝나고 선생님께서는 자리에서 일어나 밖으로 걸어 나가셨고 나는 그 모습을 바라보고만 있었다.

그런데 그때 선생님께서 고개를 돌려 재판장 뒤를 돌아보시더니 나와 눈이 마주쳤다.

나는 기자로 변장하고 있었지만 나를 단번에 알아보신 선생님께서는 나를 향해 미소를 지으시더니 일경에 의해 밖으로 끌려가셨다.

선생님은 힘드셨겠지만 걱정할 나를 위해 따뜻한 미소를 지어주셨고 선생님의 그 미소가 선생님을 뵌 마지막 날이 되었다. 결국, 나는 눈물을 흘렸고 장의환 선생님께서는 나를 위로하며 나를 선생님의 집으로 데리고 가셨다.

재판이 있던 날로부터 3일 뒤, 일제에 치욕스러운 죽음을 당하느니 자결을 선택하신 선생님이 순국하셨다는 소식과 자결 전 선생님이 작성하신 하나의 편지가 왔다.

사랑하는 아우 진환, 나에게 아우나 다름없는 OO아, 너희들 모두 나를 걱정하고 있겠지만 너무 걱정하지 않았으면 좋겠구나. 내가 비록 사형 선고를 받아 너희들보다 먼저 세상을 떠나게 되겠지만 나는 우리나라의 독립을 위해 운동하다 떠나게 됐으니 나는 후회를 하지는 않는다. 너희들 또한 우리나라를 위해 목숨 바쳐 싸우고 후회 없는 삶을 살았으면 좋겠구나.

진환아, 나의 동생으로 태어나줘서 고맙고 너보다 먼저 떠나게 되어 미안하구나. 이 못난 형을 용서해다오.

그리고 나의 영원한 벗 OO아, 나와 함께 있어 줘서 고맙다. 내가 비록 떠나게 되었지만, 너도 끝까지 나와 함께 했던 날들을 떠올리며 열심히 살았으면 좋겠구나.

얘들아 형은 하늘에 가서도 너희들을 응원할 테니 너희들의 뜻을 이루며 살아라!! 그리고 형이 미안하다.

장 진 홍

김기자의 알쓸대야

김기자의 알쓸대야

백 선 웅

방송국에서의 생활

'10시간.'

지난 3일간의 내가 사람같이 잔 시간이다. 일단 나를 간단히 소개하자면 이름은 대한민국에서 가장 많다는 김민성이고 대구 토박이로 대구에서 평생을 나고 자란 사람으로서 취업은 꼭 서울로 하라는 부모님의 만류에도 불구하고 집값이 싸다는 현실적이지만 어떻게 보면 어처구니없는 이유로 대구의 방송사를 들어갔다. 그것이 일생일대의 잘못된 선택일 것이라는 것을 국장은 알았는지 내게 탈락이라는 기회(?)를 주었다. 하지만 나는 바보같이 방송국을 포기하지 않았고 그 결과 합격을 해버렸다! 이런 거지 같은 일을 하게 된 건 아마 내 인생에서 가장 후회되는 선택이라고 자부한다. 처음 기자가 되고 나는 내게 직속 상관 김상훈을 만났다. 그냥 편하게 김기자라고 부르겠다. 김기자의 첫인상은 전형적인 쓰레기 상이었다. 관상학은 과학이라는 말이 딱 들어맞듯이 그는 아니나 다를까 첫 만남부터 나이가 많다는 이유로 반말을 사용했다. 또한, 그는 후배에게 커피 하나 사주지 않으면서 심부름만 시키는 구두쇠 그 자체였다. 그는 나를 포함한 모든 기자에게 악명이 자자한데 일단 김기자에 대한 몇 가지 일화를 소개해보자면 퇴근하고 집에서 휴대폰을 두들기고 있을 때 김기자에게 전화가 왔다. 무려 밤 1시에 말이다!

"민성아 큰일 났어. 당장 화장실로 오지 않으면 내가 죽을지도 몰라."

그때는 뭣도 모르는 시절이어서 행여 그가 납치라도 당한 건 아닐까 노심초사하며 택시를 잡아 방송국에 갔다. 그리고 김기자는 내게 휴지를 요구하였다. 아마 그때였을 것이다. 내가 그의 커피에 침을 뱉기 시작한 것은. 하지만 김기자는 그런 줄도 모르고 오늘따라 커피가 맛있다며 나를 칭찬했다. 그는 기자로서는 매우 훌륭한 사람이었지만(물론 그렇게 훌륭한 건 아니다.) 사람으로서는 영 아닌 것 같았다. 그는 처음부터 얼굴에 철판을 깔고 자기 일을 하나씩 떠넘기기 시작하였고 내 삶은 더욱 고달파졌다. 그는 얄밉게도 내게 일을 떠넘기고는 당연한 듯 6시에 퇴근했다. 내 몸은 점점 사람이 아닌 글을 써대는 기계로 바뀌어 가는 듯했고 내 정신은 점점 피폐해져 갔다. 지금이 입사 5년 차인데 입사 4년 차까지는 사회부에서 여러 사건을 취재하러 다녔었다. 한마디로 회사에서도 나름 우수 인재인 것이다. 하지만 내가 저지른 큰 실수(?) 때문에 나는 편집실이라는 유배지로 유배되어 언제 다시 복귀할지도 모르는 채로 1평짜리 방에서 편집만 하는 신세가 되었다. 한마디로 말하면 그냥 버려진 거다. 난 그런 줄도 모르고 처음에는 악마 같은 김기자에게서 벗어난다는 즐거움에 하늘을 날아갈 것만 같았지만 차라리 밖에 나갈 때가 더 좋았다는 생각이 든다. 이렇게 편집실에 유배당할 줄 알았다면 고등학교 때 유튜브 편집하던 친구에게 물어봤을 텐데…….

곰곰이 생각해보니 나는 지금까지 많은 사고를 쳤던 것 같다. 인턴 기자 시절에 취재하던 곳에 카메라를 놔두고 온 적이 있었다. 수천만을 호가하는 카메라 값에 내 통장이 거덜 날 위기였지만 다행히 찾았다. 하지만 기자가 카메라를 놔두고 왔다는 소문이 퍼지면 방송국 이미지가 실추되는 건 당연지사였기에 귀가 닳도록 선배 기자들에게 시달렸다. 또한, 매사 덜렁거리고 급한 성격에 기사에 맞춤법과 문법 실수를 많이 해 항상 욕을 먹곤 하였다. 하지만 욕심은 욕심대로 많아 한때는 기사를 빨리 내보내야 한다는 강박관념 아래 정확히 사실관계를 체크도 하지 않은 채 기사를 내보냈다가 무려 국장실까지 불려가 온갖 소리를 다 들었던 것 같다. 그 기사로 인해 나는 모 커뮤니티에 기레기 리스트에 이름을 올리기도 하였다. 그곳에는 김기자도 있었고 기레기 타이틀보다 그와 같은 곳에 있는 것이 더 불쾌했다.

오늘도 어김없이 편집에 편집을 거듭하던 중 한 기사가 눈에 들어오게 된다. 대구 전역에서 아이들이 실종되고 있다는 내용이었다. 분명 이전에도 이런 사건이 있었던 것도 같다. 물론 내가 기자가 되기 전이지만 말이다. 한 명도 아니고 여러 명의 아이가 비슷한 시점에 사라졌다는 것이 뭔가 이상했다. 하지만 퇴근 후 집에서 티브이 보며 맥주 마실 생각으로 가득 찬 나는 그 일을 대수롭지 않게 넘겼다. 다음 날이 되자 나는 현재 하던 일을 그만두고 당장 어제 보았던 그 사건에 대해 취재하는 특별부서에 배정되었다. 이게 무슨 하늘이 무너지는 소리인가 하니 옆에 있던 동료 기자가 불쌍한 눈빛으로 날 보면서 말했다

"김기자님이 특별부서를 맡게 되었는데 부사수로 민성씨를 넣었대요."

그 말을 들은 나는 문뜩 의문이 들었다.

"김기자는 날 싫어하는데 왜 날 넣었지?"

나는 그런 의문을 그저 내가 부려먹기 편해서라는 이유로 생각을 중단하고 짐을 챙겨 김기자를 찾아갔다. 그는 내게 거들먹거리는 투로 내게 말했다.

"야 세상 나 같은 선배가 어디 있을까? 안 그래 민성아?."

그에게 남아있던 일말의 좋은 마음도 사라지는 기분이었다. 좋지 않은 상황만 겹치는 내 기구한 운명이 참으로 한탄스럽다. 내게 별 쓸데없는 소리만 해대던 김기자가 드디어 본론을 말하기 시작하였다.

"최근 아이들이 실종되고 있다는 것은 너도 들었을 거야. 그렇지?

"네 뭐……. 대충은."

김기자는 내 반응이 시원찮았는지 머리를 한 대 때린 후 이야기를 이어갔다.

"그래서 우리도 그 사건을 조사하게 되었다는 말씀."

나는 의아한게 있어서 물었다.

"그렇게 중요한 사건을 왜 김기자님이 담당하게 되었습니까?"

김기자는 당연하다는 듯이 말했다.

"짜샤, 당연히 이렇게 중요한 일에는 방송국 고급인력인 내가 나서야지 안 그래?"

나는 어이가 없어 마른세수하고는 김기자에게 사건에 대한 정보를 더 묻기 시작했다. 김기자는 웬일인지 친절하게 답해주었다.

"떠도는 정보에 의하면 경찰은 필사적으로 사건을 덮고자 하는 분위기야."

"사라진 아이들은 총 3명이고 실종지역은 달서구, 중구, 수성구고 한 가지 신기한 점은 실종자가 하나같이 다 7~10세의 여자아이야."

"민성아 무슨 냄새 나지 않냐?"

'냄새는 무슨 네 입 냄새겠지.'

약간 범인이 노린 것 같은 느낌이 나긴 하지만 이런 한정적인 단서만으로 별다르게 알아낼 것이라고는 없을 듯하여 일단 가장 먼저 실종된 아이가 살던 달서구 월성동으로 가 보았다. 차가 없는 나는 어쩔 수 없이 김기자의 차를 타고 이동하였는데 불편해 죽는 줄 알았다.

'30분이나 늦게 왔으면서 생색은 생색대로 내고 별꼴이다.'

아이가 실종되었다고 추정되는 월성동은 상상하던 것과는 달리 매우 평화로운 동네인 것 같았다. 월성동에는 학교가 많아 곳곳에 CCTV가 설치되어 있었고 또한 아이가 사라졌다는 거리는 매우 많은 사람이 지나가고 있었고 누구도 이런 곳에서 아이가 실종되었다고는 상상도 못 할 것 같았다. 40도에 육박하는 더운 날씨에 야외를 여기저기 돌아다닌다는 것은 살인행위와 같은 짓이기에 불과 30분 만에 김기자와 나는 탐색을 중단하고 근처 카페에서 커피를 마시고 있었다. 김기자는 내게 한 가지 질문을 던졌다.

"민성아, 너 생각에 하루 유동인구가 만 명에 육박하는 여기서 아이가 납치될 수 있을 거로 생각하냐?"

나는 그의 말에 답했다.

"힘들 것 같은데요?'

이에 그는 자기 생각을 말하기 시작하였다.

"아이를 납치한 범인은 아마 엄청난 실력자이거나 철저한 계획에 따라 납치했을 확률이 높아."

나는 그의 말에 공감하며 범인이 어떤 방법으로 아이를 납치했는지 깊은 생각에 잠기게 되었다. 생각은 퇴근하고 나서도 이어졌고 나는 쉽게 잠들지 못하였다. 조사 둘째 날, 김기자와 나는 두 번째 아이가 실종되었던 동성로에 도착하였다. 동성로는 대구의 심장이라고 할 만큼 아침임에도 불구하고 사람이 많았고 점점 사건은 미궁에 빠지는 듯하였다. 나는 굳이 방송사 기자 신분인 우리가 이렇게까지 기약 없는 취재를 해야 할까?라는 의문이 생겼고 그냥 시원한 곳에서 놀고 싶은 마음에 이제 취재를 중단하자고 김기자에게 말하려는 찰나 그는 내 생각을 읽기라도 한 듯 내게 경찰서에 가자는 말을 하였다. 나는 마지못해 불만 가득한 표정으로 그를 따라나섰고 경찰서에 간 우리는 평소 친하게 지내던 형사로부터 아이가 한 명 더 사라졌다는 말과 함께 충격적인 소식을 듣게 되었다.

"나도 별로 조사한 자료가 없어."

"사건이 알려지면 대구에 대한 이미지가 나빠질 것 같다고 윗선에서 사건을 조용히 처리하자고 말하네."

"이상한 것이 한둘이 아니지만 나 같은 말단 형사가 뭘 어쩌겠어."

형사는 주머니의 담배를 꺼내 들고 한탄하듯 말했다.

"세상이 말세야 말세."

그 말을 듣고 한동안 말을 잇지 못하였다.

'국민을 위해 존재하는 사람들이 고작 이미지 때문에 이렇게 몸을 사린다니 이게 말이 되는 일인가?'

'지금쯤 슬퍼하고 있을 아이들의 부모님을 봐서라도 이러는 건 사람이 할 짓이 아니다.'

'기필코 사건의 진실을 알아내어 일이 이 지경이 될 때까지 버려둔 사람들에게 정의를 보여주고 말겠다.'

이런 내 모습을 본 김기자는 내가 드디어 사람이 되었다며 머리를 때렸다. 나는 그의 눈을 흘기며 경찰서를 나온 후 실종된 아이들의 행방을 찾아보았지만, 평소 거의 생각을 하지 않았던 내 뇌는 그럴싸한 단서조차 찾아내지 못하였다. 처음으로 기자가 되고 꾀부리며 살았던 지난날을 후회하는 순간이었다. 그때 우리 앞에는 한 여자아이와 뒤따르는 무덤덤한 표정의 아저씨가 지나갔다. 아저씨는 마스크로 알아보지 못할 만큼 얼굴을 가렸고 나는 그들 사이에서 왠지 모르는 이질감은 느끼고 김기자에게 말했다.

"선배, 저기 앞에 지나가는 사람들 뭔가 이상하지 않아요?"

"저기 저 남자가 아이를 쫓아가는 것 같아요."

김 기자 또한 내 말에 앞을 주시하기 시작하였다. 그러던 순간 갑자기 남자는 아이의 입을 막아 아이를 차에 태우고는 유유히 길을 떠났다. 눈앞에서 납치되는 아이를 본 우리는 잠시 뭔가의 홀린 듯 머리를 흔들었고 이내 정신을 차려 그 남자를 쫓기 시작하였다. 하지만 이미 남자는 떠난 후였고 나는 그가 떠난 자리를 멍하니 바라보았다. 이내 나는 망연자실하여 사고를 막지 못했다며 자신을 한탄했다. 그때 김기자는 근처에서 남자가 떨어뜨리고 간 것으로 보이는 고이 접힌 종이를 발견하였다. 종이에는 정체불명의 숫자들이 쓰여 있었고 김기자와 나는 암호해독에는 아는 게 없던 터라 우리는 종이를 그저 바라보기만 하였다.

다음 날 신문에는 예상과는 달리 납지에 관한 내용은 어디에서도 찾을 수 없었고 나는 경찰이 의도적으로 언론에 이러한 사실을 알리지 않았다고 확신하였다. 그리고 나는 이 사건을 해결할 수 있는 사람은 우리뿐이라는 생각이 더 확고해졌다. 하지만 남자가 떨어뜨린 종이를 해석하지 않고서는 우리는 할 수 있는 것이 아무것도 없었다. 방송사 앞에서 만난 김기자는 전날과는 달리 얼굴에 근심이 가득하였고 나와 마찬가지로 다크서클이 그의 얼굴을 잠식해 가는 듯하였다. 나는 그가 종이의 암호를 푸는데 밤새 씨름하였을 그것으로 생각하였다. 날씨는 이런 내 마음을 알기라도 하는지 종일 흐렸고 오늘은 아무것도 알아내지 못한 채 집으로 향하였다. 무거운 몸을 이끌고 집으로 가는 길에 누군가 내 어깨를 잡았다. 나는 소스라치게 놀라 뒤를 돌아보았고 이내 한숨을 쉬며 말을 이어갔다.

"네가 여기까지 웬일이냐?"

고등학교 동창 송시원은 내게 말했다. 그로 말하자면 고등학교 시절부터 귀엽고 초등학생 같은 얼굴에 엄청난 욕 실력으로 소문이 자자했고 욕과 머리는 비례한다는 말을 몸소 보여주어 의사를 하고 있다. 어김없이 욕으로 말을 시작했다.

"너 데리러 왔지 새끼야 빨리 따라와 너 빼고 다 왔어."

그는 완강히 거절하는 내 목 뒷덜미를 잡고 나를 식당으로 데리고 갔다. 그곳에는 고등학교 졸업 후 한 번도 보지 못했던 친구들이 자리하고 있었다. 고등학교 이후 바쁘다는 핑계로 동창회를 비롯한 연락을 다 피해왔던 터라 모두가 반가웠다. 고등학교 때와는 달리 많은 것이 바뀌어 있었다. 하지만 친구들은 한결같이 나를 보자마자 각자 한마디씩 욕부터 하였다. 나는 10년 만에 만났다는 말이 무색하리만큼 그들과 근간의 회포를 풀었다. 하지만 웃고 있는 얼굴은 웃고 있었지만, 마음 한편에는 아직도 그 메모에 관한 생각이 가득했다. 내 표정을 친구들도 읽었는지 내게 진지하게 무슨 일이 있냐고 물었다. 나는 즐거운 분위기를 망치기 싫어 그냥 배가 아프다고 하고 잠시 일어나려던 찰나 내 주머니에서 그 남자가 남기고 간 종이가 떨어졌다. 옆에 앉아있던 친구 광재가 종이를 주워 펴보고는 말했다.

"여기 중구잖아."

그 순간 나는 그의 멱살을 잡고 소리를 질렀다.

"네가 여길 어떻게 아는 거지?"

광재는 겁에 질린 표정으로 내게 말했다.

"이거 위성 주소 적은 거잖아."

그 말을 듣고 나서야 나는 광재가 지리교사이고 지도를 보는 일에 누구보다 능통하다는 사실을 기억하고는 광재에게 사과한 후 곧바로 식당을 떠났다. 식당에서 나온 후 그 숫자들을 바로 지도에 입력하였다. 지도는 지금까지 수없이 고민해온 나를 놀리기라도 하듯 바로 중구에 한 주택을 가리켰다. 나는 김기자에게 연락할 새도 없이 택시를 잡고 주택으로 향했다. 주택은 중구라고는 상상도 할 수 없을 정도로 외진 산속에 있었고 불이 켜진 채 저 멀리서도 아이들의 웃음소리가 들려왔다. 내 발은 나도 모르게 집 쪽으로 향하고 있었고 집에 도착하려는 순간 경보음이 울렸다. 순식간에 집의 불이 꺼졌고 내가 집에 들어갔을 때는 뒷문으로 나갔는지 아무도 없었다. 나는 아무도 없는 집에 남아 나 자신을 자책했다. 사건을 해결할 수 있었음에도 나는 범인의 얼굴은커녕 남아있는 집에 덩그러니 놓여있는 가족사진밖에 건진 것이 없었다. 나는 김기자라는 조력자 아니 파트너가 있음에도 나 혼자 찾아갔다. 순간의 선택이 마지막일지 모르는 기회를 날려버린 것이다. 나는 김기자를 찾아갔다. 김기자는 나를 반갑게 맞아주었고 그런 그에게 느끼는 미안함의 감정은 더욱더 커져만 갔다. 나는 사실대로 모든 일을 털어놓았고 혼내고 윽박지를 줄 알았던 김기자는 내 어깨를 토닥이며 나를 위로해주기 시작하였다. 감정에 북받친 나는 결국 눈물을 흘리기 시작하였고 그는 내게 말했다.

"내 이야기 들어볼래?"

김기자의 이야기

입사 13년 차인 김기자가 처음 입사했을 때 그와 같이 입사한 입사 동기가 있었다고 한다.

"입사 동기는 나와 달리 명문대 출신에게 소위 말하는 엘리트 중의 엘리트였어."

"그는 모든 면에서 나보다 뛰어났고 처음 나는 그를 따라잡기 위해 미친 듯이 일했어."

"하지만 재능이 부족했던 건지 아니면 노력이 부족했던 건지 사람들은 내 노력을 알아주기는커녕 나를 그저 입사 동기의 짐이라고 말하기 시작했지."

"나는 큰 실망감을 느꼈고 그냥 모든 것을 놓아버리고 싶었지."

"그리고 나는 그때부터 내게 이득이 되는 일을 했지."

나는 언젠가 내가 동기와 김기자의 험담을 하고 있을 때 지나가던 재무팀 직원이 말을 듣고 그가 과거에는 회사에서 제일가는 노력파라는 말을 했던 것을 기억하였다. 그리고 지금은 그의 말이 진실이 되는 순간이었다. 그는 덤덤한 표정으로 말을 이어나가기 시작했다.

"맞아 나는 스스로 방송국의 문제아가 되기 시작한 거야."

"방송국 사람들은 나를 더욱 깔보고 이어서는 나를 원래 없는 사람인 것처럼 무시하기 시작했어."

"하지만 나는 아무렇지도 않았다?"

그는 비릿한 웃음을 지으며 말했다.

"왜냐면 내가 모든 걸 놓아버린 후에 충분히 일어날 일이라는 것을 알고 있었거든."

"그렇게 내 존재는 점점 방송국에서 사라져만 갔지."

"그런데 내 입사 동기만은 날 놓지 않았어."

"그는 끊임없이 날 다독여주고 사람들에게 나를 칭찬하고 다녔어."

"지금은 그게 진심이었다는 걸 깨달았지만 그때의 나는 그에게 열등감을 느끼는 상태였고 그가 날 동정하고 있다고 생각했지."

"왜냐면 내가 이렇게 된 이유가 그라고 생각했거든."

어느새 김 기자의 눈에는 눈물이 맺혀있었다. 나는 그의 어깨에 머리를 조용히 기대었다. 잠시 뒤 그는 아까보다 잠긴 목소리로 그의 말을 이어가기 시작했다.

"아침이 되어 나는 어김없이 지옥 같은 하루를 시작했어."

"방송국에 도착하자 사람들이 일제히 나를 쳐다보는 거야."

"나는 해고라도 당한 줄 알았는데 방송국 게시판을 보니 내가 특별팀 명단에 있더라."

"나는 진심으로 내가 왜 여기 있는지 궁금했어. 그리고 알게 되었지."

"나를 추천한 사람이 그라는 것을……."

"당장 그의 멱살을 잡고 이유를 묻고 싶었지만 내가 놀았던 탓에 그는 폭풍승진을 해서 어느새 내 상관이 되어있었다."

"내가 아무리 망나니처럼 살지만, 직장의 상하 관게를 망칠 정도의 분란을 일으키기는 싫어서 내 감정을 말을 하지 않는 것으로 대신하였지."

"나는 지기 싫은 마음에 그가 하는 말에 반대하였고 수사는 흐지부지되었어."

"피해자는 끊임없이 생겨났고 경찰은 열심히 수사할 기미가 보이지 않았지."

"그는 분노하였고 나는 그런 그를 외면하였어."

"내가 더 힘들다는 말로 말이야."

나는 조용히 그의 어깨를 토닥여주기 시작하였다.

"지금 생각해보면 다 나 자신의 무능함을 합리화시키기 위해 했던 짓인 것 같았어."

"무기력한 하루를 어김없이 보내던 어느 날 동료 기자는 평소와는 다른 격양된 목소리로 취재를 진행하자고 하였지."

"나는 그의 평소와는 다른 행동에 무슨 일이 생긴 것만 같은 느낌이 들었어. 그에게 다가가기는 너무 무안하여 묻지도 못하고 그저 지켜보기만 하였지."

“그 일이 있고 얼마 후 그는 방송국을 나갔고 놀랍게도 실종사건은 일어나지 않았어.”

“그가 나간 후 나는 모든 것이 내 잘못이라는 죄책감을 느끼고 누구보다 열심히 살려고 노력하였어.”

“실종사건을 몰래 조사함과 동시에 일을 하려니 몸이 따라주지 못했고 내 부사수들은 이런 나 때문에 고생만 했지.”

“하지만 나는 이 사건을 포기할 수 없어.”

그는 하염없이 흐르는 눈물을 닦으며 말했다. 그의 눈빛은 내가 아는 김기자가 맞나 싶을 만큼 내가 본 어느 눈보다 총명해 보였다. 그는 이내 말을 이어나가기 시작하였다.

“내가 이 일을 그만둬버리면 그가 해왔던 모든 일이 없어질 것만 같거든.”

“그래서 다시 실종사건이 일어난다는 소식을 들었을 때 자진해서 알아보고 싶다고 국장님께 말씀드렸어.”

“국장님은 너무 무모하다고 말했지만 나는 내가 퇴사하는 한이 있더라고 이 사건은 끝내고 가겠다고 말했지.”

나는 그제야 평판이 좋지 않던 김기자가 이번 일을 맡을 수 있었던 이유를 알게 되었다.

“만약에 그를 다시 만난다면 꼭 미안하다는 말을 해주고 싶어.”

“결코, 내가 이렇게 돼버린 것은 네 잘못이 아니라 열등감에 찌든 내 잘못이고 네가 떠난 후 나는 내 지난날의 잘못을 되돌리기 위해 누구보다 열심히 살았다고 말이야.”

그의 이야기를 들은 후 나는 그간의 그의 행동이 다 이해되지는 않았지만, 그의 거지 같은 행동도 모두 이유가 있었음을 알게 되었다. 그는 나를 싫어하는 것이 아니라 과거의 자신과 내가 겹쳐 보였기 때문에 나에게 접근한 것이 아닐까? 그래서 나는 김기자 에게 한 가지 질문을 하였다.

“김기자님? 그럼 저를 팀원으로 왜 뽑으신 거예요?

김기자는 당연하다는 듯이 의기양양한 말투로 대답했다.

“그거야 당연히 부려먹기 가장 편해서 아니냐 ㅋㅋㅋ.“

나는 이래야 김기자라는 생각을 하며 웃기 시작하였다.

실종사건과 k

우리는 초심으로 돌아와 사건의 실마리를 찾아보려 하였다. 천천히 과거의 조각들을 찾아가니 몇 가지 의문점이 생겼다. 실종자 모두는 7~10세의 여자아이라는 공통점이 있다. 지금까지의 사례를 조합해보면 범인은 이러한 여자아이들만을 노렸음을 알 수 있다.

"또한, 사건마다 다르지만 대부분 아이는 사람이 많은, 즉 절대 납치될 수 없는 장소에서 사라졌다."

"이는 범인이 아이들의 아는 사람이거나 아이들을 잘 다룰 수 있는 사람일 거야."

김기자의 의기양양한 추측은 일리가 있었고 나는 범인의 경우는 후자일 그거로 생각했다. 나는 범인이 떨어뜨린 쪽지의 암호를 풀어 범인을 찾았고 아마 그 쪽지는 범인이 자신의 조력자 혹은 공범에게 수려던 편지였을 것이다. 갑자기 김기자는 무언가가 생각난 듯이 내게 아까의 일에 관해 물었다. 나는 빠짐없이 그의 질문에 답하였고 내친김에 범인을 놓친 그 집에 가 보기로 하였다. 경찰의 경찰통제선이 처져 있어야 할 집에는 경찰은커녕 개미 한 마리도 보이지 않았고 집은 고요하기만 하였다. 집에는 그 어느 것도 보이지 않았고 우리는 의미 없이 집을 둘러보던 찰나 나는 무언가를 발견하였다.

"선배 저기 부엌 위에 천장이 튀어나온 것 같지 않아요?"

"어 맞네."

김기자는 이내 천장을 두들기기 시작하였고 마침내 우리는 천장이 왜 튀어나와 있는지를 알게 되었다. 그곳에는 엄청난 양의 사진들이 들어있었다. 사진을 유심히 살펴보던 김기자는 기겁을 하듯 사진을 떨어트렸다.

"저 사진은 내 입사 동기의 가족사진이야."

김기자와 나는 그가 이 실종사건과 관련이 있고 어쩌면 범인일지도 모른다는 생각을 하기 시작하였다. 김기자는 알아볼 것이 있다며 나와 방송국으로 갔다. 그는 방송국 서고에서 그의 동기에 관한 내용을 찾아내었고 우리가 범인을 놓쳤던 집은 동기의 집이었다는 사실을 알게 되었다. 동기는 편의상 k라고 하겠다. 나와 김기자는 k가 이 사건의 중요한 열쇠라는 사실을 확신하고 그를 찾기로 하였다. 하지만 퇴사 후 행방이 묘연한 그를 찾는 것을 쉬운 일이 아니었고 그러던 중 나는 뜻밖의 사실을 알게 되었다.

"k의 딸이 5년 전 실종이 되었다가 사망한 것으로 되어 있네요."

"맞아 k에게는 어린 딸이 있었어. 그와 친하게 지낼 때는 자주 보러 갔던 것 같은데 말이야. 그런데 그게 지금 사건과 무슨 상관이지?"

나는 그의 말에 화답하듯 말했다.

"당연히 상관있죠. 딸이 납치되어 사망하였는데 얼마나 딸이 그립겠어요."

김기자는 내게 화가 난 투로 말했다.

"그럼 k가 실종사건의 범인이라도 되는 거야?"

나는 그를 진정시키고 종이를 봤다.

"마침 내일이 k의 딸 기일이네요."

"일단 k를 만나는 것이 우선이니 한 번 가 보는 것도 좋을 것 같아요."

다음 날 봉안당에서 기다리고 있던 나와 김기자는 침울한 얼굴로 봉안당에 들어서는 한 남자를 보게 된다. 김기자의 얼굴이 떨리는 것으로 보아 남자는 k가 맞는 듯하였다. 그는 자기 딸이 있는 자리를 향해 울고 또 울었다. 그걸 보는 김기자 또한 눈물을 흘리었고 나 또한 슬펐지만, k를 찾아가 물었다.

"혹시 저와 얘기 좀 나눌 수 있을까요?"

그는 경계하는 듯하였으나 근처 커피숍으로 동행하였다. 그곳에서 김기자와 k는 5년 만의 재회를 하게 되었다. 김기자는 그를 보자마자 펑펑 울기 시작하였다. 그리고 이내 말을 하기 시작한다.

"5년 만에 만나 뜬금없을지 모르겠지만 미안하다."

"네가 퇴사하고 나니까 내가 얼마나 한심하고 속 좁은 놈이었는지 알겠더라."

k는 당황스러운 표정이었지만 김기자의 말에 귀 기울여 주었다.

"또 만난다면 염치없지만, 용서를 빌고 싶어"

k는 김기자를 위로하며 말했다.

"나도 딸의 장례식 때문에 갑작스레 퇴사해서 네가 어떻게 지냈는지도 모르고 바쁘게 살았네."

김기자는 k에게 한 가지를 물었다.

"그간 뭘 하며 지냈던 거냐."

"나는 네가 못다 하고 떠난 실종사건을 지금까지 조사하다 결국 여기까지 오고 말았다. 도대체 왜 네가 실종사건과 관련된 건지 묻고 싶다."

k는 자신의 이야기를 하기 시작했다.

k의 이야기

나는 중학교 때까지만 해도 평범한 학생이었다. 그저 놀기 좋아하고 공부도 그다지 잘하는 편은 아니었다. 하지만 17살이 되던 해 아버지가 교통사고로 돌아가셨다. 나는 태어나서 처음 느껴보는 시련에 고통스러웠지만 혼자 돈을 버시는 어머니에게 부담이 되어서는 안 된다는 생각에 악착같이 공부하여 대한민국에서 내로라하는 서울대에 합격하였다. 졸업한 후 마음 같아서는 서울로 취직하고 싶었지만 혼자 계셔야 하는 어머니가 걱정되어 대구에서 취직하였다. 오로지 가족을 위한다는 일념 아래 개같이 일했고 점차 사람들에게 인정받기 시작하자 내 삶은 더 나아지고 있는 듯했고 내 인생에 가장 사랑하는 사람들을 만나 결혼까지 하였다.

그러다 딸이 태어나고 나는 세상 어느 것도 부럽지 않을 만큼 행복했다. 새벽까지 하는 일이 고되어도 집에 있는 딸만 생각하면 전혀 힘들지 않았다. 하지만 내 입사 동기 김기자는 점점 삶이 피폐해져 가는 듯했다. 나는 입사 동기이기도 하고 가장 친하게 지내온 그였기에 그를 험담하는 사람들에게 그의 칭찬을 하고 의기소침해 있던 그를 위로해주었다. 하지만 그는 그런 내 행동을 마음에 들지 않아서 하는 듯했다. 나는 원인을 알아보기보다는 현재의 내 행복에 취해 그냥 무시했다. 그러던 중 나는 국장님으로부터 한 실종사건의 취재를 맡게 되었고 나는 김기자를 필두로 한 팀을 꾸려나가기 시작했다. 하지만 취재는 뜻대로 되지 않았고 점점 실종자는 많아져만 갔다. 회사에서 자료를 정리하던 중 아내는 내게 울며 말했다.

"지민이가 실종된 것 같아."

"유치원에 갔다가 아직 오지 않고 있어."

나는 억장이 무너지는 느낌이었고 그와 동시에 내게 이메일 한 통이 왔다. 대충 요약하면 이 사건에서 당장 손을 떼지 않으면 내 딸의 목숨은 없다는 내용이었다. 나는 그 이메일을 본 순간 당장 경찰에 신고했다. 근데 경찰은 당장 수사를 하지 못한다는 대답만 내놓을 뿐 아무것도 할 수 없었다. 딸은 어떻게 될지도 모르는데 나는 아무것도 할 수 없다는 사실이 슬펐다. 그리고 처음으로 방송국 동료에게 화를 내고 말았다. 나는 행여 딸이 다칠까 두려워 납치범의 말대로 아무것도 하지 않은 채 무기력한 삶을 살고 있었다. 하지만 결국 내가 맞이한 것은 싸늘히 식은 채 야산에 버려진 내 딸의 시체였다. 그리고 경찰의 추적이 두려웠는지 그날 이후 납치범은 감쪽같이 모습을 드러내지 않았다. 나는 딸의 죽음이 한동안 믿기지 않아 집에서 딸을 불러댔다. 그럴 때마다 아내는 날 독려해주었고 결국 나는 방송국을 퇴사하고 아내와 함께 치킨집을 차렸다. 낮에는 열심히 가게 일을 하였고 밤에는 딸을 죽인 납치범 아니 살인범을 찾는데 몰두했다. 여기까지가 내 지난날의 살아온 모습이라고 그는 말했다. 그의 말이 끝난 후 누구도 그에게 범인이라는 말을 할 수 없었다.
범인은 누구?

나는 몇 가지 의문이 생겨 k에게 질문했다.
"그럼 지금 이 사건과는 무슨 관련이 있죠?"
k는 담담하게 말을 하였다.
"딸이 죽은 지 3년이 지난 후 아는 형사로부터 이전과 똑같은 방식의 실종사건이 연달아 일어나고 있다는 사실을 듣게 되었다."
"나는 그놈이 다시 돌아왔다는 사실을 확신하였고 다시 이전의 자료를 토대로 나만의 조사를 진행하였다."
"아니나 다를까 이번에도 경찰은 엄청나게 소극적인 태도를 보였고 내가 아니라면 내 딸과 같은 일이 생길 그것으로 생각했다."
나는 나와 같은 생각을 하는 사람이 있었다는 사실에 뿌듯함을 느꼈다.
"그래서 실종자들을 중심으로 그의 행적을 조사하였고 마침내 그의 아지트가 팔공산에 있다는 사실을 알아냈다."
"몇 일간 그의 아지트를 관찰하였지만, 복면에 가려져 있는 그의 얼굴을 보지는 못하였지만, 그가 나간 시간을 틈타 그 안의 어린 여자아이들을 구출해 올 수 있었다."
나와 김기자는 그의 행동에 경의를 표했고 김기자는 말을 이어나갔다.

"그러면 우리가 본 사람은 그 살인범이 맞을 테고 왜 그에게서 네 집 주소가 나온 건가?"

k는 당황해하는 어투로 말했다.

"그는 아마 내가 아이들을 데리고 가는 것을 봤을 거다."

"그래서 내게 해를 가하기 위해 내 집 주소를 적어 공범에게 전달했을 확률이 높아."

그제야 나는 모든 상황이 이해되기 시작했다. 우리는 주워서 본 종이는 k의 집 주소고 k와 그의 아내는 아마 우리를 살인범으로 오해하고 도망갔다. 김기자는 k와 지난날의 이야기를 나눈 후 k 또한 우리와 같은 목적이 있음을 알고 함께 이동하기로 한다. 그런데 나는 k로부터 뭔지 모를 이질감이 느껴지기 시작하였다. 하지만 나는 그저 지나가는 감이라 생각하며 넘어갔다. 나는 k에게 아이들의 행방을 물었지만, k는 안전한 곳에 잘 있다고 말하며 말을 돌리기 시작했다. 워낙 경찰에 대한 불신이 강한 그였기에 나와 김기자는 대수롭지 않게 넘겼고 k는 우리를 팔공산 살인범의 아지트로 데려갔다. 이미 살인범은 자취를 감춘 뒤였고 우리는 그곳에서는 더 할 것이 없다는 것을 알고 나오게 되었다. 나는 갑자기 배가 아파 화장실이 어디 있냐고 물었다. 그는 자연스럽게 대답하였다.

"마……, 아니 내가 그걸 어떻게 알아."

그가 갑자기 화를 내기 시작하였고 김기자는 그 자리에 없었고 나만 의심이 가득한 채로 집을 떠났다. 모두와 헤어진 후 나는 간만에 지하철역에서 집까지 걸어오는 것을 택했고 여러 단서를 조합하였다.

'아무리 생각해도 k가 이상하단 말이지.'

원래 의심이 많았던 터라 나는 k에 대해 자세히 알아보기로 한다. 다음 날 k는 치킨집이 바쁘다는 이유로 우리와 만나지 못했고 나는 김기자와 만나기 전에 k가 운영한다는 치킨집을 몰래 가 보았다. k는 온데간데없고 치킨집에는 한 노부부가 있는 것이 아닌가? 나는 노부부에게 k에 관해 물었다.

"혹시 k를 알고 계시나요?"

노부부는 머리를 기웃거리며 말했다.

"이 사람 우리한테 1년 전쯤인가 가게 넘긴 주인이잖아."

'왜 k는 우리에게 거짓말을 했을까?'

나의 k에 대한 의심은 더 커져만 갔고 나는 다시 방송국으로 가고 k의 정보를 찾아보았다. 그리고 나와 김기자는 한 가지 사실을 모르고 있었다. 김기자는 딸이 죽은 후 아내와 이혼하였다! 그의 두 번째 거짓말이 드러났다. 방송국에 k의 진실에 대해 아는 사람은 국장밖에 없다고 생각해 해고를 무릅쓰고 국장실에 찾아갔다.

"여기 찾아온 이유는 무엇인가?"

국장님이 의문스러운 어조로 내게 물었다.

"국장님 k를 만났습니다."

놀랍게도 국장의 손은 덜덜 떨리고 있었다.

"그를 만났다고?"

나는 국장의 반응이 의아해 다시 한번 물었다.

"무슨 문제 있습니까?"

국장은 떨리는 목소리로 말을 하기 시작했다.

"그놈은 미친놈이야."

"방송국에서 나 말곤 아무도 k의 진짜 정체에 대해 아는 사람이 없어."

나는 k가 공범 혹은 사건의 진짜 범인임을 확신하였고 그 혼자서는 이런 범행을 저지를 수는 없기에 또 다른 조력자가 있으리라 생각하였다. 나는 당장 k를 만나러 가야 한다는 생각이 들었고 김기자에게 k를 만난다는 문자를 남긴 채 방송국을 떠났다. 나는 k와 연락을 한 후 근처 커피숍에서 k를 만났다. k는 나를 반갑게 맞이했고 나는 k에게 질문을 던졌다.

"지금까지 왜 치킨집을 한다고 거짓말을 한 겁니까? 이혼한 아내는 또 뭐고요."

나의 추궁에 그는 얼굴을 굳히며 내게 보여줄 것이 있으니 자기를 따라오라고 말했다. k는 나를 한 주택으로 안내했고 그곳을 자신의 새로운 거처라 소개했다. 나는 멋도 모르고 그를 따라가게 되었고 이는 내 명백한 판단오류였다. 그의 집은 그의 숨겨진 지난 행적을 보여주듯 컵라면으로 가득하였고 그는 나를 지하실로 데려갔다.

반전

k를 따라간 나는 이내 믿을 수 없는 것들을 보았다. k를 따라서 들어간 집의 숨겨진 지하실에는 실종된 모든 아이가 갇혀 있었다. 그리고 지하실 한쪽에는 아이들 각각의 신상정보와 시간별 이동 동선이 빠짐없이 있었다. 마치 철저한 계획에 의한 납치를 보여주는 듯이 말이다. 그는 충격받고 굳어진 나에게 마른세수를 하며 말했다.

"아 일이 곤란하게 되었네."

"끝까지 몰랐으면 했는데 말이야."

나는 k 아니 납치범 k에게 떨리는 목소리로 물었다,

"어째서 이런 짓을 벌인 겁니까?"

그는 미소를 띠며 말했다.

"우습게 들리겠지만 딸을 납치범에게 잃은 후 한동안은 그를 찾는 데 혈안이 되어 살았지."

"하지만 나를 제외한 그 누구도 사건의 관심을 가지기는커녕 나를 한심한 사람인 듯 조롱하고 나를 만류했지."

그는 미친 사람인 것처럼 희열의 찬 듯한 목소리로 말했다.

"그래서 나는 다짐했다."

"나를 비웃던 모든 사람에게 딸을 잃은 고통을 안겨주기로 말이다."

나는 나도 모르게 충격을 이기지 못하고 주저앉았다. 하지만 k는 그런 나를 아랑곳하지 않고 다시 말을 하기 시작했다.

"그날 이후로 나는 철저하게 계획을 세우고 있었다."

"그리고 완벽했던 내 계획은 절대 실패하는 일이 없었고 순탄하게 끝내나 했는데……."

그는 내 어깨를 툭툭 치며 비아냥대듯 말했다.

"너희들이 다 망쳐버렸어."

"김기자와 네가 사건에 분탕질만 치지 않았으면 진작에 끝났는데."

"덕분에 두 명 더 죽이게 되었네?"

그의 광기는 지켜보는 나까지 소름 끼칠 정도로 심각한 듯하였다. 나는 순간 그가 나를 죽일 수도 있다는 생각이 들었다.

'빨리 여기서 벗어나야 한다.'

그는 그런 내 생각을 읽기라도 한 듯 지하실 문을 잠갔다. 나는 계속 있다가는 무슨 일을 당할 것 같아 그를 설득하기 시작했다.

"k씨 지금 이렇게 해봤자 언젠가는 다 드러날 것입니다."

"저와 함께 경찰서로 가 자수하는 게 어떻습니까?"

k는 내 말에 아랑곳하지 않고 말했다.

"여기서 너와 김기자만 죽으면 아무도 몰라."

"내가 지금까지 이렇게 많은 아이를 납치했음에도 왜 경찰에서 내 수사를 쉬쉬하는지 알아?"

나는 경찰에서 수사를 제대로 하지 않는 게 그저 증거가 부족해서라고 생각했다.

'설마 경찰에 조력자가 있을 줄은……'

나는 그가 생각보다 훨씬 위험한 존재라는 생각이 들었고 설득이 통하지 않는다면 무력으로 제압해야 한다고 생각했다. 그리고 나는 땅에 널브러져 있는 쇠파이프를 발견했다. 나는 그가 시끄럽게 소리치는 아이들을 조용히 시키는 틈을 타 쇠파이프를 향해 전력 질주했다. 마침내 나는 쇠파이프를 잡았다.

"이제 끝이다 k."

하지만 나는 k의 주머니에 있는 전기충격기의 존재를 알지 못했고 나는 꼼짝없이 기절하게 되었다.

얼마나 잤을까. 깊은 잠에서 깨어난 나는 내 손발이 묶여있다는 사실을 알게 된다. 그리고 나를 내려다보는 그의 표정은 매우 기뻐 보인다. k는 웃으며 말했다.

"드디어 너와 김기자를 죽일 때가 왔네."

"마음 같아서는 당장 죽이고 싶지만 김기자를 유인하려면 아직 네가 필요해서 말이야."

그는 묶여있는 내 손을 풀며 말했다.

“어서 김기자에게 네가 k와 여기 있으니 당장 오라고 해.”

나는 k가 범인임을 모르는 김기자가 여기 오면 어떻게 될지 뻔했기에 k에게 말했다.

“김기자는 네가 범인인 거 몰라.”

“그러니까 김기자까지 이 일에 끌어들이지 마.”

하지만 k는 내 손을 밟으며 말했다.

“내가 너를 어떻게 믿어?”

“설령 김기자가 모른다고 해도 네가 없어지면 눈에 불을 켜고 찾겠지.”

“그러니까 어서 그에게 연락해.”

k의 협박에 나는 결국 김기자에게 문자를 치기 시작했다. 지금 상황을 알리고 싶었지만, k가 불꽃 같은 눈빛으로 나를 주시하고 있는 탓에 그저 이곳의 주소와 함께 빨리 오라는 말밖에 하지 못했다. 10분이 지났을까 k의 집 앞 김기자의 목소리가 들렸다. 나는 혹시라도 그가 내 목소리를 듣고 이 지옥 같은 곳에서 돌아가길 바라며 힘차게 소리쳐 본다.

“도망쳐!”

김기자 시점

오늘은 웬일인지 민성이가 해야 할 일이 있다며 만나지 못한다고 한다. 그래서 k에게 전화해 보았지만, k도 치킨집 일이 있다며 거절했다. 어쩌겠는가. 제일 한가한 내가 달려야지. 오랜만에 출근한 방송국은 바뀐 것 없이 각자 자기 일에 몰두하는 중이다. 책상에서 한가하게 놀고 있던 중 국장님과 함께 지나가는 민성을 본다.

'재가 왜 저기 있는 거지?'

비슷한 사람이겠지 하고 놀고 있는데 국장실에서는 국장님의 흔하지 않은 고함이 들린다. 참고로 국장님이 지금까지 화를 낸 사람은 나와 민성이가 유일하다. 나는 무슨 일인지 궁금했지만, 국장님이 화난 줄 알고 몸을 사렸다. 1시간이 지났을까 내가 찾아간 국장실에서 국장님은 굳은 얼굴로 마른 세수를 하고 있었다.

"국장님 무슨 일 있어요?"

"아까 민성이가 왔었다."

"k를 만났다고 하더라."

나는 들뜬 목소리로 말했다.

"저도 만났습니다."

"얼마나 반갑던지요."

국장님은 눈을 부릅뜨며 말했다.

"너도 몰랐던 거냐?"

국장님은 이내 내게 k가 정신적으로 문제가 있었고 그게 딸의 죽음으로 더 심해져 결국 자기 손으로 사직서를 내게 되었다는 말을 했다. k는 지금까지 자신의 가학성과 광기를 감쪽같이 속였다. 평소 k를 누구보다 걱정하던 국장님은 그걸 숨기고 있었다.

"정말 미안하다. 진작에 그 사실을 말해주었어야 했는데."

나는 순간 머리가 번뜩거렸다. 여기에 민성이가 왔다면 민성이는 지금 어디 있는 거지.

"국장님 민성은 어디 있습니까?"

"아까 내게 이야기를 듣고 급한 일이 있는지 뛰어나갔는데?"

만약 민성이가 k를 만나러 갔다면 그가 위험하다. 빨리 k를 찾아야 한다. 하지만 민성이는 내 전화를 받지 않는다. 그에게 문자를 하는 중 민성의 대화에서 왜인지 모를 이질감이 느껴지기 시작했다. 나는 이미 민성이가 k에게 당했을 수도 있다는 생각이 들었고 그의 최대한 모르는 척 대화에 임하였다. 그렇게 의미 없는 대화가 이어지는 동안 나는 k를 잡을 만반의 준비를 하였고 드디어 그는 내게 빨리 오라는 말과 함께 주소를 첨부하였고 나는 엄청난 속도로 민성이를 구하기 위해 차를 몰았다.

"민성아, 기다려 내가 갈게."

김기자와 k

김기자는 내 간절한 외침을 듣지 못했는지 아무 의심도 없이 집에 들어섰다. 그걸 CCTV를 통해 지켜보는 k는 실소를 터뜨렸고 나는 이제 모든 것이 끝났다는 생각이 들었다. 그가 지하실로 들어오는 순간 문 옆에 숨어있던 k는 전기충격기를 김기자에게 갖다 대며 말했다.

"잘 가라."

하지만 김기자는 초인적인 감각으로 그의 공격을 피했고 k는 보기 좋게 넘어지고 말았다. 김기자는 k에게 물었다.

"왜 이런 짓을 벌인 거냐."

"국장님한테 다 듣고 왔으니까 거짓말할 생각은 말아."

k는 놀랐다는 표정으로 물었다.

"뭐야 다 알고 있었잖아."

"괜히 놀랐네."

k는 김기자가 자신의 공격을 피한 것이 꽤 놀라웠나 보다. 뭐 자타공인 방송국 대표 몸치인 김기자인 것은 누구나 다 아는 사실이니깐 말이다. 그건 그렇고 k의 말대로면 김기자는 다 알고 있음에도 나를 구하러 왔단 말인가? 정말 눈물이 날 것 같다. 진심으로 말이다. k는 눈물겨운 동료애라며 손뼉을 쳤고 그와 동시에 그는 창문도 없는 이곳의 유일한 탈출구라고 할 수 있는 문을 잠갔다. 그리고 k는 말했다.

"네가 뭐라든 나는 여기서 끝을 봐야겠다."

"뭐 그건 너희가 봉안당에서 날 만났을 때부터 정해져 있던 거지만 ㅋㅋㅋ."

김기자도 k가 무서워지기 시작한 것인지 호소하듯 말했다.

"도대체 왜 이런 짓을 저지르는 거냐 너는 누구보다 날 챙겨준 사람이었잖아."

k가 생각이 난 듯 말했다.

"아, 내가 널 챙겨줬었지."

"야 고맙다. 네 덕분에 내가 남들 눈에는 참 괜찮은 사람으로 보였나 봐."

"아무도 날 의심하지 않았으니까."

"그 눈치 빠른 국장 놈만 빼고 말이야."

김기자는 k에게 소리쳤다.

"거짓말하지 마! 네 죽은 딸은 어떻게 설명할 건데. 누구보다 딸을 사랑했잖아. 그래서 누구보다 열심히 조사했던 것 아니야?"

"네 정신이 이상해진 것도 딸이 납치되고 나서부터 아니야?"

항상 포커페이스를 유지하던 k의 얼굴에 금이 가기 시작하였다.

"닥쳐!"

"내 딸은 죽었어."

"네 나태함과 경찰의 무능함 때문에 말이야."

k가 드디어 진실을 말하기 시작했다고 나와 김기자는 생각했다.

"지민이가 죽을 후 나는 아내와 이혼까지 하고 한마디로 폐인 같은 삶을 살았어."

"옛날에나 완치된 줄 알았던 정신병도 다시 도져버렸고 지민이 또래의 여자아이만 보면 지민이가 생각나 미칠 것 같았지."

"더 짜증 나는 건 그들 모두는 웃고 있었어."

"내 딸은 무참히 살해되었는데 말이야."

"그때 이런 생각이 들더라."

'왜 지민이만 이런 일을 당해야 하는 거지?'

k는 차츰 원래 얼굴을 되찾기 시작했다. 그러곤 말을 이어나갔다.

"그래서 결심했지."

"세상 모든 부모에게 내 처지를 느끼게 해준다고 말이야."

나와 김기자는 그의 말에 반박하고 싶었지만, 그는 광기에 사로잡혀 있었고 거기서 더 그를 자극했다가는 무슨 일이 일어날지 몰랐기 때문에 가만히 대치하고 있었다. k는 끝을 봐야 한다는 생각은 변함없는지 품속에서 칼을 꺼냈다.

"사건이 마무리되면 나도 지민이 곁으로 갈 거야."

김기자는 용기 내어 k에게 말했다.

“나는 천생에 무뚝뚝해 사람들과 어울리지 못했고 아니나 다를까 입사한 후 내게 먼저 개인적인 얘기를 꺼내는 사람은 아무도 없었어.”

“그런 내게 처음으로 커피를 사 들고 말을 걸어준 사람이 너였다.”

“그때의 네 표정은 그 누가 봐도 가식 따위가 아닌 진심이었다.”

“끝은 좋지 못했지만 네가 의도했든 아니든 입사 초기 네가 없었다면 나는 진작에 이 일을 포기했을 거야.”

“널 보면 다시 한번 이 말을 해주고 싶었다.”

k는 이내 김기자의 말을 듣고 뭔가 느낀 것이 있는 듯 김기자에게 물었다.

“내가 지금 자수한다면 희망이 있을까?”

김기자는 확신에 찬 듯 대답했다.

“당연하지.”

“네가 자수해서 죗값을 다 치른다면 말이야.”

김기자의 말을 들은 k는 이내 체념한 듯 말했다.

“끝났네.”

“네가 이겼다.”

일상으로의 복귀

김기자가 그의 말을 듣고 전화를 걸더니 마치 기다리기라도 한 것처럼 경찰이 k를 잡아갔다. 나는 미심쩍은 점이 한둘이 아니라 김기자를 잡고 자초지종을 물었다.

"여기 제가 갇혀 있는 거 알고 오신 거예요?"

"당연하지."

예상치 못했던 그의 답변에 놀라 나는 되물었다.

"진짜요?"

"어떻게 아신 거예요?"

그는 당연한 듯이 말했다.

"내가 누군데 당연히 알지."

"아 장난치지 말고요, 선배."

김기자는 그제서야 사실을 실토하기 시작했다.

"그게 말이지."

"k를 만나고 일단 의심부터 했지."

"느낌이 이상했거든."

"그리고 결정적으로 k가 실종된 집의 화장실 위치를 알고 있다는 것을 알았을 때 내 의심은 점차 확신으로 바뀌었지."

나는 그의 놀라운 직감과 관찰력에 눈을 빛냈다.

"그래서 k를 몰래 미행을 해보니 그는 우리에게 거짓말을 하고 있다는 것을 알았지."

"그 얘기를 네게 하려는 찰나 이미 납치되고 없더라고 ㅋㅋㅋㅋ."

그는 웃으며 말했다.

"아 그리고 k를 잡기 위해 경찰을 대기시킬 수 있던 가장 큰 이유는 그와 함께한 공범을 찾았기 때문이지."

나는 처음 듣는 사실에 놀라 물었다.

“공범을 찾았다고요?”

“어떻게? 누군데요?.”

그는 흥분한 나를 진정시키고는 말했다.

“이 실종사건은 그의 단독범죄가 아닌 것은 너도 알고 있었을 거야.”

“그런데 공범이 얼마나 대단한 사람이면 경찰 수사를 흐지부지하게 만들 수 있을까?”

“그래서 혹시 공범은 경찰이 아닐까 하고 찾아보니 우리가 그때 찾아간 형사가 k와 친한 사이더라고.”

“그를 찾아가 k와 네가 찾은 주소를 통해 약간 떠보니 그대로 걸려 넘어오더라고 ㅋㅋㅋㅋ.”

“뭐 나머지는 예상할 수 있지?”

나는 그가 너무 멋있어 보여 미칠 것 같았다. 이렇게 대단한 사람이 방송국에서 썩히고 있다니 이건 국가적으로 대단한 낭비다. 아무튼, 사건은 몇몇 우여곡절이 있었지만 좋을 쪽으로 해결되었고 경찰은 우리의 공로를 인정하여 용감한 시민상을 받게 되었다. 나는 한 것이 없는 것 같아 상을 고사하였지만 김기자가 경찰서장에게 내 칭찬을 1시간 동안 한 덕에 같이 받게 되었다. 그리고 방송국에서는 난리가 났다. 우리는 실종사건의 시작과 끝을 기사로 낸 후 방송국 내 최고인기 프로그램 ‘그것을 알고 있다’에 자료를 넘겼고 그 방송의 시청률은 무려 30%에 육박하게 되며 우리의 행적은 만천하에 퍼짐과 동시에 나와 김기자는 방송국에서 월급 버러지 타이틀을 벗게 되었으며 나를 기레기 중에 기레기라며 까던 네티즌들조차 진정한 기자라며 칭찬하기 시작하였다. 의도치 않은 좋은 일에 연속에 어깨가 으쓱해지고 약간의 허세를 달고 다니게 되었다. 하지만 김기자는 평소와 같이 나를 갈구면서 내 자존감을 낮추는 데 다시 일조하게 시작했다. 나는 김기자의 이런 행동이 결코 내가 싫어서 하는 행동이 아닌 것을 알기에 그의 짓궂은 장난을 웃어넘기며 점심시간이며 함께 커피를 마실 정도의 여유를 가지게 되었다.

k는 김기자가 설득한 대로 자수하여 그 점이 크게 작용 된 건지는 몰라도 원래 받아야 하는 형량보다 감형되어 현재 감옥에 있다. 김기자와 내가 한

번 맛있는 것들을 바리바리 싸 들고 면회하러 간 적이 있는데 k는 우리를 보고 눈물을 흘리며 자신을 멈춰줘서 고맙다고 우리가 멈추지 않았으면 미쳐서 더 큰 잘못을 지을 수도 있었다고 말했다. k를 보니 한편으로는 사람이 달라 보였지만 돌아가는 그의 뒷모습은 정말 쓸쓸해 보였다. 김기자 또한 나와 마음이 같았는지 입을 웃고 있었지만, 눈은 슬퍼 보였다. 그날 집에 온 나는 실감 나지 않는 지난날들을 떠올려 보았다. 그와 실종사건을 해결하며 기자가 그저 시키는 대로 기사만 써대는 기계가 아니라는 사실을 뼈저리게 느낌과 동시에 지난날의 나의 행동을 반성하게 되었다. 과연 김기자의 기자로서의 집착과 모범의식이 없었다면 우리는 실종사건을 뉴스로만 접하며 혹은 경찰에서 건네주는 거짓으로 도배된 기사만을 써야 했을지도 모른다. 아이들의 안전도 물론 장담 못 했을 것이고 말이다. 김기자는 기분이 좋은지 자기가 술을 산다며 나를 술집으로 끌고 갔다. 술이 들어갈수록 정신은 이상해져만 가고 오랜 회식으로 술이 강해진 김기자는 맑은 정신으로 궁금한 것이 생긴 듯 내게 질문하였다.

"넌 왜 기자가 됐냐?"

나는 뜬금없는 그의 질문에 의아하였고 말하기 쪽팔렸던 터라 그냥 얼버무렸다.

"그냥요."

"되게 별거 아니에요."

그는 진짜 기분이 좋은지 화를 내지 않고 말했다.

"아 뭐야."

"빨리 말해봐 ㅋㅋㅋㅋ"

김기자는 생각보다 집요했고 무려 1시간에 걸친 실랑이 끝에 나는 말하기 시작했다.

"고등학교 때 좋아하던 여자애가 있었어요."

김기자는 의외의 대답이라는 듯 효과음을 내기 시작했다.

"아 그러지 말아요."

나는 김기자를 만류하고는 말을 이어나가기 시작했다.

"고등학교에 입학하기 전까지 저는 그냥 폐인 같은 삶을 살고 있었어요."

"어김없이 학교 끝나고 친구들이랑 피시방으로 갈려고 하는데 딱 걔가 눈에 들어오더라고요."

"걔를 보자마자 한 10초간 그 자리에서 입을 벌리고 멍하니 쳐다봤던 거 같아요."

"그때부터 이상한 짓 다 접고 걔만 따라다녔죠."

김기자는 나를 이상한 눈으로 보기 시작하였다.

"친구들한테 물어보니까 걔가 언론동아리 부장이라는 소리를 듣고 무작정 동아리방을 찾아갔어요."

"가니깐 걔랑 저밖에 없다라고요. ㅋㅋㅋㅋ."

제가 들어가니깐 완전 반가운 얼굴로 묻더라고요.

"진짜 반갑다."

"이제 5명만 모으면 동아리를 만들 수 있어!"

나는 피식 웃으며 말했다.

"뭐 그래서 얼떨결에 친구 모아서 동아리 만들었죠."

"그래서 이름도 알고 활동하면서 친해지고 말도 많이 하고 진짜 좋았죠."

"걔는 신방과에 가려고 해서 저도 그 성적 맞추려고 악착같이 공부했어요."

"그래서 수능 치고 고백하기로 마음먹고 수능을 딱 쳤는데."

내 표정은 급격하게 안 좋아졌고 김기자는 궁금증을 이겨내지 못하고 물었다."

"쳤는데 뭐 빨리 말해봐 현기증 날 것 같아."

"저는 말아먹고 걔는 대박 터져서 한의대에 가더라고요."

나는 허탈한 듯 말했다.

"그때 상실감은 이루 말할 수도 없고 어차피 보지도 못할 것 고백도 못 해보고 졸업하고 번호도 바꾸고 그냥 잊어버렸어요."

어느새 김기자는 나를 측은 한 눈빛으로 보고 있었다.

"지금 와서 보니까 그때 참 한심했던 것 같아요."

"좋아했다 그 말 딱 한마디 못하고 지금까지 마음에 담고 있잖아요."

김기자는 마지막 남은 고기를 내 접시에 놓아주며 말했다.

"걔 이름이 뭐라고?"

"그걸 왜 물어봐요?"

그는 내 머리를 때리면서 소리쳤다.

"그냥 말해봐 궁금해서 그래."

"소희요, 박소희."

그의 알 수 없는 행동과 함께 그때 김기자와 나눴던 대화는 기억 속에서 잊혀만 갔다. 하여튼 김기자와 나는 지극히 평범한 삶을 아직도 이어가고 있다. 물론 그 과정까지는 수많은 시행착오와 사고와 사건들이 있었지만 지금 상황으로 봐서는 어느 정도 안정궤도에 봉착한 듯하다. 물론 사건 사고들을 취재하는 사회부 기자지만 사고가 없는 것이 가장 좋은 것임이 틀림없다. 나와 김기자는 오늘도 방송국에서 기자로서 일하고 있다.

[외전 1]
사건을 해결한 지 3달 뒤

나는 여전히 방송국에 잘살고 있다. 좋은 소식을 꼽자면 나와 김기자가 둘 다 승진하여 월급이 조금 오른 정도랄까? 그거 말고는 재미없는 삶을 살고 있다. 김기자와는 여전히 잘 지내고 있는데 요즘 부쩍 무슨 작당을 꾸미고 있는지 잘 보이지 않는다. 그러던 어느 날 김기자는 아무 맥락도 없는 말을 하기 시작했다.

“민성아 요즘 피곤하지? 아 피곤하다고? 내가 잘 아는 한의원이 있는데 좀 가자.”

그의 밑도 끝도 없는 말에 나는 거의 끌려가다시피 한의원 앞에 당도했다. 그는 나를 한의원에 밀어 넣었고 들어왔으니 어쩌겠는가? 그냥 접수하고 기다렸다. 내 차례가 되어 진료를 받으러 들어갔는데 의자에 웬 익숙한 얼굴이 앉아있었다. 설마 해서 명패를 보니 맞았다! 내가 그토록 찾고 싶었던 소희다. 그녀도 나를 알아본 듯 내게 말을 걸었다.

“혹시 xx고 나오셨어요?”

나는 바로 맞다고 대답했고 그녀는 연신 오랜만이라며 반갑다며 나에게 인사했다. 진료가 끝난 후 근처 커피숍에서 그녀와 지난날의 이야기를 나누기 시작하였다.

“야 왜 졸업하고 전화했는데 전화번호가 왜 바뀌어 있냐?”

“서운하게 바꿨으면 말을 해야지.”

나는 머쓱한 듯 대답했다.

“미안 그때 좀 정신이 없어서 말이야.”

“그건 그렇고 넌 잘 지냈냐?”

그녀는 침착하게 말하기 시작하였다.

“나야 뭐 지금은 잘 지내지.”

“너야말로 기자 됐다며?”

"부럽다 야, 나도 한때 기자 하고 싶어서 동아리까지 만들었는데 말이야."
나는 약간의 원망이 담긴 목소리로 그녀에게 말했다.
"그럼 수능도 잘 쳤으면서 기자 하지 왜 한의사 했냐?"
그녀는 침울한 표정으로 말했다.
"나도 하고 싶었지."
"그런데 수능 1달 전에 어머니가 암이 판정을 받고 병원에 입원하셨어."
"지금이야 뭐 괜찮지만, 그때는 아버지가 버시는 돈은 어머니 병원비로 들어가고 나라도 내 밥벌이는 해야 하지 않나 싶었어."
"물론 다 변명 같겠지만 뭐."
나는 그녀의 사정을 듣고 난 후 내 마음속 오해들은 눈 녹듯이 사라진 듯 하였다. 그녀는 할 말이 더 있는 듯 말을 이어갔다.
"이렇게 다시 만난 것도 신기한데 번호나 줘봐 심심할 때 같이 커피나 마시자."
"그래 여기 번호."
그녀와 헤어진 후 나는 곧바로 김기자에게 찾아가서 소리쳤다.
"선배, 설마 선배가 다 알고 나 거기로 보낸 거예요?
그는 대답하지 않고 그저 웃기만 할 뿐이었다.
"근데 어떻게 아셨어요?"
김기자는 흥분한 어투로 말했다.
"네가 저번에 술 마실 때 이름 말해줬잖아."
"야 죽는 줄 알았다."
"대한민국에 한의원 하는 김소희가 왜 그렇게 많은 거냐?"
나는 그의 대답을 듣고 그가 나와 그녀가 다시 만날 수 있게 하려고 이렇게 고생했음을 알았다. 상상도 못한 일이었고 그저 꿈만 같았다. 김기자는 놀라서 입을 벌리고 있는 내게 종이 2장을 던지면서 말했다.
"둘이 같이 밥이나 먹어."
"그거 비싼 거다?"
나는 단도직입적으로 김기자에게 물었다.
"형이라고 불러도 돼요?"

[외전 2]
심심한 김기자의 하루

k를 만난 지 어느덧 3개월이 지나고 요즘 하루하루가 너무 심심하다. 옛날에는 민성이 놀리는 재미에 하루가 다 갔지만, 지금은 너무 반응이 재미가 없다. 뭐 재미있는 일 없나 방송국을 둘러봐도 일상의 연속일 뿐이다. 오늘도 맛없는 회사 밥을 뒤로하고 국밥집으로 향하는 데 한 외국인이 난처한 표정을 하고 길을 배회하는 것이 아닌가? 나는 익숙하게 그에게 접근한 뒤 물었다.

"혹시 곤란한 일 있나요?"

그는 잠시 멈칫한 후 번역기로 말을 들려주기 시작했다.

"기자분이신가요?"

나는 냉큼 대답했다.

"네 맞습니다."

"제 이야기 좀 들어주실 수 있나요?"

배가 고팠지만 빨리 그의 이야기를 듣고 싶었기에 근처 카페로 그를 데리고 갔다.

"저는 1년 전에 파키스탄에서 대한민국으로 온 사람입니다."

"대한민국에 온 후 xx 기업이라는 곳에 취업하여 열심히 일하였습니다."

"파키스탄에 놔두고 온 가족들에게 돈을 보내야 하거든요."

"하지만 사장은 월급을 6개월간 주지 않았습니다."

"제가 항의하자 그는 온갖 욕을 하며 저를 쫓아냈습니다."

나는 그에게 몇 가지 사실을 물었다.

"혹시 고용노동부에 찾아가 보셨습니까?"

그는 눈물까지 글썽이며 말했다.

"찾아가 봤습니다."

"하지만 그들은 내가 말이 통하지 않는다는 이유로 나를 무시했습니다."

“두 번째 찾아갔을 때도 제 말은 듣지 않고 사장 말만 듣고 저를 사기꾼이라면서 내보냈습니다.”

그의 말을 듣고 나는 순간 분노가 치밀어 올랐다.

‘도대체 왜 그는 정당한 노동의 대가를 받지 못하는 걸까?’

그는 누구보다 절박해 보였다.

“기자님 제발 도와주세요.”

“그 돈 없으면 파키스탄에 우리 가족들 다 굶어야 해요.”

나는 그에게 몇 가지 질문을 더 물은 후 방송국에 가서 그와 같은 피해를 본 사람이 더 없는지 조사해 보았다. 놀랍게도 월급을 받지 못하거나 최저시급조차 받지 못한 외국인 노동자는 수백 명에 달했으며 그중 대부분은 아직도 제대로 된 보상조차 받지 못했다. 나는 당장 기사를 써 내려갔다. 당장 내일 아침이라도 내용이 보도될 수 있게 말이다. 다음 날 아침 내가 보도한 기사는 엄청난 파장을 몰고 왔고 유튜브에 업로드된 그의 인터뷰 영상은 실시간 인기 동영상 1위에 등극하며 수많은 네티즌이 공감해주고 함께 화내주었다.

내 기사로 인해 수많은 외국인 노동자들이 그와 같은 피해를 보았다며 들고일어났고 그제야 노동부는 앞으로 제대로 된 일 처리를 하겠다며 일은 일단락되었다. 후에 그는 방송국에 찾아와 덕분에 밀린 월급을 모두 받게 되었다며 내게 연신 고맙다는 인사를 하였다. 이런 순간이 내가 기자가 되어 가장 뿌듯한 순간이다. 내가 쓴 기사의 파급력은 수만 혹은 수십만을 움직일 수 있는 계기가 될 수 있기에 항상 조심하고 또 조심하여야 한다. 하지만 때로는 누구보다 약자의 입장을 대변하여 그들을 도와줄 수 있는 존재가 되기도 한다. 그래서 나는 오늘도 날 심심하지 않게 할 일을 찾아 세상을 돌아다니고 있다.

동방의 별

동방의 별

이 찬 서

쌀쌀한 겨울바람

쌀쌀한 바람이 부는 늦은 2월 나는 다시 찾아올 봄을 기다리고 있었다. 이른 목요일 아침, 일요일에도 학생들을 등교시키라는 정부의 지침이 내려왔다. 나는 장화 후보가 유세하는 일요일에도 학생들 학원에 불러야 하나라는 생각과 함께 침울한 표정으로 자리에서 일어나 반으로 향하였다. 나는 선거에 관한 생각보다는 학생들에 대하여 머리를 가득 채운 채 우리 반 교실의 문을 활짝 열었다.

"쿵!"

"자자, 조용히 합시다."

학생들이 전부 자리에 앉은 후 내가 말을 이어갔다.

"일요일에 갑작스럽게 토끼사냥 일정이 잡혀 원래 같이 등교해야 한다."

나의 말이 끝나기 무섭게 몇몇 학생들의 표정이 바뀌었다. 나도 오기 싫은 학원을 일주일에 단 한 번뿐인 쉬는 날에 등교해야 하는 학생들의 마음이 이해가 갔다. 또한, 학생을 정치에 이용하는 유지당이 마음에 들지 않았다. 나는 문을 닫고 교실 밖으로 나갔다. 다시 교무실에 들어가자 선생들도 학생과 마찬가지로 일요일 출근에 대해 많은 불만을 이야기하고 있었다.

"국가란 놈들은 일주일에 한 번도 안 쉬게 해주고 이게 뭐꼬!"

"맞다, 학생도 그렇고 선생도 그렇고 만날 일만 하는 거 아닙니까? 그쵸, 최 선생?"

"예, 학년말 시험도 그렇고 요즘 들어 할 일이 많네요."

나는 마지못해 김 선생의 투정에 동정한 후 자리에 앉았다.

수업 중 분위기가 평소와 다르다는 것을 2교시가 끝날 즈음 나는 알게 되었다. 학생들이 김유환 정부가 유지당 유세 때와는 반대로 이러는 것을 보아 대구 사람들을 장화 후보 유세장에 나오지 못하게 하려는 것을 알고 무언가를 준비하는 분위기였다. 나는 학생들이 등교 거부나 폭동을 일으킬까 봐 마음 한편에서 걱정되었다. 나의 걱정처럼 시간이 가면 갈수록, 수업이 진행되면 될수록 학생들은 더욱 수군대기 시작하였다. 나는 어쩔 수 없이 학생들을 조용히 시켜야 했다.

"3번째 줄 마이 벗고 있는 놈 엎드려!"

아이들이 무엇을 하고 있는지 궁금했지만 당장 캐묻기보다 수업 후 나는 그 학생을 데리고 교무실로 갔다.

"얌마, 수업시간에 무슨 얘기를 그렇게 해."

"선생님, 암 것도 아닙니더."

"두 번 말 안 한다. 이실직고해"

"정말 암 것도 아닙니더."

나는 결국 나무 막대기를 집어 들고 학생에게 말하였다.

"그럼 와 그래 수업시간에 떠드노."

학생이 당황한 듯 말을 이어 나갔다.

"일, 일요일에 학원 마치고 친구네 집에 놀러 갈라 캤습니더."

결국, 나는 그 학생을 타이르고 교실로 돌려보냈다. 현재 김유환 후보가 민주주의와 맞지 않는 행위를 하는 것에 대하여 얼추 알지만 이런 불공평에 대하여 맞서고 싶지도 않았고 쉽게 바뀌는 것이 아니라는 것을 알았다. 또한, 현재 언론들도 이에 조심히 하는 경향이 보였다. 이런 강압적인 정치가 민주주의를 내걸고 있다는 것에 한탄하는 것이 내가 정치에 대하여 할 수 있는 전부였다. 나는 우리 학원 학생들이 폭동을 일으킬까 봐 내심 불안하였다.

그렇게 저녁이 되어 학생들이 모두 하교한 후 나는 교무실에 남아 퇴근 준비를 하고 있었을 때 박 선생이 나를 불러 세웠다.

"최 선생 오늘 혼자 사는 사람들끼리 저녁 식사나 함 할까?"

나는 어차피 집에 먹을 것이 없었기에 흔쾌히 박 선생의 제안을 수락했다. 우리는 간단한 분식집에 들어가 식사를 하며 이야기를 시작했다.

"최 선생네 반 학생들도 일요일에 등교하는 데 불만이 많은가? 우리 반 학생들은 와 이리 불만이 많은지, 학원 하루 더 나오는 게 그렇게 싫은가, 나 원 참."

박 선생은 학생들의 불만에 대해서 단순한 원인으로만 보고 계셨지만 내 생각은 조금 달랐다.

"제 생각에는 유지당 유세 때와는 달리 변화당 유세 때는 가지 못하게 막아서 그러지 않나 싶습니다. 워낙 정치에 예민한 나이지 않습니까?"

그러자 박 선생이 언성을 높이며 이야기했다.

"머리에 피도 안 마른 것들이……."

"에휴."

박 선생이 말을 끊고 한숨을 깊게 내뱉었다. 그 후부터 식사하는 동안 정적이 유지되었다. 나는 박 선생도 박 선생만의 생각 있을 것이라고 믿었다. 그렇게 식사를 마친 후 자리에서 일어나는 도중 박 선생이 내게 말했다.

"최 선생, 오늘 괜히 밥 먹자고 불렀네, 미안합니다. 내일 학원에서 봅시다."

나는 잠깐 박 선생을 바라본 후 그의 말에 응답했다.

"예, 박 선생님도 조심히 집에 들어가십시오."

집으로 가는 길에 평소보다 더욱 많은 생각을 하며 길을 걸어갔다. 나는 학생들과 아무런 일 없이 학년을 마무리 짓고 싶을 뿐이었다.

다음날, 나는 평소와 같이 학원에 출근해 조회 전에 학생들 기록을 정리하고 있었다. 그때 박 선생이 내게로 다가와 말을 건네었다.

"오늘도 어제처럼 이상한 짓 하려는 놈들 있으면 내한테 얘기해주이소."

나는 얼떨결에 대답했다.

"예, 알겠습니다. 박 선생님."

나는 어제보다 학생들 분위기가 더 나을 것으로 생각했지만, 학생들의 분위기는 오히려 더욱 이상했다. 어제 학생들에게 변화당 유세 일에 학원에 나오라고 할 때부터 학생들에게서 다른 느낌이 계속 이어지고 있었다. 나는 어째서 오늘도 학생들의 분위기가 이상한지 궁금했다. 나는 괜한 복잡한 생각을 이어갔다. 그렇게 평소보다 진지한 분위기 속에서 나는 수업을 계속해 갔다. 학생들의 분위기에 적응해 가지 못하던 중, 문득 박 선생이 내게 해준 말이 떠올랐다. 나는 우리 반에서 계속해서 친구들에게 눈치를 보내는 학생 몇 명을 박 선생께 가라고 하였다. 사실 박 선생이 이 학생들을 어떻게 할지 궁금하기도 했지만, 박 선생의 생각이 있을 거라고 믿었다. 나는 점심을 먹고 학원에 돌아왔을 때 내가 박 선생께 보낸 학생들이 엎드린 채로 있는 것을 보았다. 나는 박 선생이 학생들에게 강압적으로 대했을까 봐 순간적으로 걱정이 되면서 놀랐다. 나는 교무실로 올라가 김 선생께 물었다.

"김 선생, 왜 학생들이 학원 후문 앞에서 엎드리고 있어요?"

김 선생이 의아한 표정으로 나에게 되물었다.

"최 선생도 알고 계신 거 아니었어요?"

나는 당황한 채로 말을 계속해 갔다.

"네? 제게는 박 선생이 아무 말도 안 해주었는데……."

김 선생이 나의 말을 가로채고 이야기하였다.

"박 선생이 최 선생한테 일부러 이야기 안 한 건가 보다. 최 선생은 학생들 때리는 거 별로 안 좋아하잖아."

나는 답답한 마음에 김 선생께 다시 물었다.

"그래서, 박 선생이 학생들 때렸어요?"

김 선생은 아무렇지 않다는 듯이 대답했다.

"일요일에 학원 나온다고 애들 분위기 흐트리거니 항의하는 놈들 잡아다가 때렸죠. 뭐."

나는 박 선생이 학생에게 체벌할지는 전혀 알지 못했다. 학생들이 체벌한다고 해서 그날 학생들이 계획한 것을 그만하지는 않을 것이기 때문이다. 나 또한 학생들이 무엇을 할지는 몰랐으나 현재 학원의 분위기로 봐서는 무언가를 준비하고 있다는 것이 느껴졌다. 그 후에 수업에 들어가던 도중 박 선생과 마주치자 박 선생이 내게 먼저 말을 걸었다.

"제가 최 선생이 말한 요즘 분위기 흐리는 놈들 잡아다가 조금 꾸중했다. 기냥 그렇게 알고 있어라."

"예, 알겠습니다."

나의 입은 내가 생각하는 것과 다르게 움직였다. 왜 학생을 체벌하였나, 굳이 그렇게 심하게 체벌할 필요는 있었냐 등 묻고 싶은 것이 많았지만 나는 그냥 교실로 향했다. 나는 교실에서 수업하던 중 박 선생께 심하게 맞은 아이들을 보고 괜히 죄책감이 들었다. 사실상 지금 당장만 분위기가 원래대로 돌아왔을 뿐이었다. 아직도 몇몇 학생은 학생들끼리 눈치를 주고 있었다. 나는 모든 수업이 끝나고 다시 한번 박 선생과 마주쳤다. 그리고 이번에는 내가 먼저 박 선생께 다가갔다.

"박 선생님, 이제 퇴근하십니까?"

박 선생은 갑작스러운 나의 부름에 급하게 뒤를 돌아보며 대답했다.

"어, 어. 이제 퇴근해야지."

나는 학생들이 무엇을 하는지 조금이라도 얻기 위해 박 선생께 물었다.

"오늘 학생들에게서 뭐 얻은 소식이라도 있습니까?"

박 선생이 시큰둥한 표정으로 나의 질문에 답했다.

"금마들 아무 말도 안하드라. 일요일에 와그리 학원에 안나올라 카는지 나는 전혀 모르겠다."

"어휴."

박 선생은 또다시 한숨을 쉬며 학생들에게 불만을 표출했다.

"선생님 요즘 새로 생긴 국밥집 가보셨습니까?"

나는 빠르게 화제를 바꿔 이야기를 이어갔다. 그렇게 나는 박 선생과 같이 퇴근길을 걸어갔다.

그날 저녁 나는 퇴근 후 집에서 오늘 박 선생과 학생들 사이에 있었던 일들을 정리해 보았다. 사실상 아직은 아무 일도 없었지만, 토요일인 내일 늦게까지 수업이 없는 날이라 한편으로는 걱정되면서 한편으로는 다행이라고 생각했다. 당장 내일부터 학생들이 움직일 것 같지는 않았기 때문이다. 나는 학년말 시험을 정리한 후, 신문을 펼쳐 보았다. 변화당 대통령 후보였던, 조병옥 후보가 갑작스럽게 사망하면서 김유환의 대통령 당선을 확정 짓는 내용의 신문기사였다. 무려 1주나 지난 신문이었다. 나는 조병옥 후보가 심장마비로 갑작스럽게 돌아가시지 않으셨더라도 유지당이 이런 행위를 했을까? 라는 의문을 가지게 되었다. 사실 그렇게 의문을 가질 것도 없었다. 유지당은 학생들까지 정치에 끼어들게 만드는 사람들이니깐. 내가 어떤 것을 고민해야 하는지도 모른 채 시간은 흘러갔다. 앞으로 어떤 일이 벌어질지 더는 생각하고 싶지 않았다. 그저 아무 생각 없이 밤하늘을 보았다. 그렇게 나는 오늘 밤도 차가운 밤바람을 맞으며 밤을 지새웠다.

다음 날 아침이 되었다. 나는 잠을 거의 자지 못한 상태라 매우 피곤하였다. 아침밥도 거른 채 허겁지겁 출근하고 있었다. 출근길에 어김없이 보이는 선거유세 현수막과 포스터였지만, 오늘 왜인지 원래의 모습과 다르게 보였다. 아침부터 평소와는 다른 기분을 뒤로한 채 나는 학원으로 출근하였다. 나는 출근 후 반으로 갔다.

"야! 자리에 앉아!"

내가 갑작스럽게 들어 와 소리를 지르자, 학생들이 놀란 표정으로 자리에 앉았다.

"모두 내일 등교한다는 거 알고 있지?"

내 예상대로 몇몇 학생들의 표정이 좋지 않아졌다.

"아나? 모르나?"

"알고 있습니다!"

학생들의 대답을 듣고 난 후 나는 학년말 시험에 관해 설명해 주었다. 나는 조례를 마친 후에 교무실로 들어가 잠을 청했다. 토요일 아침에는 마땅히 내 수업이 없었기에 나는 오전 내도록 잠을 잤다. 그렇게 다른 선생님들이 점심을 먹으러 나간 후에야 잠에서 깼다. 게다가 토요일은 두 시까지 밖에 수업하지 않기 때문에 나는 그냥 점심을 거르기로 하였다. 나는 수업이 시작되기 조금 전에 교실로 향하였다. 아직도 학생들의 분위기는 평소와 다른 듯했으나, 박 선생의 체벌 이후 대부분은 평소와 같아진 것처럼 보였다.

"애들아, 시험 며칠 안 남았다. 공부 시작하자. 고등국어와 각자 준비해온 시집 펴라." 나는 평소처럼 별 탈 없이 2시까지의 수업을 마치고 점심을 먹으러 시장에 가고 있었다. 평소와 다르게 아무런 생각이 들지 않았다. 아니, 어떠한 생각도 하고 싶지 않았다. 나는 시장에서 밥을 먹고 난 후에야 학원에 내일 토끼사냥 계획표를 놔두고 왔다는 것을 깨달았다. 그래서 나는 집에 들른 후, 학원으로 향하기로 했다. 집에 짐을 두고 나는 늦은 시간에도 불구하고 내일까지 토끼사냥 계획표를 작성해야 했기에 급하게 학원으로 향했다. 나는 학원에 온 후 곧장 교무실로 가려고 했지만, 지하 1층에서 인기척이 났다. 나는 소리가 나는 곳을 따라갔다. 내가 도착한 곳에는 학생회장을 비롯한 몇몇 학생들이 이야기하고 있었다. 나는 그들에게 있다는 것을 들킬까 봐 조용히 그들의 대화를 듣기로 했다.

"그럼, 내일 우리 어떻게 할낀데?"

학생회장이 진지한 말투로 다른 학생들에게 묻고 있었다.

"일단 우리는 내일 토끼사냥을 가는 거지만 사실상 변화당 유세당에 보내지 못하게 하는기다."

"아직 우리가 언제 마칠지도 모르는기고……."

학생들도 아직은 그렇다 할 계획이 없는 것처럼 보였다. 아직 모든 학생이 뜻을 한데 모은 것 같지도 않아 보였다.

"우리 아직 아무것도 못 정했다. 아이가? 우리 내일 다 같이 한번 유지당 그 새끼들한테 부딪쳐 보자꼬!"

학생회장이 다시 분위기를 잡으며 대화를 이끌어 가려는 것처럼 보였다.

"알겠다. 고럼 우리 내일 몇 시에 다시 모일까?"

"아직 언제 마칠지 모르니깐, 점심 먹고 애들 다 모아서 운동장에 모이는 게 좋을 것 같다."

나는 그 말을 듣고 망설여졌다. 다른 선생님들께도 이 사실을 알려 드려야 하나 아니면 나 혼자서 아이들을 설득해보아 하나. 등 많은 생각을 해보았지만, 나는 학생들을 막을 수 없다는 것을 알게 되었다. 그 후로 나는 그저 학생들의 대화를 듣고 있었다.

“다른 반 아이들에게도 잘 전달해라. 알긋나?”

“알고말고. 내 잘 전달해 놓을게.”

“믿는다. 우리는 내일 점심을 먹고 난 후 바로 운동장에 모인다. 점심은 알아서 하라 캐라!”

“그래. 알겠다.”

“내일 우리는 신문사를 들린 다음 경상북도지사를 만나러 갈 예정이다. 다들 잘 알긋제? 부모님께도 잘 말하고 온나.”

나는 학생들의 계획을 들을 후, 학생들을 설득하고 했던 마음이 사라졌다.

“우리 내일 잘할 수 있겠제?”

“그래!” 나는 무엇이 많은 학생의 의지를 불태웠는지 궁금해지기 시작했다. 사회의 정의롭지 못한 행위를 보고도 바뀌지 않을 거라는 잘못된 관념에 사로잡힌 선생님들과는 다르게 학생들은 불타오를 준비를 하고 있었다.

“마지막으로 너희들에게 전할게. 정당한 민주주의의 실현을 위하여 우리는 내일 모이는 그다.”

학생들 그리고 나 또한 무언가가 시작되리라는 것을 짐작했다. 사실 나는 적잖게 놀랐다. 학생들이 무언가를 준비할 것이라고는 생각하였지만, 그렇게 본격적으로 실행에 옮길지는 몰랐다. 또한, 당장 내일이라니. 어떠한 대책, 계획도 없는 상태였다. 그 후 학생회장이 말을 이었다.

“이만 해산하자.”

학생회장의 말이 끝나자 모두 자리에서 일어났다. 나는 깜짝 놀라 다시 학원 밖으로 나왔다. 나는 그날 토끼사냥 계획표를 학원에 두고 집으로 귀가했다. 집에 귀가한 뒤, 나는 한참 동안 생각에 잠기었다. 다른 선생들이 이 사실을 알면 박 선생처럼 대응할 것이 뻔하였다. 그렇다고 나 혼자 알고 있기에는 무리가 있어 보였다. 아직 학생들은 내가 이 사실을 알고 있다는 것을 모를 것이다. 나는 그날 밤, 나 혼자 고민하고 있었다. 결국, 난 해답을 찾지 못한 채 다음 날이 오지 않기를 바라며 잠을 청했다.

눈보라 속의 작은 불씨

내가 바라든 바라지 않았든 2월 28일은 내게 다가왔다. 내게도 사실 일요일 출근이란 전장에 하루 더 가는 기분이다. 하지만, 오랜만의 일요일 출근은 내게 세상을 다른 시선으로 보게 해 주었다. 항상 열려있던 시장도 몇몇은 닫혀있고, 지나가는 사람도 평소보다 적었다. 어제 학생들의 대화는 뒤로 한 채 나는 학원에 도착하였다. 학원에 도착함과 동시에 나는 교무실에 들리기도 전에 반에 들렀다.

"쿵"

이른 아침에도 불구하고 많은 학생이 이미 등교를 한 후였다.

"학생회장 구선이 어디 있어?"

나는 차분한 말투로 학생들에게 물었다.

"구선이 지금 밑에 내려갔습니더."

"선생님, 오늘 우리 토끼 사냥하러 어디 갑니까?"

"오늘 몇 시에 마칩니까?"

"토끼 많이 잡으면 상품 같은 거 있습니까?"

학생들이 갑자기 여러 가지 질문을 해대었다. 나는 당황하였지만, 학생들이 분위기가 완전히 바뀌었다는 것을 느꼈다.

"샘이 구선이 먼저 보고 이야기해줄게"

나는 일단 학생회장을 찾으러 밑으로 내려갔다. 지하 1층에 도착하자마자 구선이가 눈에 보였다.

"구선아."

나는 학급 친구와 떠들고 있는 구선이를 불었다. 구선이가 뒤를 돌아보며 내게로 뛰어 왔다.

"예, 선생님 무슨 일이십니까?"

"너 나 좀 보자, 그냥 따라온나."

나는 구선이를 데리고 거의 사람이 드나들지 않는 곳으로 갔다. 그리고 내가 먼저 구선이에게 물었다.

"아까 친구랑 무슨 이야기 했는데?"

"친구들에게 토끼사냥 일정 물어봤습니다. 선생님은 토끼사냥 일정 아십니까?"

나는 알고 있었지만, 구선이에게 전부를 말해 줄 수 없었다. 그리고 나는 구선이에게 물었다.

"구선아, 사실 내가 어제저녁 너희가 하는 대화를 들었다. 어떻게 할 거냐?"

구선이가 당황한 듯 나를 바라보았다. 그러고는 한동안 정적이 계속되었다. 꽤 한동안 정적이 흐른 후, 구선이가 입을 열었다.

"선생님 저희는 이 나라에 올바른 민주주의를……."

내가 구선이의 말을 끊고 이야기했다.

"나도 그건 안다. 왜 하는지 말고, 어떻게 할 건지 이야기해라."

구선이가 쭈뼛쭈뼛 말을 이어 갔다.

"어……, 일단 신문사에 가서 이야기한 다음 경북도지사를 만나러 갈 예정입니다."

"금마들이 니들 만나 줄 것 같나?"

나의 말이 끝남과 동시에 다시 한번 정적이 흘렀다. 구선이는 한동안 고민하다가 내게 말했다.

"선생님, 저희는 결과가 어떻든 간에 갈 낍니다."

"알겠다. 내가 말릴 수 있는 것도 아니고, 다치지만 마라."

내가 말은 저렇게 했어도 아이들이 걱정되었다. 또한, 학원도 걱정이 되는 건 사실이었다. 나는 구선이와의 대화를 마치고 다시 반으로 올라갔다.

"드르륵."

"자자, 조용히 합시다."

아이들이 전부 자리에 앉은 후 내가 말을 이어갔다.

"오늘 토끼사냥이 있는 거 알고 있제?"

"알고 있습니다."

그때 불쑥 한 아이가 이야기했다.

"선생님, 오늘 몇 시에 마칩니까?"

"닥쳐라! 내가 이야기할라 하잖아. 오늘 8시 반부터 동네 앞산에 나가서 토끼사냥을 하다 11시 반쯤 되면 다시 학원으로 돌아와야 한다."

"선생님, 그럼 오후 일정은 어떻게 됩니까?"

"그건 나중에 알려 줄게."

나는 확실히 아이들의 분위기가 달라졌음을 느낀 후 나 또한 원래대로 아이들을 대해주기로 하였다. 그 후 우리 반은 다 같이 동네 앞산으로 향하였다. 동네 앞산으로 향하는 도중 구선이가 내게 다가와 말을 건네었다.

"선생님 뭐하나 여쭈어볼 것이 있는데……."

"그래, 뭘 말이야?"

"혹시 다른 선생님도 저희 계획을 알고 계십니까?"

"아니, 다른 선생님들께는 아무 말도 하지 않았어."

구선이는 안도의 숨을 쉬며 내게 다시 질문했다.

"선생님은 왜 저희를 반대하시지 않는 거죠?"

나는 구선이에게 내 생각을 한동안 정리한 후 말해 주겠다고 했다. 나는 앞산에 도착한 후 다시 한번 아이들에게 이야기하였다.

"지금 8시 45분이다. 오늘 우리 몇 시까지 다시 이곳에 모인다고?"

"11시 반까지입니다."

아이들이 우렁찬 목소리로 대답하였다.

"그리고 다시 학원으로 돌아가서 점심을 먹은 후 많이 잡은 사람에게 소정의 상품을 주겠다."

"와!"

그 후, 아이들은 곧장 산으로 올라갔다. 그리고, 나는 선생님들과 모여 대화를 하였다.

"김 선생님, 오늘 날씨도 살짝 쌀쌀한데 아이들 괜찮을까요?"

"그러게요. 오늘 날씨가 꽤 춥네요. 학생들이야 워낙 건강하니까 걱정하지 마시고 저희는 다른 선생님들 데리고 어디 차 마실 곳이나 들어갑시다."

나는 김 선생을 따라 작은 식당에 들어갔다. 식당에서 가장 먼저 말을 시작한 것은 박 선생이었다.

"오늘 꽤 춥긴 해도 우리가 생각하던 것보다 아이들이 좋아해서 다행이네요."

"호호, 그러게요. 아이들이 그렇게 싫어했지 않았나요?"

"그러게나 말이다. 머리에 피도 안 마른 것들이 뭐라나, 장화 후보 유세장에 못 나가서 그런다나. 벌써 정치, 정치 소리하면서 지들이 뭐라도 된 줄 알고 있어."

박 선생과 김 선생이 대화하던 중 옆 책상에 계시던 하 선생께서 다가오셨다.

"최 선생, 김 선생, 박 선생은 뭐 마실 건가?"

내가 먼저 하 선생의 물음에 대답했다.

"저는 그냥 보리차나 주세요."

그 뒤를 이어 김 선생과 박 선생이 이야기했다.

"저는 헛개나무 차나 주소."

"음…. 저는 옥수수수염 차 주세요."

주문을 마저 한 후 김 선생은 대화를 이어 갔다.

"그래도 아이들이 좋아하는 모습을 보니 좋네요. 안 그래요? 최 선생."

"예, 저도 학생들의 반발이 오늘까지 심하면 어쩌나 했는데 아이들이 좋아하는 것 같아 괜스레 제가 뿌듯하네요."

나는 이때부터 왜인지 김 선생의 말과 박 선생의 말이 귀에 잘 들어오지 않기 시작했다. 사실 계속해서 아이들이 신경 쓰였기 때문인 것 같다. 나는 선생님들과의 대화 중에 화장실에 갔다 온다고 하고 잠시 자리를 비웠다. 식당 밖에는 쌀쌀한 바람이 나를 맞이해주고 있을 뿐이었다. 갑자기 다시 식당 문이 열리면서 하 선생이 나오셨다. 그리고 하 선생이 내게 말을 건네었다.

"최 선생 요즘 무슨 일 있나?"

"예?"

나는 갑작스러운 하 선생의 물음에 급히 아니라고만 대답했다.

"최 선생, 원래 표정이 밝은 편은 아니지만, 오늘따라 말도 조금 적고 표정도 더 우울해 보인다랄까……."

나는 어떻게 대응해야 할지 몰라 하 선생의 말에 대답하지 못하였다. 그렇게 한동안 정적이 계속되었다. 그리고 하 선생은 나의 어깨를 토닥여 준 뒤 다시 식당으로 들어갔다. 나는 한동안이나 그 자리에서 바람을 맞으며 서 있었다. 그 자리에서 아이들이 하는 일에 대해 다시 한번 아이들과 이야기하기로 생각하였다. 내가 다시 식당에 들어갔을 때, 박 선생이 내게 다가와 이야기했다.

"어딜 다녀오시는데 이렇게 오래 걸리십니까?"

"어? 밖에서 잠깐 바람도 쐬고 들어 왔지."

나는 다시 내 자리에 앉아서 선생님들과 대화를 이어갔다. 선생님들의 대화를 들어보니 이야기가 진행됨에 따라 아이들에 관한 이야기가 적어지는 것만 보아, 아직은 이것을 아는 선생님이 없다는 것을 확신할 수 있었다. 그렇다고 해서 나처럼 말을 아끼는 선생도 없었다. 나는 계속해서 선생님들의 잡다한 대화를 듣고 있던 도중 시간이 11시 15분을 지나가고 있다는 것을 발견했다.

"이제 슬슬 일어납시다."

내가 가장 먼저 이 말을 꺼낸 후 자리에서 일어났다. 그러자 다른 선생님들도 자리에서 일어나셨다. 내가 계산대에 가서 계산하려고 지갑 안에 있는 돈을 꺼내려 하자 지갑에 돈이 없었다는 것을 깨달았다. 그때, 하 선생이 내게 다가와 대신 계산을 해주고 나가셨다.

"하 선생님, 덕분에 잘 마셨습니다."

내가 하 선생께 다가가 감사의 말을 전달하였다. 하 선생이 대답해주었다.

"뭘 이런 걸 가지고……."

하 선생의 말이 끝나기도 전에 다른 선생들이 와 하 선생께 감사의 말을 건네고 각자 자신들의 반 아이들의 인원 파악을 하러 갔다. 하 선생도 나를 잠깐 쳐다본 후 자신의 반 아이들의 인원 파악을 하러 가셨다.

"반장, 어디 있냐?"

많은 학생이 한 번에 모이니 예상대로 매우 시끌벅적했다. 또한, 우리 반 반장을 찾는 것조차 힘들었다. 내가 계속 반장을 찾고 있을 때, 구선이가 내게로 왔다.

"반장이 저기 나무 뒤에 저희 반 학생들 모아 났습니다."

"그래? 야들아, 지금 반장이 나무 뒤에 있단다. 너희 거기에 반장과 같이 있거라."

나는 우리 반 아이들을 반장에게 보낸 후 구선이에게 이야기했다.

"점심 식사 전에 내가 따로 부르면 나한테 온나. 알겠제?"

구선이가 고개를 끄덕인 후에 다시 우리 반 아이들이 있는 곳으로 향하였다. 나도 곧바로 구선이를 따라 우리 반 아이들이 있는 곳으로 갔다.

"반장, 애들 다 있나?"

반장이 급히 대답하였다.

"예, 전부 다 있습니다."

"그래, 점심 먹으러 가자. 반장은 애들 잘 데리고 따라 온나."

나는 우리 반 아이들을 데리고 학원 옆 국숫집으로 향하였다.

"오랜만에 선생님이 쏘는 거다. 맛있게들 먹고 학원으로 가도록 해라."

나는 아이들에게 그렇게 말하고 구선이를 따로 불러내었다.

"구선아, 어떻게 할 거냐?"

나는 걱정스럽게 구선이의 계획에 관해 물었다. 구선이는 차분히 나의 질문에 답해 주었다.

"선생님, 일단 점심을 다 먹은 후에 전교생들을 운동장에 모은 뒤에 결의문을 읽고, 학생들과 함께 학원를 나갈 예정입니다."

나는 '이 과정이 괜찮을까?'라는 의문과 함께 아이들을 도와야겠다는 생각이 들었다. 사실 구선이와 학생들의 대화를 들은 후 구선이와 다시 대화할 때부터 나는 아이들을 도와야겠다고 마음을 먹었던 것 같다.

"선생님, 저 이제 들어가 봐도 되겠습니까?"

나는 구선이의 말에 놀라 잠시 당황하였지만, 나는 바로 말을 이었다.

"다름이 아니라 선생님도 너희의 운동에 조금이나마 보탬이 되고 싶구나."

내가 생각해보아도 아이들이 다칠 수도 있는 일에 대해 동참한다는 것이 살짝 이상하기도 하였다.

"선생님께서 굳이 왜 저희를……."

구선이 또한 의문에 찬 목소리로 내게 이야기하였다.

"사실 내가 생각해도 이건 너무 위험하다. 그리고 다른 선생들이 이걸 아시면 반대하실 거야. 하지만, 나도 너희들처럼 이것이 옳은 일이라고 믿고 있다." 나는 구선이에게 나의 속마음까지 이야기하였다. 구선이는 약간 의아해하는 표정으로 나의 요청을 수락해 주었다.

"선생님은 일단 다른 선생님께서 이 사실을 알고 계시는지 알아 봐 주십시오. 그리고 만일 저희가 밖으로 나가지 못하게 된다면 교문을 활짝 열어 주십시오. 제가 선생님께 부탁드릴 것은 이게 전부입니다."

"알았다. 이만 들어가 봐라."

나는 지금 학생들이 옳은 민주주의를 향한 열정이 사실 부럽기도 했던 것 같다. 나도 저렇게 되고 싶어서 도와주고 있는 것일지도 모르겠다는 생각이 들었다. 나는 다시 밖에서 바람을 쐬다가 학생들이 있는 곳으로 갔다. 나는 학생들이 밥을 먹는 모습을 보여 아이들에게 말을 건네었다.

"야들아, 국수 맛있나?"

아이들이 힘찬 목소리로 나에게 대답해 주었다.

"예, 선생님! 맛있습니다."

"선생님은 왜 안 드십니까?"

한 아이의 질문을 시작으로 금세 국숫집은 시끌벅적해졌다.

"선생님도 한 그릇 드시죠."

"선생님, 여기 와서 같이 먹읍시다."

"아주머니, 여기 국수 한 그릇 더 주세요."

나는 아이들과 함께 국수를 먹으면서 여기에 있는 아이들이 우리 대한민국의 민주주의를 전부 바꿀 수는 없더라도 지금의 부패한 민주주의의 변화를 알릴 수 있다고 생각했다. 나는 아이들과 함께 국수를 먹고 국숫집에서 나온 후 다시 다른 선생들과 만났다. 나는 다른 선생들이 아이들의 계획을 알고 있는지 확인하기 위해 선생들에게 자연스럽게 질문을 하였다.

"박 선생님, 오늘 퇴근하고 어디 가십니까?"

"나? 나는 오늘 집에 가서 푹 쉴 거야."

나는 박 선생 옆에 걸어가는 김 선생에게 물었다.

"김 선생님은 다른 계획 없으신가요?"

"예, 뭐 저도 아무 계획 없어요."

박 선생은 별다른 생각이 없이 내 말에 대답해주었고, 김 선생 또한 시큰둥하게 나의 말에 대답해주었다. 나는 선생 대부분이 지금 아이들에게 큰 관심이 있지 않다는 것을 확인한 후, 학원에 도착하기 바로 전에 구선이에게 이 사실을 알려 주었다. 구선이는 앞으로 약 40분 후인 12시 50분부터 운동장에서 결의문을 읽을 것이라고 내게 귀띔해 주었다. 나는 구선이의 말을 듣고 선생들이 교무실에 들어오면 시간을 끌 계획으로 교무실로 가 선생들을 기다렸다. 가장 먼저 교무실에 들어온 선생은 하 선생이었다. 나는 하 선생께 다가가 먼저 말을 건네었다.

"하 선생님, 선생님네 아이들은 뭐 먹었습니까?"

"우리 반 학생들은 나랑 김밥 사 먹었지. 정말 맛있드라 그 김밥집. 최 선생, 조만간 나랑 같이 가자."

하 선생은 평소보다 활기찬 목소리로 나와 대화를 이어 나갔다. 나와 하 선생이 한창 대화를 하던 중 다른 선생들도 교무실로 들어왔다. 나는 다른 선생들도 이야기에 끼워 넣으려고 다른 선생에게도 질문하였다.

"김 선생님, 선생님네 반은 뭐 드셨습니까?"

"어……. 저희 반은 그냥 학생들 먹고 싶은 거 먹으라고 했어요. 애들 알아서 잘 사 먹던 데요?"

나는 그렇게 여러 선생과 대화를 이어 나갔다. 사실 선생들의 말보다 나는 이들을 여기에 묶어 두는 것이 더 중요했기 때문이다.

"박 선생님, 지금 가시는 건가요?"

나는 김 선생의 말에 깜짝 놀랐다. 박 선생이 지금 퇴근을 하게 되면 아이들이 모이는 시간과 애매하게 겹쳐지기 때문이다. 나는 당황한 말투로 박 선생께 말을 건네었다.

"박 선생님, 벌써 퇴근하시는 건가요?"

"요즘 몸이 원체 좋지 않아서 일찍 들어가 보려고 합니다."

"박 선생님, 몸조리 잘 하고 월요일에 봅시다."

하 선생이 박 선생에게 인사를 하고 박 선생은 교무실을 나갔다. 나는 다른 선생들에게 화장실에 다녀온다고 하고 급히 박 선생 뒤를 따라갔다.

"박 선생님. 잠시만요."
나는 박 선생께 달려갔다.
"헉……, 헉."
나는 거친 숨소리를 내며 박 선생께 어떤 말을 할지 생각하였다. 박 선생은 나를 쳐다보며 말했다.
"최 선생, 무슨 일로 그렇게 뛰어오노?"
"박 선생님, 다름이 아니라 10분만 있으면 토끼사냥 우수자들 교무실에 불러 모아 상품 수여식을 할 예정인데, 학생들만 보고 가시는 게 어떨까 싶어서 급히 찾아 왔습니다."
박 선생이 한동안 고민하다가 내게 말했다.
"그럼 딱 고거만 보고 퇴근하지 뭐, 최 선생이 그렇게 보고 가라는데. 하하."
나는 사실 이 말을 듣고 내심 안심하였다. 나는 박 선생을 교무실로 데리고 온 후 안내방송을 시작하였다.
"아, 아. 토끼사냥 우수자 명단을 이야기하겠습니다. 호명된 학생들은 바로 교무실로 와 주시길 바랍니다. 1학년 1반 강운서, 1학년 5반 안동훈, 2학년 4반 박장민, 2학년 11반 김모아, 3학년 8반 이여민, 3학년 10반 박라경. 이상 호명한 학생들은 교무실로 와 주십시오."
나는 안내방송을 끝낸 후 다른 선생들과 아이들을 기다리며 대화를 이어갔다. 호명한 학생이 전부 모이자 우리는 토끼사냥을 많이 한 학생에게 소정의 상품을 건네었다.
"오, 우리 반 여민이가 토끼사냥 전체 일등이네!"
박 선생이 여민이를 칭찬하고 있을 때, 나는 어제 저녁에 구선이와 같이 대화를 나누었던, 라경이를 따로 불러냈다.
"라경아. 현재 상황은 어떻게 되어가냐?"
내가 먼저 질문을 하자 라경이가 당황한 듯 내게 다시 물었다.
"예? 무슨 상황 말입니까?"
나는 결국 라경이에게 이때까지 구선이와 나의 대화를 전부 이야기해주었다. 라경이는 몇 분간 생각을 한 뒤 내게 말하였다.

“선생님, 이제 학생들이 슬슬 운동장에 모이기 시작할 겁니다. 선생님은 계속 여기에 계실 낀가요?”

나는 교무실에 있겠다고 하고 라경이를 다시 교실로 돌려보낸 후 교무실로 들어갔다. 내가 교무실에 들어가자 얼마 지나지 않아 학원의 전교생이 운동장에 모이기 시작했다. 나를 제외한 선생들은 학생들이 한 번에 운동장에 모이는 모습을 보고 놀라 운동장으로 나가기 시작했다. 나 또한 다른 선생들을 따라 교무실에서 일어나 다른 선생들을 따라갔다. 선생들이 운동장에 도착하기 전에 이미 학원의 전교생은 모여 있었다. 그리고 학생회장 구선이가 단상 위에 올라갔다.

타오르는 불꽃

구선이가 단상 위에 올라선 후 결의문을 낭독하기 시작했다.

"백만학도여! 피가 있거든 우리의 신성한 권리를 위하여 서슴지 말고 일어서라. 학도들의 붉은 피는 지금 이 순간에도 뛰고 있으며 정의에 배반되는 불의를 처부수기 위해서는 이 목숨이 다할 때까지 투쟁하는 것이 우리들의 기백이며, 이러한 행위는 정의감에 입각한 이성의 호소인 것이다." (2.28 민주운동 결의문 중)

나는 운동장으로 나가는 도중 구선이의 결의문을 듣게 되었다. 다른 선생들은 지금 어떤 상황인지 잘 파악이 되지 않는 상황인 것 같았다. 그리고 구선이를 중심으로 학생들은 구호를 외치며 학원 밖으로 나갔다. 이를 본 선생들은 서로 우왕좌왕하며 학생들이 나가는 것을 막으려 하였지만 이미 대부분 학생은 학원을 나간 뒤였다. 많은 선생이 당황하여 일단 학원에서 긴급회의를 하자고 하였다. 이미 몇몇 선생은 퇴근한 후였지만, 교무실에서 긴급회의가 시작되었다.

"어떻게 해야 할까요? 이미 학생들은 전부 나갔는데……."

김 선생이 걱정에 찬 목소리로 이야기했다. 그 옆에 있던 다른 선생들도 깊은 한숨만 내쉴 뿐이었다. 그때 하 선생이 벌떡 일어서며 말하였다.

"일단 학생들이 향하는 곳으로 저희도 가봅시다. 그곳에서 어떻게든 해보아야죠."

"하지만, 저희는 학생들이 어디로 가는지도 모르잖아요. 어떻게 학생들을 찾아요?"

김 선생이 하 선생의 말에 반박하였다.

"여기서 학생들이 어디로 갔는지 알고 있는 사람 없나요?"

나는 아이들이 어디로 갈 것인지 알고 있었지만, 선생들께 가르쳐 줄 생각은 하지 않았다. 회의에 진전이 보이지 않자 몇몇 선생들은 퇴근 준비를 위하여 짐을 싸고 있었다. 나는 그때 퇴근하는 선생과 같이 나와 버스를 타고 바로 신문사로 향하였다. 버스를 타고 신문사 쪽으로 가는 도중 아이들을 만났다. 아이들은 아직 추운 바람이 부는데도 불구하고 '횃불을 밝혀라, 동방의 별들아', '학원의 자유를 달라!' 등의 구호와 함께 신문사로 향하고 있었다. 아이들은 버스에 있는 나를 보고 대부분 놀란 표정이었다.

"으아! 선생님이 왜 여기 계십니까?"

"우리 아직 신문사까지 많이 남았는데……."

많은 아이가 경악을 금치 못하였다. 결국, 구선이가 아이들에게 어떻게 된 것인지 자초지종 설명하였다. 아이들은 이제야 이해가 된 듯 다시 구호를 외치며 가기 시작했다.

"횃불을 밝혀라, 동방의 별들아."

"학원의 자유를 달라!"

나는 아이들보다 먼저 신문사에 도착한 뒤, 신문사로 들어갔다.

"무슨 일로 오셨나요?"

지나가던 기자가 내게 물었다.

"그게…… 다름이 아니라 여기에 정 기자라는 사람을 찾고자 왔습니다."

"정 기자님 지인분이신가요?"

"네."

"정 기자님이시라면 4층에 계실 겁니다."

그는 내가 정 기자의 지인이라 하자 반가운 목소리로 대답해주었다. 나는 계단을 타고 3층으로 올라가던 중 대학교 친구 정욱배와 마주쳤다.

"어이, 이거 옆 학원 선생님 되시는 분 아인가?"

욱배는 나를 반갑게 맞이해주었다.

"그래, 임마."

"여기에는 무슨 일로 나를 찾아왔노? 일 없으면 내 얼굴도 잘 안 볼라 하는 놈이."

"미안하다. 내가 경황이 없어서 얼굴 보자는 소리 한번 못했다. 근데, 지금 우리 학원 아이들이 그……, 단체로 모여서 운동 같은 거 하그든."

"응, 그래서?"

"그래서 말인데, 애들이 곧 일로 올 거거든, 애들 안 다치게만 해도."

"그거 전달하려고 내 얼굴 보자고 했나?"
"그래, 내 일단은 내 여기 있어도 되나?"
"있어도 되긴 한 데, 니 이럴 거면 같이 오지 그랬노"
"애들 있는데 나까지 끼면 보기 별로 안 좋다."
나는 그 이후로 욱배와 몇 마디를 더 하였다. 그리고 서서히 아이들의 구호가 들리기 시작했다.
"횃불을 밝혀라, 동방의 별들아."
"학원의 자유를 달라!"
"이제 오나 보네."
"근데, 지금 이 시국에 저래도 되나? 막 경찰들 몰려와서 잡아가는 거 아이가?"
욱배도 그것이 걱정되었는지 아이들이 도착할 때까지 계속 중얼거렸다. 그리고 아이들이 신문사에 도착하자 구선이가 큰 목소리로 이야기하였다.
"신문사 관계자분들께 드릴 말씀이 있습니다."
그 말을 듣고 욱배가 가장 먼저 밖으로 나갔다.
"여기 무슨 일이 있어서 왔는데?"
욱배의 질문에 구선이가 우렁차게 대답하였다.
"학원을 정치에 이용하는 유지당에 타협하지 않고자 학생들이 반기를 들고 있는 것에 대해 신문을 써 주십시오."
욱배는 구선이의 말을 듣고 잠시 실웃음을 내었다. 그리고 욱배가 이야기했다.
"니들이 지금 일어선다고 해서 뭐라도 바뀔 것 같나?"
구선이가 욱배의 말을 듣고 잠시 망설이는 듯싶었다. 하지만, 이내 구선이가 대답하였다.
"저희의 이 운동을 계기로 아무것도 바뀌지 않아도 좋습니다. 단, 유지당에 국민도 나라의 발전에 해를 끼치는 일에 대하여 저항할 수 있다는 사실을 깨닫게 해주면 됩니다."
욱배는 그 말을 듣고 다시 내게로 왔다.
"이게 네 학생이냐?"

욱배는 내게 그 말을 건네고 위층으로 올라갔다. 아이들은 계속 신문사 앞에서 구호를 외쳤다. 그리고 몇 분 후, 다시 욱배가 내려와 나보고 6층에 올라가라고 하였다. 내가 6층에 올라가자, 신문사의 대표를 비롯한 고위 간부들이 앉아 계셨다. 그리고 욱배를 비롯해 몇몇 아이들이 같이 올라왔다. 구선이를 비롯한 아이들은 내가 신문사에 있음을 놀라워하지 않았다.

"다른 아이들은?"

"지금 1층에서 기다리고 있습니다."

나는 다른 아이들의 위치를 파악한 후에 자리에 앉았다. 가장 먼저 말을 꺼낸 건 욱배였다.

"이 학생들의 의지가 정말 대단합니다."

신문사 대표께서는 잠시 망설이신 후에 말을 하셨다.

"이미 우리끼리의 대화는 전부 끝났소. 우리 또한 유지당의 부정부패에 맞선다는 의미로 학생들의 의지를 높게 살 것이오."

구선이는 그 말을 듣고 기쁜 표정을 감추지 못하였다.

신문사 대표께서 계속 말을 이어가셨다.

"학생 여러분 계속 활동하여, 유지당에 더욱 올바른 생각을 할 수 있도록 해주십시오."

"이제 선생님과 정 기자를 제외하신 분들은 나가도 좋습니다."

그리고 아이들을 비롯한 고위 간부들이 전부 회의실을 나섰다.

"정 기자, 아주 잘 했네. 이번 기사도 자네에게 부탁하네."

"알겠습니다. 대표님."

욱배는 대표님께 인사를 한 후 회의실을 나갔다. 나는 그렇게 어색한 대표님과 같이 자리에 앉게 되었다. 대표님이 네게 먼저 말을 건네셨다.

"저 선생님, 사실 저도 학생들의 그 의지를 마냥 응원해주고 싶지만, 그럴 수만도 없는 게 현실 아니겠습니까?"

"대표님, 저는 우리 아이들을 굳게 믿고 있습니다. 저희라면 하지 못할 일들을 이루어 가고 있지 않습니까? 또한, 아이들이 마주할 고난조차 아이들이 스스로 헤쳐 나갈 것으로 생각합니다."

"허허, 학생들이 참 좋은 선생을 두었구먼."

"아뇨, 별말씀을요. 저보다 학생들이 더 뛰어납니다."
"이제 학생들에게 가 보셔야죠."
"네, 안녕히 계십시오."
나는 대표님께 인사를 드리고 신문사를 나와 아이들을 만났다.
"애들아, 나는 너희가 이미 동방의 별이다. 이제 다시 너희들이 갈 길을 가라."
나는 아이들에게 말을 건넨 뒤 버스에 올랐다. 아이들은 먼저 경상북도청으로 가기로 하였고 나는 다른 선생들에게 자세한 상황을 설명하기 위해 학원으로 향했다. 버스를 타고 가는 도중에도 아이들의 구호 소리가 나의 귀에서 맴돌았다.
'횃불을 밝혀라, 동방의 별들아.'
'학원의 자유를 달라!'
그렇게 버스를 타고 다시 학원으로 향하는 도중에 아침에 보았던 상가들을 다시 발견했다. 오전에 내가 본 모습과는 사뭇 달랐다. 그렇게 크게 달라진 것은 없었지만, 시장의 분위기가 아까보다 많이 밝아진 느낌이었다.
학원에 도착한 후에 나는 바로 교무실로 향하였다. 사실 선생들에게 어떻게 전달해야 하는지 전혀 감이 잡히지 않았지만 나는 어떻게든 되라는 식으로 교무실로 들어갔다.
"드르륵"
내가 교무실에 들어가자 선생 대부분이 퇴근한 뒤였고 남아 있었던 것은 하 선생과 짐을 싸고 있던 김 선생뿐이었다.
"최 선생님, 왜 다시 학원으로 오셨어요? 저는 최 선생님 퇴근하신 줄 알고 있었는데……."
김 선생이 의아한 표정을 지으며 이야기했다.
"그게, 아이들을 봤어요."
나의 말을 들은 선생들은 별 반응 없었다.
"이걸 전해주려고 다시 학원에 온 거예요."
내가 말을 덧붙였다.
"학생들 봤어도 못 말렸잖아요. 그래서 여기 온 거죠?"

김 선생은 나에게 말 한마디를 건네고 교무실을 나갔다.

"쿵!"

김 선생이 나간 후 나와 하 선생 사이에서는 한동안 정적이 흘렀다. 나는 '이럴 거면 왜 다시 돌아온 거지?', '이제 어떻게 해야 하지?' 등의 생각들로 머릿속이 가득 차 있었다. 내가 교무실 밖으로 나가려 하자 하 선생이 나를 불렀다.

"최 선생!"

나는 하 선생의 말을 듣고 놀라 뒤를 돌아보았다.

"최 선생, 지금 학생들은 어디 있나?"

하 선생은 내게 꽤 진지한 표정으로 물었다. 나는 당황하여 어떤 말을 꺼내야 할지 몰라 한동안 정적이 흘렀다.

"최 선생, 일단 학생들이 있는 곳으로 가세."

하 선생은 나를 앞장세워 아이들이 있는 곳으로 안내하게 하였다.

"하 선생님은 왜 아이들이 있는 곳으로 가려 하십니까?"

나는 호기심에 하 선생께 물었다.

"선생이 학생들 가는 데 가야지 그럼 어디 가나?"

하 선생님은 조금의 망설임도 없이 내게 대답해주었다. 나는 하 선생의 속마음까지는 알 수 없었지만, 하 선생은 평소에 아이들에게 인자한 분이라고 소문이 났기에 아무런 생각 없이 하 선생과 동행하였다.

"근데, 학생들은 지금 어디로 가나?"

"제가 알기로는 아이들이 지금 경북도청으로 간다고 합니다."

"자네는 학생들을 어떻게 찾았고 왜 다시 학원으로 온 게야?"

나는 하 선생의 질문에 어떻게 대답해야 할지 생각을 해두지 않아 하 선생의 질문에 대답하지 못했다.

"그렇게 하기 곤란하면 안 해도 된다네."

하 선생은 약간 삐진듯한 말투로 이야기했다.

"하 선생님은 아이들이 갑자기 밖에 나가셨을 때 어떤 기분이셨습니까?"

나는 하 선생과 다른 이야기를 하기 위해 주제를 돌렸다. 하 선생은 곰곰이 생각하시다 대답했다.

"사실 너무 당황했었지. 아이들이 생각지도 못하게 움직였으니 말이야. 그럼 최 선생은 어땠나?"

"저도 많이 당황했습니다. 선생님 중에서 가장 늦게 나와 자세히 보지도 못했습니다."

하 선생은 잠시 나를 보고 웃었다.

"빨리 버스 정류장으로 안내하시게."

하 선생은 은근히 나를 재촉하면서 말을 이어갔다.

"최 선생, 최 선생은 6.25가 기억나나?"

"예, 기억나기는 한다만 저는 원래 고향이 대구여서 피난을 가거나 그러지는 않았습니다."

"그렇군."

하 선생은 나의 말에 대답해준 뒤, 하늘을 바라보고 한숨을 내쉬었다.

"하…."

하 선생과 대화를 하다 보니 어느새 버스 정류장에 도착해 있었다. 나와 하 선생은 버스를 타고 경북도청으로 향하였다. 나와 하 선생은 버스를 타고 가는 도중 우리 학원의 아이들이 아닌 다른 학원의 학생들이 우리 아이들처럼 학생들이 밖을 돌아다니며, 학원의 자유를 외치고 다녔다. 나와 하 선생은 그 정류장에서 내려 다른 학원의 학생들에게 다가가서 물었다.

"학생들, 지금 어디로 가고 있어?"

학생들은 우리를 경계하며 말하기를 꺼리고 있자 나와 하 선생은 우리 학원에서 있었던 일을 이야기해주었다. 학생들은 잠깐 스스로 생각해본다고 하고는 자기들끼리 대화하였다.

"선생님들 저희는 지금 대구 시청 부근에서 활동을 계속하기 위해서 시청 쪽으로 가고 있습니다."

나는 이 학생들과 우리 학원의 아이들과 같이 활동할 수 있을지 고민하였다.

"지금 여기서 학생회장이 누고?"

내가 고민하던 사이 하 선생이 먼저 학생들에게 물었다.

"접니다." 한 덩치 큰 학생이 곧바로 앞으로 왔다.

“그래 너냐? 사실 지금 우리 학원의 아이들은 경북도청으로 향하고 있어. 너희들도 그곳으로 같이 가지 않으려?”

하 선생은 학생들에게 확신을 줄 수 있는 표정으로 학생들에게 물었다. 학생들은 잠시 이야기를 하다 나와 하 선생께 이야기했다.

“여기서 경북도청까지 그렇게 멀지도 않으니 그렇게 하는 게 좋을 것 같습니다.”

나와 하 선생, 그리고 다른 학원의 학생들까지 학원의 자유를 외치며 경북도청으로 향하였다.

“혹시 여기서 우리 학원 학생회장 구선이 아는 사람?”

나는 학생들과의 어색함을 줄이기 위해 학생들에게 말을 건네었다.

“저 구선이 압니다.”

몇몇 학생들이 이야기했다. 나는 무리의 뒤에서 다른 학원의 몇몇 학생들과 담화를 나누었다.

“너희 학원은 어떤데?”

“음… 솔직히 학원이 거기서 다 거기인 것 같습니다. 저도 사실 우리 학원이 어떤지 잘 모르겠습니다.”

“대학은?”

“대학은 일찌감치 포기했습니다. 성적이라도 괜찮아야 말이죠.”

나는 학생들과 이야기 하면서 지금 우리나라 학생들의 보편적인 생각을 들을 수 있었다. 학생들의 이야기를 듣다 보니 학생들이 유지당의 행위에 대해 그다지 좋은 감정이 있는 것도 아니라는 것을 알았다. 학생들 또한, 성인만큼 어쩌면 성인보다 더욱 정치에 관심을 가진 학생들도 있었다. 나와 하 선생과는 많이 다른 학생들이었다. 학생들과 한참을 이야기하다 보니 우리 학원의 학생들이 보이기 시작했다.

“횃불을 밝혀라, 동방의 별들아!”

그와 함께 아이들의 구호 소리도 들려오기 시작했다. 하지만, 아이들은 하 선생을 보고 대부분 당황하였다. 구선이도 선생 중에는 나만 아이들이 어디로 오는지 알고 있다고 생각했기 때문일 것이었다. 결국, 나는 먼저 하 선생께 나의 상황을 말씀드리기로 마음먹었다.

“저…. 하 선생님 잠깐만 저랑 이야기하실 수 있으신가요?”

하 선생은 의아한 표정으로 나를 따라왔다.

“사실, 하 선생님. 저는 아이들이 오늘 이렇게 토끼사냥이 끝나고 밖으로 나올 것을 미리 알고 있었습니다.”

내 말을 들은 하 선생은 적잖지 않게 당황한 듯 한동안 멍한 표정으로 있었다.

“일단은 아이들에게 어떻게 내가 여기에 오게 되었는지 설명해 줘야 할 거 아냐! 자세한 설명은 나중에 듣도록 하겠네. 최 선생.”

하 선생은 이 말을 하신 뒤 다시 아이들에게로 갔다. 나도 하 선생을 따라 아이들에게로 갔다.

“애들아, 어쩌다 보니 하 선생 그리고 다른 학원의 아이들도 우리와 함께 하게 되었다. 사실상 여기서 경북도청까지는 바로 앞이니 유지당의 행위에 대해서 저항하기 위해 다 함께했으면 한다. 자세한 내용은 되도록 빠르게 알려 주도록 하겠다.”

나는 아이들에게 말을 전달한 후에 다 같이 경북도청 앞으로 갔다.

“애들아, 다 같이 외치자. 횃불을 밝혀라, 동방의 별들아.”

구선이가 힘찬 말투로 경북도청 앞에서 소리쳤다. 이내 아이들도 따라서 외쳤다.

“횃불을 밝혀라, 동방의 별들아.”

나는 이때부터 우리들의 정부 규탄이 본격적으로 시작되었다는 것을 느끼게 되었다. 아이들의 함성은 이때까지의 함성보다 훨씬 컸다. 나는 뒤에서 아이들을 따라 경북도청 근처를 돌아다니며, 유지당의 행위에 대해 규탄하였다. 우리가 경북도청 근처에서 돌아다닌 지 얼마 되지 않아 경북도청 직원이 내려와 우리에게 물었다.

“학생들, 지금 여기서 뭐 하는 건가?”

경북도청 직원의 질문에 구선이가 대답하였다.

“저희는 지금 유지당의 행위에 대하여 다 같이 모여 그에 저항하는 것입니다.”

구선이의 말을 들은 경북도청 직원은 황당하다는 표정으로 이야기했다.

"너희가 뭘 안다고 그라노!"
구선이는 조금의 흔들림도 없이 대답했다.
"저희도 알건 다 압니다. 김유환이 지금 민주주의와 조금 거리가 떨어진 행동을 하고 있다는 것도요."
"이 자식들이 마……."
경북도청 직원은 화가 잔뜩 난 표정을 하고는 경북도청으로 다시 들어갔다. 경북도청 직원이 들어가자 구선이가 이야기했다.
"선생님, 나의 벗들아. 이제부터 우리는 대구시청으로 갈 계획입니다. 제가 여전히 앞장설 테니 모두 잘 따라와 주시길 바랍니다."
구선이의 말이 끝나자 학생들이 움직이기 시작했다. 그렇게 대구시청으로 향하는 길에 하 선생이 내게 말을 걸었다.
"최 선생, 이제 더는 학생들의 일에 개입하는 것은 좋지 못한 것 같아요."
하 선생의 갑작스러운 제안에 나는 약간 당황하였다.
"예, 그것도 좋은 생각인 것 같습니다. 근데 왜 굳이……."
나는 하 선생의 생각이 그다지 나쁘지 않다고 생각하여 동의하였지만, 하 선생의 생각이 궁금하였다.
"학생들이 주체적으로 하는 데 우리가 낄 필요가 뭐가 있나?"
나는 하 선생과 그렇게 하기로하고 하 선생이 다른 학생과 말하러 갔다. 시간이 한동안 지난 후에, 나는 우리 학원 학생과 하 선생이 하는 말을 듣게 되었다.
"여민아, 너희 왜 유지당의 이런 행동이 민주주의에 해를 끼친다고 생각하는 게야?"
"선생님, 어찌 자신들이 당선되기 위하여 학생들까지 정치에 사용하는 유지당이 우리나라의 발전에 이롭기만 할 수 있겠습니까."
하 선생은 여민이의 귀담아 말을 듣고 여민이에게 답변해 주었다.
"선생님은 이것이 옳지 않음을 암에도 너희들처럼 행동하지 못하였다. 오히려 너희가 나보다 낫구나."
"아닙니다. 선생님. 선생님도 지금 저희와 함께하고 계시지 않습니까."
"사실 나는 너희가 유지당의 이런 행위에 대해 분노하고 학원 밖을 나갔을 때 사실 나는 당황스럽기도 했지만, 마음 한편으로는 기쁘기도 했다."

나는 하 선생님의 말씀을 듣고 하 선생님도 나와 같은 생각을 가지고 계셨다는 것을 알게 되었다.

"선생님, 저희의 이런 활동이 모두 물거품이 되지 않도록 꼭 유지당 사람들에게 우리나라의 발전을 막는 행위를 했다는 것을 깨닫게 해줍시다."

하 선생님은 여민이의 말에 별다른 대답 없이 고개만 끄덕이셨다.

"그래 여민아, 우리가 유지당 사람들이 변하게 되는 시발점이 돼야지. 안 그렇나?"

내가 하 선생님과 여민이의 대화에 끼어들었다.

"네, 선생님. 그렇습니다. 저희가 그렇게 만들어야죠."

"그래, 다 잘 될끼다. 최대한 다치지 않게만 활동하자."

나와 여민이의 대화를 듣고 계셨던 하 선생님이 입을 여셨다.

"그래, 다치지만 않게 활동하자."

나 또한 하 선생님의 생각과 같은 생각이었기에 아이들이 걱정되었다. 행여나 많은 아이가 다치기라도 하면 학부모들이 많이 걱정할 것이고 학원 일정에 차질이 생길 수도 있기 때문이었다.

"예, 선생님."

여민이가 나의 말에 대답한 후 다시 아이들이 있는 곳으로 향했다. 여민이가 아이들에게로 가자 나와 하 선생님은 단둘이 남게 되었다.

"최 선생, 이제 나에게 어떻게 된 것인지 자세히 설명해 줄 수 있겠나? 지금 원체 궁금해서 말이야."

"예, 말씀드리겠습니다. 어떻게 제가 아이들이 일어날 것을 알고 있었는지 말이죠."

"음…. 그래 어디 한번 들어나 보자꾸나."

나는 그렇게 어제저녁에 어떠한 일이 일어났었는지 하 선생님께 하나부터 열까지 전부 설명하였다. 거의 내가 한 것보다는 학생들이 모든 것을 주체적으로 했기 때문에 사실 내가 그렇게 설명할 것은 없었다. 하 선생님께 학생들과 내가 겪은 일을 설명하다 보니 어느새 거의 대구시청 앞까지 도착해 있었다.

"횃불을 밝혀라, 동방의 별들아."

"학원의 자유를 달라!"

나와 하 선생님이 떠드는 동안에도 아이들의 목소리는 작아지기는커녕 커져만 갔다. 아이들이 대구시청 앞으로 가기 전에 내가 말했다.

"애들아, 이때까지 그래왔듯이 하 선생님과 나는 너희들을 따라가기만 할 거야. 더는 조금이라도 너희를 도와주지 않을 거니깐 더욱 주체적으로 유지당의 행위에 대해 굴복하지 말아라. 또한, 가능하면 되도록 다치는 일이 없도록 해라. 이만 선생님의 말씀은 여기서 끝이다."

내가 말을 끝내자 하 선생님도 아이들 앞에서 서서 말씀하시기 시작했다.

"나도 최 선생님의 말씀과 똑같다. 너희들은 이때까지 해주었던 것만큼만 하면 된다. 그리고 절대 다치지 마라."

나와 하 선생님의 말씀이 끝나자 구선이를 선두로 두고 아이들이 대구시청으로 가기 시작했다.

"횃불을 밝혀라, 동방의 별들아."

"학원의 자유를 달라!"

나와 하 선생님은 그 뒤쪽 벤치에 앉아 아이들의 함성을 들으며 기다리기로 했다. 하지만, 아이들의 함성은 아이들이 대구시청에 전부 들어가기도 전에 끊겼다.

"응? 왜 소리가 끊겼지? 하 선생님 아이들에게 무슨 일이라도 생긴 게 아닐까요……."

나는 걱정되는 마음에 하 선생님께 이야기하였다.

"어떤 시련이든 나는 학생들이 이겨낼 것으로 생각하네. 유지당에서 학생들을 잡아간들 해도 나는 더는 간섭하지 않을 거네."

나는 하 선생님의 의견을 듣고 다시 마음을 가다듬었다. 나는 하 선생님의 의견을 정확히 알고 있다고 생각했기 때문에 하늘을 바라보며 아이들을 기다렸다. 잠시 후, 아이들이 전부 대구시청에서 나오기 시작했다.

"구선아, 지금 이게 무슨 일이야?"

나는 너무 놀라 당장 구선이에게 다가가 물었다.

"저…. 선생님 그게 대구시청 안쪽에 몇몇 경찰이 있어서……."

"뭐?"

나는 매우 놀랐지만 지금 당장 어떻게 해야 할지 생각하였다.

"그래, 뭐 경찰이 있다는 데 별수 있나."

내가 생각하던 중에 하 선생님이 먼저 말씀하셨다.

"하지만, 그건 알아둬. 아직 너희는 범죄자가 아니야. 경찰이 와도 쫄 이유가 없다고."

나와 아이들은 하 선생님의 말씀을 듣고 잠시 멍하니 있었다.

"그래, 그럼 이제 다음 목적지로 향하자."

구선이가 아이들에게 말하였다.

"일단 그럼 다음 목적지는 어디냐?"

나와 하 선생님이 구선이에게 물었다.

"다음 목적지는 유지당입니다."

나와 하 선생님은 구선이의 말을 듣고 여간 놀란 게 아녔다. 하지만, 유지당 또한 우리가 꼭 가야 할 장소는 맞는 것 같았다.

"나와 하 선생님은 느긋이 너희를 따라갈 테니 너희 알아서 해라."

구선이는 나의 말을 듣고 바로 아이들을 이끌고 유지당으로 가기 시작했다. 힘찬 함성과 함께.

"횃불을 밝혀라, 동방의 별들아."

"학원의 자유를 달라!"

이제 아이들과 함께 돌아다닌 지 몇 시간이 넘어가자 우리를 응원해주시는 시민분들도 몇몇 만났다. 그럴 때마다 아이들은 즐거운 마음으로 시민분들께 인사해 주었다. 우리는 그렇게 유지당을 향해 걸어가고 있었다. 그러던 도중에 멀리서 어떤 사람이 보였다. 구선이가 가장 먼저 그 사람을 알아보고 만세를 외치기 시작했다. 그리고 다른 아이들도 만세를 외치기 시작했다.

"만세!"

"만세!"

그 사람은 다름 아닌 이번 선거의 변화당 후보 장화 후보였다. 아이들은 장화 후보께 달려가 서로가 장화 후보를 응원하였다. 나 또한 장화 후보를 보는 것은 처음이었기에 신기하기도 하였다.

"장화 후보님, 안녕하십니까?"

아이들이 다 같이 장화 후보께 인사드렸다. 장화 후보는 웃으시면서 지금 무엇을 하고 있냐고 물었다.

"지금 저희는 유지당의 행위에 대하여 규탄하는 집회입니다. 장화 후보님께서도 아시다시피 오늘 유지당에서 장화 후보님의 선거유세에 저희가 가지 못하게 하려고 일요일인 오늘에도 등교를 지시한 것에 대해 이를 규탄하는 활동을 하고 있습니다."

장화 후보는 구선이의 이야기를 듣고 잠깐 고민하셨다.

"그래, 너희 모두 매우 용감하며, 불의에 참지 않는 모습이 매우 보기에 좋다. 또한, 너희가 주체가 되어 이런 활동을 하니, 너희가 자랑스럽구나."

장화 후보의 말을 들은 아이들의 표정은 매우 밝아졌다. 장화 후보가 아이들에게 엄청난 동기부여를 하게 된 셈이었다.

"학생 여러분 저는 학생 여러분이 이 세상을 바꿔줄 것이라고 믿습니다."

장화 후보는 아이들에게 그 말을 건넨 후 다시 갈 길을 가셨다. 나는 처음에 내가 했던 생각과는 반대되는 생각을 가지신 장화 후보에 대해 약간의 존경심을 느끼게 되었다. 아이들은 다시 함성을 외치며 유지당으로 가기 시작했다. 우리가 유지당에 거의 다 도착했을 때 우리 앞에는 수많은 경찰이 유지당 근처에 정렬되어 있다는 것을 알게 되었다. 대부분 아이는 흠칫 놀란 표정이었지만, 구선이는 마음을 굳게 먹은 표정으로 유지당으로 계속해서 구호를 외치며 걸어 나갔다.

"횃불을 밝혀라, 동방의 별들아."

"학원의 자유를 달라!"

그 모습을 본 아이들도 구선이를 따라가기 시작했다. 마치 나와 하 선생님이 학원에서 본 듯한 장면을 아이들이 다시 재현하기 시작한 것이었다.

"횃불을 밝혀라, 동방의 별들아."

"학원의 자유를 달라!"

아이들의 목소리는 점점 커졌고 금세 아이들은 유지당 앞의 경찰들 바로 정면에 서게 되었다. 이번에는 유지당 쪽의 경찰들이 놀란 표정이었다. 그들은 확성기를 붙잡고 아이들에게 전했다.

"학생 여러분, 계속해서 이런 활동을 하지 마시고 집으로 귀가해 주시길 바랍니다. 이런 활동은 서로에게 전혀 득이 될 것이 없습니다."

경찰이 아이들에 경고하였다. 하지만, 아이들은 계속해서 경찰 앞에 서 있었다.

"다시 한번 더 알립니다. 학생 여러분들은 지금 이런 활동을 중단해 주시고, 집으로 귀가해 주시길 바랍니다."

우리 학원 아이들과 다른 학원 아이들은 경찰의 말이 끝나도 움직이지 않은 채로 서 있었다. 구선이는 몇의 몇몇 친구들과 이야기하더니 곧 다시 구호를 외치기 시작했다.

"횃불을 밝혀라, 동방의 별들아."

"학원의 자유를 달라!"

그것이 화의 원인이었을까 아니면 처음부터 잘못될 행동이었는가. 경찰들은 아이들을 마구잡이로 제압하기 시작했다.

"으악!"

"거기 서라!"

"퍽!"

여기저기서 소란이 일어나는 동안에도 몇몇 아이들은 그 장소를 빠져나와 구호를 외쳤다.

"횃불을 밝혀라, 동방의 별들아."

"학원의 자유를 달라!"

또한, 다른 일부는 마지막 목적지였던 경북지사 관사로 향하였다.

"선생님, 여기 있는 학생들은 괜찮으니까, 빠져나간 학생들에게 가주세요."

구선이가 경찰에 쫓기고 있는 동안에 내게 말했다. 나는 구선이의 말을 듣고 아비규환인 그곳에서 빠져나와 경북지사 관사로 향하기 시작했다. 내가 그곳에서 나옴과 동시에 나는 하 선생님이 없어지셨다는 것을 깨달았다.

"하 선생님. 어디 계십니까?"

나는 필사적으로 하 선생님을 찾으려 하였다. 그때였다. 내가 하 선생님을 정말로 아이들을 생각하시는 분이라는 것을 깨달았을 때는. 하 선생님은 자신의 몸까지 던지시면서 아이들을 때리는 경찰들을 필사적으로 때리고 계셨다.

"최 선생, 나는 이미 끝난 것 같소. 먼저 남은 아이들을 데리고 경북지사 관사로 향하시오."

하 선생님은 내게 그 말을 전달하신 뒤에 다른 경찰들에 의해 끌려가기 시작하셨다.

"학생들이 지금 경북지사 관사로 향하고 있다. 여기서 일부 학생들을 연행하고 남은 인원은 나를 따른다."

어깨에 오각형이 2개 정도 보이는 경찰이 아주 큰 목소리로 이야기했다. 그리고 곧 많은 경찰이 나와 아이들을 따라오기 시작했다. 나와 아이들은 큰소리로 구호를 외치며 달리기 시작했다.

"횃불을 밝혀라, 동방의 별들아."

"학원의 자유를 달라!"

"으아!"

그렇게 경찰과 우리 학원의 아이들 그리고 나 사이의 경주가 시작되었다.

"헉, 헉. 걸음아 나 살려라."

나는 아이들과 다르게 금방 지쳐 숨소리가 거칠어지기 시작했다. 그런데도 아직 우리를 쫓아오는 경찰들의 체력은 팔팔해 보였다.

"선생님은 이미 늦은 것 같다. 너희 먼저 경북지사 관사로 가거라."

학생들은 나의 말을 듣고 어찌해야 할지 몰라 주변을 두리번거리기만 하였다.

"빨리 가라니까!"

아이들은 나의 말을 듣고도 나를 내버려 두지 않았다. 결국, 아이들은 낑낑대며 나를 부축하며 다시 달리기 시작했다.

"헉, 헉, 선생님 다음 사거리에서 오른쪽으로 돈 다음 바로 건물 3층으로 올라갑시다. 그러면 경찰을 따돌릴 수 있을 겁니다."

"알겠다. 그렇게 하자." 아이들과 나는 경찰을 따돌리기 위해서 건물 안으로 들어갔다. 다행히도 경찰들은 우리가 건물로 올라가는 장면을 제대로 보지 못해 우리를 찾지 못하였다.

"헉, 헉, 헉, 아이고 나 죽네!"

내가 거친 숨을 내쉬면서 아들에게 이야기했다.

"그래도 경찰들 따돌려서 다행입니다."

"야, 그래도 내가 그냥 가라면 가지. 정말 너희들……."

"하지만, 선생님 이제 경북지사 관사에는 경찰들이 즐비해 있을 텐데 어떻게 할까요?"

나는 아이들의 말을 듣고 한참이나 숨을 거칠게 쉬며 생각하였다.

"그래, 네 말이 맞다. 지금 나가면 경찰들이 우글우글 있을 것이다."

"그럼……. 어디로 가야 합니까? 저희는?"

"어차피, 아이들 대부분 너희와 비슷한 생각을 하고 있을 것이다. 그니까 너흰 계속 구호를 외치며 길거리를 돌아다녀라. 그러면 그 소리를 들은 몇몇 아이들이 너희 쪽으로 올 거다. 그러면 아이들을 모아 학원으로 가 있어라. 학원으로 오는 아이들도 몇 있을 테니까."

"선생님, 그럼 선생님은 어떻게 하실 겁니까?" "응? 나 말이야? 나는 경북지사 관사로 가야지 뭐."

"예, 선생님은 왜 다칠 수도 있는 곳에 가십니까?"

"어차피 너희들 아니었으면 이미 잡힐 몸이었다. 너희들 먼저 출발하거라."

아이들은 나와의 대화를 마친 뒤 하나둘씩 이어나기 시작했다.

"그럼 선생님 학원에서 뵙겠습니다. 안녕히 계십시오."

"그래, 가능하다면 그러자. 어서 가거라."

아이들이 밖에 나가자 다시 아이들의 함성이 들리기 시작했다.

"횃불을 밝혀라, 동방의 별들아."

"학원의 자유를 달라!"

나는 아이들의 목소리가 더는 들리지 않자 자리에서 일어나 경북지사 관사로 향하기 시작했다. 대부분 아이가 경찰이 올 것을 대비하고 경북지사 관사로 오지 않았지만, 나는 혹시라도 왔을까 급하게 경북지사 관사로 향했다. 내가 경북지사 관사로 향하던 중 큰 비명이 들렸다.

"으악!"

나는 급히 그쪽으로 향했다. 나는 그곳에서 다름 아닌 신기한 광경을 보게 되었다. 어떤 시민분들께서 우리 학원 아이들을 구타하고 있던 경찰을 때려 주시고 계셨다. 다행히도 경찰은 그 자리에서 바로 물러났다. 그곳에 있던 아이들은 시민분들에게 감사 인사를 전하고 계속해서 경북지사 관사로 향하는 것으로 보였다. 나 또한 시민분들에게 감사 인사를 전한 뒤 아이들을 따라갔다.

"횃불을 밝혀라, 동방의 별들아."

"학원의 자유를 달라!"

아이들은 아직도 구호를 외치고 다녔다. 내가 아이들 앞에 다가가자 아이들은 다행이라는 표정으로 나를 보았다.

"선생님! 선생님은 괜찮으셨습니까?"

"응, 보다시피."

"선생님 사실 아까 하 선생님이 끌려가시는 것을 보고 선생님도 끌려가진 않았을까 봐 정말 걱정했었거든요."

"그래, 그것보다 너희 지금 경북지사 관사로 향하고 있냐?"

"네! 그곳에 경찰이 즐비해 있다지만 아이들과는 그렇게 약속했습니다."

"너희는 학원으로 가 있어라. 관사는 내가 갈 테니."

"예?"

"내가 이미 몇몇 아이들을 학원으로 보내놨다. 그러니 계속해서 구호를 외치며 학원으로 가라."

아이들은 나의 말에 반항하지 못한 채로 학원으로 향하였다. 나는 계속해서 관사로 뛰어갔다. 내가 관사에 도착했을 때는 다행히도 아직 아무 일도 일어나지 않은 것 같았다. 나는 계속하여 아이들을 찾아 학원으로 보내었다. 사실 지금 계속해서 경찰이 대구 시내를 돌아다니고 있었기 때문에 아이들이 계속해서 구호를 외치며 돌아다니는 것은 위험했기 때문이다. 나는 또한 다행히도 아까 유지당 앞에서 경찰들의 눈에 크게 띈 것이 없어 조용히만 다니면 경찰들이 나를 붙잡거나 그러지는 않았다. 그렇게 어느덧 해가 저무는 것이 보이기 시작하자 나는 아이들이 있는 학원으로 다시 향했다. 내가 학원에 도착하였을 때는 아이들은 불을 끄고 조용히 이야기만 하고 있었다.

"쿵!"

내가 교실 문을 크게 열고 들어가자 아이들이 나를 반기어 주었다. 구선이, 여민이 등 많은 아이가 보이지 않았다.

"자자 조용히 합시다."

아이들이 대부분 정숙해진 뒤에 내가 말을 이었다.

"오늘 정말 수고 많았다. 몇몇 아이들이 경찰에 연행된 것은 유감이다. 하지만, 나는 그들이 멀쩡히 돌아올 것이라고 믿는다. 이제 조용히 집으로 가라."

"네, 알겠습니다. 선생님."

그렇게 그날 아이들은 해가 저물어서야 조용히 귀가했다.

봄을 기다라며

나는 집에 귀가한 뒤 녹초가 되어 잠을 청했다. 그렇게 다음 날 아침에 출근하기 전까지 나는 잠을 잤다. 나는 아침에 녹초가 된 몸을 이끌고 학원으로 향했다. 학원으로 가는 버스 안에는 언제 우리가 목청 높여 유지당을 규탄했는지도 모르게 조용해 보였다. 내가 학원에 도착하자 다른 선생들끼리 서로 눈치를 보고 있었다. 나는 평소와 다르게 다른 선생님들께 인사도 하지 않고 내 자리에 짐만 놔두고 교실로 향했다.

“드르륵.” 등교 시간이 지났음에도 아직 보이지 않는 학생들이 있었다.

“여기 지금 없는 아이들 전부 어제 끌려간 놈들이냐?”

“네, 선생님 아마도 그럴 겁니다. 대부분 어제 돌아왔지만, 아직 몇은 돌아오지 못했습니다.”

나는 그렇게 조회를 마치고 교무실로 다시 들어갔다. 내가 교무실에 들어가자마자 김 선생이 내게 와 물었다.

“지금 하 선생님 출근 안 하셨는데 어떻게 된 거예요?”

나는 잠시 침묵을 유지하다 김 선생의 질문에 대답해주었다.

“어제 아이들이 밖으로 나갔다 아닙니까. 그때 아이들이랑 같이 나갔다. 잡혔나 보죠. 그나저나 선생님네 반 아이들은 몇 명이나 학원에 오지 않았나요?”

“최 선생님 반을 제외하고 총 20명 정도 학원에 오지 않았어요.”

우리 반에도 5명 정도가 학원에 오지 않았으니 어제 경찰에 연루되어 아직도 돌아오지 못한 학생들은 대략 25명 정도였다. 그렇게 우리 학원의 찜찜한 마음을 뒤로 한 채 수업에 들어가려고 하던 찰나 신문지 하나가 나의 눈에 띄었다. 그 신문지는 다름 아닌 어제 아이들과 내가 갔던 신문사였다. 이 신문사에서는 1, 2면을 우리들의 이야기로 장식해 주었다. 사실 나는 여기에서 적지 않은 뿌듯함을 느끼었고 바로 신문지를 들고 우리 반으로 향했다.

"쿵!"

"애들아! 우리 신문 1면에 나왔다!"